MINGUO TONGSU XIAOSHUO
DIANCANG WENKU

民国通俗小说典藏文库·冯玉奇卷

草长莺飞·故剑泪

冯玉奇◎著

中国文史出版社

目　录

草长莺飞

故　剑　泪

草长莺飞

第一回

给你介绍一个女朋友

"少爷，你回来了吗？"

武冷云一脚跨进院子的时候，就见妹子暖香房中的丫鬟小珍手里折了两枝桂花，从那边假山旁姗姗地走过来，她俏眼儿向冷云瞟了一眼，却是抿着嘴儿咪咪地笑。

冷云见她那种笑的样子，仿佛是含了一些神秘的意思，这就抢步赶了上去，把她手拉住了，低低地问道：

"我回来了，干吗这么样好笑？有什么得意的事吗？"

"当然有得意的事情。少爷，我告诉你，老爷、太太给你在定亲哩，那还不叫人喜欢吗？"

小珍一撩眼皮，含笑着告诉他。她挣脱了冷云的手，便翻身欲一骨碌地逃跑了。

冷云听了这话，心头倒是别别地一跳，连忙又把她拉住了，红着脸儿，急急地问道：

"你这妮子又胡说白道地取笑我了，我可不依你！"

说着，把另一只手在嘴上一呵，向她肋下要做个呵痒的神气。

"少爷，你快要不闹，我这回可没有骗你，你不相信，可以到上房里去问太太的。"

小珍见他这么一下子举动，倒是急了起来，弯了腰肢，很慌张地辩白着。

"既然是真的，你为什么说了一句身子就逃跑呢?"

冷云把呵她痒的手又缩了回来，他心头有些焦急，难道爸妈真的在给我定亲事了吗? 他心里暗暗地祈祷着，但愿这消息是小珍跟我开玩笑吧。

"因为小姐等着我拿桂花进去，我又不是逃跑的。"

小珍见他误会了自己，遂忍不住又笑起来说，但她立刻又平静了脸色，表示很认真的神气。

"那么是千真万真的了? 你知道对方姓什么叫什么，今年几岁，什么地方人，长得美丽吗?"

冷云听她不像和自己开玩笑，他心头的跳跃益发快速起来，望着小珍的脸儿，一连串地问出了这许多的话。

小珍忍不住又觉好笑，瞅了他一眼，说道:

"少爷，我也没有瞧见过有像你那么性急的人，就是心里热吧，总也得慢慢儿地打听，如何一连串地就问了这么一大套? 你叫我回答哪一句好? 况且我原一些也不知道哩。"

说到这里，小珍咯咯地一笑，这回便真的向小姐房中逃跑了。

冷云听她末了这两句话好像又是开玩笑的样子，这就恨恨地骂声:"小妮子，回头不叫你讨饶!"骂着，眼瞧她身子逃远了，他抬头望着天空的云，倒是想了一会子心事。经过好一会儿后，他方才向上房里走了进去。

武太太今年还只有三十六岁，她姓宓，名叫倩萍，是冷云的后母，做事很精细，胸中的才学也不错。冷云三岁的时候由她抚养，直到现在已有十八个年头了，所以冷云待她也像亲娘一样，平日很肯听从倩萍的话。倩萍因为自己没有养个儿子，只养了一个女儿暖香，虽然也有十六岁了，不过女儿终究是别人家的媳妇，所以她倒也并不过分地管束，只是对于冷云的行动，她非常地注意。在她心中也有一个盘算，因为她见冷云这孩子很不错，今年二十一岁，已是大学化学科毕业，如今在一家厂里任化学工程师兼厂长的职位，月薪五百元，按月都全数交给倩萍的。你想，一个二十一岁的青年，已做了这么重大的要职，不是一件很不容易的事情吗？倩萍暗想：冷云现在样样肯听从我的话，这是因为他还没有娶妻子的缘故，将来若一娶了妻子后，只怕他的心就要变了，所以对于媳妇的选择，一定要和我有密切的关系才好。否则，冷云听从妻子的话，什么事情都不肯由我做主的了。冷云的爸古栋今年已是五十开外的人了，而且又是上了烟瘾的人，倘若有三长两短，我靠谁去呢？所以，倩萍对于冷云的一切，始终是不肯放松一步的。

冷云一脚走进上房，只见母亲坐在太阳光照映下的沙发上，两指夹了烟卷，眼睛却望着地上那头小花猫在玩弄着纸团奔跳，好像若有所思的样子，遂含笑低低叫道：

"妈，你没有出去吗？"

倩萍见了冷云，遂忙着站起身子，望了他一眼，说道：

"你怎么有三四天不回家来了？外面在胡闹着吧？"

一面说，一面又亲自倒了一杯茶，拿到冷云的手里去。

"妈，你又冤枉我了，人家厂里忙得一些工夫都没有，哪里还有心思去胡闹吗？昨天总经理对我说，又要出品一种日用品，需质地优美、成本低廉，你想，我不是又得动脑筋化验了吗？"

冷云一面含笑接过茶杯，一面向倩萍絮絮地告诉着，表示自己实在被厂务忙得分不开身的意思。

倩萍听了，脸上这才浮了一丝笑容，说道：

"我也不是冤枉你，因为年轻的人意志总是不坚强的多，三朋四友在外面灯红酒绿中一玩，心中就会糊涂起来的。我因为你是个很有希望的青年，所以总不忍心你走入歧途去的。现在你只要一心地为事业奋斗，将来有了良好的名誉和身份，那你还会娶不到一个美而贤的妻子吗？"

"妈的金玉良言，当然很是不错。你放心，我绝不会糊涂的，因为我现在的确太忙了，就是要想糊涂，公务缠了我一身，也不由我去糊涂的。"

冷云点了点头，一面说，一面把身子坐到那张沙发上去。

倩萍跟着他到沙发旁，在隔了那茶几的另一张沙发旁坐下，望着他，正经地说道：

"你这些话不用瞒骗我了，前天我到你厂里去过了，你没有在厂中，阿祥告诉我，先生和总经理的儿子跳茶舞去了，这可是真的吗？"

阿祥是冷云化学室的学生子，拜冷云做先生的。冷云被倩萍这么地一问，脸儿由不得微微地一红，手捧了茶杯，笑了一笑，说道：

"妈，这你要原谅我的，因为小赵是总经理的儿子，他一定拖了我走，我若不应酬他去坐一会儿，他心里不是要说我架子太大了吗？在社会上做事也有说不出的困难，得随机应变的地方，总不可以太固执的。否则，对于我的地位也许有什么影响吧。妈，你说是不是？"

"你这话虽然说得是，不过你也可以拿他爸爸的头衔来向他推托的，你说误了厂中的公事，不是要给他爸爸责骂了吗？我说年轻的人哪一个不想游玩，不过话也得说回来，年轻的人不是不应该游玩，只是应该正当一些游玩，比方看看电影、瞧瞧话剧，那不是也很好的吗？小赵的爸爸有的是家产，反正没有什么要紧，你可不能和他比的。所以我劝你别和小赵常混在一处到舞厅里去玩，和管雨霖少爷在一处玩，我就放心。为了这样子，我才特地要管少爷夫妇俩做了过房儿媳，就是叫你们亲热一些的意思呀。"

倩萍听儿子这么说，当然也不能过分地呵责他，遂委婉地向他劝解。

冷云听母亲这样说，虽然把自己当作三两岁小孩子一样地管束，不过仔细想来，她总是为的我好，所以频频地点了点头，说道：

"我知道，以后我准定不再和小赵一同玩去好了。妈，爸到哪儿去了？"

说到这里，放下了手中的茶杯，转变了口风问了一声爸，他身子又从沙发上站起来。倩萍却把他身子拉住了，叫他仍旧坐下的意思，说道：

　　"你爸出去了，站起来干什么？我还有话跟你好好儿地谈哩。"

　　冷云听了，只好又坐了下来，望着倩萍尚带有风韵的脸儿，呆呆地出了一会子神，心中暗想：你还跟我好好儿地谈些什么呢？莫非小珍告诉我，你们真已给我定了亲吗？这样想着，好像喝过了酒一样的，他两颊盖上了一层桃色的红晕。就在这当儿，倩萍微微地一笑，悄声儿地说道：

　　"冷云，我问你一句话，你在外面可曾有女朋友了吗？"

　　照事实上说，冷云的确没有一个女朋友，所以他当然是摇了摇头的。不过在他摇过了头之后，他猛可想起母亲问这一句话的作用，这就懊悔自己是上了她的圈套了。果然倩萍点头笑道：

　　"既然你还没有一个女朋友，那就很好，现在妈给你介绍一个。因为我知道你的年龄也不算小了，一个青年若没有一个女朋友来慰藉，他的心灵上仿佛是很空虚的。安分一些的话，他的精神一定会感到委顿，精神不振作，当然会影响到事业上的失败。至于不安分一些的话，他因为没有一个正轨的女朋友，因此免不了到歌榭舞台去追求。到歌榭舞台中去追求女朋友，找真爱情，那好像是做一个春梦，因为它的结果必定是一场空的。虽然这也不能一概而论，但具有真正学识和智慧的女子，置身在歌榭舞台中的千人内也许有一个吧。"

　　冷云听了这篇话，暗想：果然不出我之所料，给我介绍一个女朋友，这自然是美其名的话儿。因为在现在这个时候，像我那么大学毕业的青年，对于婚姻若再凭媒妁之言的话，这究竟是太开倒车了。母亲在本身上说，好像不是一个旧式的女子，但在她的心理中，最好把我的生命也置之于她的掌握中。不过冷云心内似乎有些明白她矛盾的思想，感觉她有些可怜的成分，遂忙说道：

"妈，你很能了解青年的心理，我真是非常感激你。不过一个正在为事业而求进取的青年，他心灵上的安慰就是事业上的成就。对于异性的慰藉，这倒似乎还在其次。一个需要异性慰藉的男子，他少不得要到歌榭舞台去追求，不过像我的心灵已在事业上有所寄托，故而根本不会去追求任何一个女性的。妈，你放心，我以为一个正在为事业发展而步入广阔大道上的青年，若一有了女朋友，倒反而会阻碍事业的成就的。所以对于婚姻的事，我们眼前还是别谈吧。"

倩萍听他回答的也有一篇大道理，这就没有什么话可以去驳斥他，微蹙了眉尖，暗想：你这话当然也是外表的美丽，其实一个青年，谁不想有一个年轻貌美的女朋友作为伴侣？在你所以不答应，也无非是怕我介绍的那个女子不漂亮罢了。遂又低低地说道：

"冷云，你错理会我的意思了，我并非给你谈婚姻，我是给你介绍一个女朋友呀。对于这两点是大有分别的，谈婚姻是不管一切地考虑，就给一男一女毫不相识地结为夫妇。这一种盲目的婚姻，不但你所不愿意，就是我也不赞成。现在给你先介绍一个女朋友，让你们认识认识，假使有结合的可能，那么不妨就此联成一头美满的姻缘。倘若情意不相合，尽管可以作罢的，那根本没有什么关系，你何苦要坚决地拒绝呢？我这一番意思，也无非是疼爱你，难道给你介绍一个女朋友还有什么恶意的不成？"

冷云听她说完了这几句话，再窥她的脸色若有生气的意态，于是忙含笑说道：

"妈，你不要生气，我长了这样年纪了，难道连妈疼爱我我都不知道了吗？不过既然介绍成了朋友之后，将来依然分手走开，在我们做男子的当然是无关紧要，可是在人家姑娘的心中难免多有了一个痕迹吧。所以与其有将来不成功的忧虑，倒还不如眼前安静一些好。"

"冷云，我心中感到有些奇怪，为什么我还没说出那姑娘的年龄和容貌，你就一口地拒绝？我想其中必有一个缘故，大概你在外面

8

真有了知心着意的女朋友了吗？"

倩萍凝眸含睾地逗给他一个娇嗔，她的心里是引起了无限的猜疑。

"不，妈，我在外面是绝对没有一个女朋友的。"

冷云听她这么猜测，遂红晕了脸儿，很快速地声辩着。

因为冷云这话说得快速，所以倩萍倒不免又好笑起来，瞟了他一眼，说道：

"那又何苦瞒骗得这么紧？我也不是一个固执的人，你若在外面有了女朋友的话，那么我就不再给你介绍女朋友了。"

冷云也许是只想到了单层的缘故，遂点了点头，说道：

"不瞒妈说，我确实已有一个女朋友的了。"

"那么你明天带她到家里来给我认识认识，假使才貌果真不错的话，我就给你们订一个婚吧。"

倩萍听他说出这个话来，心中还以为他真已有了女朋友，遂平静了态度，要瞧瞧他女朋友究竟是个怎么样的女子。

冷云当初却没有想到妈有这一个要求，一时抓着头皮，倒又为难起来。倩萍见他不答，且又有这一副委决不下的神气，心中益发疑惑不定，遂忙又说道：

"为什么？既然交了朋友，难道彼此就不能走动走动吗？"

"妈，实不瞒你说，我真的没有一个女朋友，那你叫我去带谁到家中来呢？"

冷云被她问急了，这才红了脸儿，搓了搓手，忍不住笑起来。

这样出乎尔反乎尔的口吻，叫倩萍耳中听来，自然愈加地疑窦丛生。因此她倒又误会了，冷笑了一声，说道：

"我真不明白你心中存的什么意思，一会儿说没有，一会儿说有，一会儿又说没有，这是怎么一回事？我是这么正经对你说话，你就拿我开玩笑不成？哦！我明白了，你无非欺负我不是你亲生的娘罢了。唉！我白辛苦了十八年……"

说到这里，一阵悲酸触及鼻端，由不得落下泪来。

冷云听她说出这样负气的话来，这就把脸上的笑意完全消失了，蹙了眉尖，用了极温和、包含了一些赔不是的口吻说道：

"妈，你不要伤心，我心中若存有欺负妈的意思，我一定没有好结果的。"

"你不用说这些话，我辛辛苦苦地养了你这么大，倒巴望你没有好的结果吗？你没有好的结果，也就是我没有好的结果，你不是明明地在笑我命苦吗？"

倩萍听他这么地说，却反而更伤心起来，她几乎呜呜咽咽地哭了。

冷云再也想不到她还有这一层意思，虽然妈的心中是包含了些恼我的成分，不过在恼恨的成分中，至少有疼爱我的意思。所以，他对于妈的哭，是表示一万分的悔恨和抱歉，搓着两手，正欲连连赔笑说好话的时候，忽然听李妈进来告诉道：

"太太，管家少爷和少奶奶来了。"

随着这一句话，只听一阵当当的皮鞋声，掺和了一片嬉笑声，嚷着进来道：

"妈，好久不来拜望你了，你没有出去吗？"

冷云忙起身去望，见管雨霖和他的夫人马纫英女士笑盈盈地走进来，手里还拿了许多的礼物。因为雨霖是爸妈的过房儿子，所以冷云遂叫道：

"哥哥，你和嫂子今天来得正巧，我也才从厂里回来呢。"

"真的吗？我就知道你刚回家，所以才叫你哥哥一同来的呀。"

马纫英一面放下手中的礼物，一面俏皮地笑着说。但她明眸掠到倩萍脸上的时候，见她拿手帕做拭泪之状，这就颦锁了翠眉，走到倩萍的身旁来，低低地道：

"妈，谁给你怄了气？干吗好好儿的伤心起来了？"

倩萍被纫英这么一问，益发伤心了，眼皮儿一红，泪水便扑簌簌地落了下来，拉了纫英的纤手，叫了一声"马小姐"，说道：

"还不是为了你的弟弟吗？现在你和雨霖来了，这是再好也没有的了，让你们评一评理，他错还是我错？"

雨霖、纫英夫妇俩听她这么一说，心中倒不觉都吃了一惊，还以为冷云有什么事情待错母亲了。纫英回眸先向冷云逗了一瞥娇嗔，故作埋怨的口吻说道：

"云弟，你不是说才从厂里刚回来吗？可是怎么一回来就怄你妈的气？这到底是为了什么事情啦？"

冷云一面拿了烟卷给雨霖吸，一面回头微笑道：

"没有什么大事情，妈偏喜欢自寻烦恼，那叫我也没有什么办法呀！"

纫英见他神情有些羞涩的样子，而且好像脸上还含了一丝微笑，从这一点看，可见真的没有什么大不了的事情，芳心也就宽放了许多，于是又向倩萍笑道：

"妈，你瞧云弟这孩子是怪淘气的，你可犯不着跟他生气，他到底有什么地方不依顺你，让雨霖做哥哥的向他交涉吧。"

这时，李妈倒上四杯热气腾腾的玫瑰茶，倩萍拿手帕拭了拭眼皮，收束了泪痕，叫纫英在身旁坐下了，方才低低地告诉道：

"马小姐，我这个主意，也完全是为的他好。我想冷云这孩子的年纪也不小了，一天到晚为事业上的工作辛苦着，那究竟也太苦闷一些，所以我便欲给他介绍一个女朋友，叫他们空闲时在一块儿谈谈。情意说得合的，就此了却我一头心事，说不合，反正是朋友，那也没有关系。不料这孩子听了我的话，便一口坚决地拒绝我。我想冷云平日很听从我的话，如今突然地倔强起来，那不是叫我心中伤悲吗？"

说到这里，明眸向坐在对过沙发上的冷云逗了一瞥哀怨的目光，忍不住轻轻地叹了一口气。

雨霖是坐在冷云的隔壁，听了倩萍的话，遂把手拍了拍他的肩胂，喷去了一口烟，笑道：

"傻子，你妈这意思也是一件好事情呀，干吗一口地拒绝了？"

冷云微红了两颊，回眸望了他一眼，低低地道：

"雨哥，你是知道我的脾气，从前我在校中的时候，也不喜欢跟女同学谈话的。如今我厂中事务又忙，你是会计主任，这总是瞒不过你，我若再有了女朋友，这倒好像反加重了我一头心事般的。所以我向妈说，我的年龄也不算大，一个正在为事业而奋发的青年，还是不谈女朋友的好，不料妈却伤心起来了。"

"你们听听，这算是什么话？一有了女朋友，会加重他一头心事的。那么你到舞厅里游玩，这倒不会分去了你工作的心思了吗？"

倩萍不等他说话，就很快地插嘴上去抢白他。

"云弟现在也在跳舞吗？不知跟谁一同去的？"

纫英听了这话，秋波向雨霖和冷云斜乜了一眼，低低地问。雨霖被妻子这么一瞟，脸儿不免浮现了微晕的颜色，好像感到有些局促。倩萍却又说道：

"跟赵再亮一同去的，人家有几百万的家产哩，你能跟人家比吗？"

纫英这才望着冷云，又柔和地说道：

"云弟，不是我做嫂子的埋怨你，这种灯红酒绿的场所，你原不应该去呀。与其要到这种地方去，倒不如介绍给你一个女朋友的好。"

冷云点了点头，说道：

"再亮硬拖着我去坐一会儿，我想逢场作戏，再说也不曾跳，只不过听一会儿音乐，那也没有什么关系的。像我们这样的青年，假使还不能想明白的话，这在社会上还能做得了别的事情吗？"

"云弟，这个你倒不要说得嘴响，一个年轻的人，若一步入了情网的话，饶你是个英雄，可是再也逃不过情网中的。再亮这孩子太滑头一些，这是因为他的环境关系，云弟可以避免少和他去游玩，总还是安分一些有益处。"

纫英听他说得很有主意的，芳心不以为然，瞅了他一眼，轻轻地劝解他。

倩萍道：

"我早就对他说过，你凡事都要瞧雨霖哥的样子，明儿也娶个像马小姐那么贤惠的妻子，这是多么幸福。不是我当面说雨霖的好，他舞厅里总不会去玩的，是不是？"

纫英噘了噘嘴，向雨霖斜乜了一眼，笑道：

"妈，你还当他是个没肚脐眼子的好人吗？为了他的跳舞，我不知和他吵过多少次数，但他这副贼脾气还是改不过来。我不是冤枉他们，他们两人到舞厅少不得一定也同去玩过了。"

冷云生恐坏了雨霖的名誉，因为他在爸妈那儿还算是块金字招牌，遂忙说道：

"嫂子，那你倒不要冤枉了雨哥，他从来也没同我到舞厅里去玩过。我们在一块儿的时候，不是瞧电影、话剧，就是吃馆子，这样是最实惠的了。"

雨霖红了两颊，搓了搓手，笑道：

"从前偶然去玩一次，也是朋友们拖了去的。自从吵了嘴后，我就不曾去过，这是天地良心的话……"

纫英不待他说完，就啐了他一口，笑道：

"这样说来，你们还都是好人哩！想不到你们弟兄两人偏是狼狈为奸的，我起初道云弟老实，谁知也不是个好东西。"

这几句话，倒把众人说得笑起来了。倩萍暗想：原来雨霖也是爱跳舞的，可见现在这个时代，没有一个男子是不会跳舞的了。遂向纫英笑道：

"马小姐，我告诉你，以后雨霖要再去跳舞的话，你不用跟他吵，只不给他开门，叫他尝尝半夜外面风吹的滋味也就罢了。"

"妈这话教得我很有道理，以后我就准定这么照办是了。"

13

纫英抿嘴扑地一笑，俏眼儿向雨霖又逗了一瞥妩媚的娇嗔。

雨霖笑了一笑，说道：

"我们闲话少说，言归正传。妈给云弟要介绍一个女朋友，不知姓什么叫什么，今年几岁，哪儿地方人？照片可有吗？"

倩萍听他这么问，方才把话又扯了回来，告诉道：

"这位小姐说起来正巧，也是姓马的，原籍是北平，大概上海住久了，所以北平也不回去了。今年十九岁，是青江女中毕业的。家里爸爸没有了，只有一个妈，因为经济不比以前的好，所以她没有再读大学。照片没有拿来，反正总要会面的，瞧了人不是比瞧照片更清楚吗？"

纫英听了，点了点头，说道：

"论年龄、才学，和云弟都很相配，只是脸蛋儿美不美，还是一个问题。因为我知道云弟的脾气，他自己长了一副白净的脸，总希望娶个漂亮的夫人，是不是？妈，不知你可曾先瞧见过？"

"我也没有瞧见过，但据那人告诉我，生得实在很不错，只要明天约个地方瞧瞧，那不是一件容易解决的事情吗？"

倩萍听她这么问，遂摇了摇头回答。

冷云听妈都没有瞧见过，这样盲目地干事，心中如何愿意，遂忙说道：

"我现在真的不需要，所以还是不必多此一举的好。"

倩萍自然非常地生气，沉着脸儿说道：

"你这话明明和我作对，你说在外面既没有别的女朋友，那为什么不要呢？雨霖，你总该知道一些，他在外面不知到底有没女朋友了？你只管告诉我，有了，那么也给我瞧瞧，我也不是个思想陈旧的人，若果然是个好人品，我总也可以给他们成功一对的。"

雨霖向冷云望了一眼，笑道：

"这个我委实没有知道。云弟，你真也是个怪脾气，妈给你介绍女朋友，还有个不好的吗？我的意思，就不妨约个地方会面会面，

14

反正成不成乃是另一个问题。云弟，你答应了，别叫妈心中不快乐。比方我和纫英的结合吧，也没有经过长时间的友谊关系，到现在却也没有感到什么不满意，只是太凶一些罢了。"

雨霖末后这一句话似乎是故意说的，引得大家都哄堂笑起来。纫英红晕了娇靥，白了他一眼，笑道：

"你们听听，这话亏他说了出来，幸而是在妈的家里，要不然被别人听见了，还以为我这人不知是凶恶得怎么个模样儿呢！"

倩萍也笑道：

"马小姐，男子都是蜡烛脾气，你真不能待他太好的。凶一些，才安静一些呢。"

雨霖笑道：

"妈，你还要鼓励她，不鼓励我已经够怕的了。"

纫英啐了他一口，恨恨地逗给他一个娇嗔，说道：

"有你这么厚皮，真也难找第二个的了。"

说着，又向冷云说道：

"云弟，正经的，后天是星期日，早晨约她在大东茶室吃点心，给我们大家瞧瞧，我的眼儿尖一些，给我见过的人总不会错。"

冷云被纫英这么一说，一颗心儿倒不免动摇起来，沉吟了一会儿，说道：

"瞧瞧原没有关系，我怕不合意，将来分开了手，在人家姑娘的心中，少不得多了一个痕迹。"

"从这一点听来，可见你是个多情人，只要马小姐生得美丽，只怕你们卿卿我我恩爱得了不得，到那时候你就要深深地感谢妈的了。"

雨霖把烟尾掷向痰盂罐子里，瞟了冷云一眼，笑嘻嘻地说。

倩萍、纫英听了，又笑起来。冷云低了头儿，却并不作答。雨霖又笑道：

"云弟不作答，那就是默许的表示。妈，你还没有告诉这位马小

15

姐是叫什么名字的？"

"马小姐名字叫翠云，听说针线活儿也很不错，像我们这样人家的媳妇，最好是能粗能细，又能识字，所以马小姐这么人才，是很相合的。"

倩萍一面告诉，一面竭力地赞美着马小姐的人品。

纫英点了点头，说道：

"这倒也是一件要紧的事情，大半男子择偶的时候，第一条件就是容貌美，对于其他似乎不大注意。吾以为容貌还在其次，性情和才干最要紧。这在结婚以前是体会不到的，可是结婚之后，就可以知道专注意外表的美，而忽略了实际的美，这是一件绝对错误的事情。"

"不过像你这样又美又有才干的女子真也不可多得，我说雨霖也不知修了几世才得到这么一个好媳妇的。但愿给冷云说的这位马小姐也和你一样的，这就叫人喜欢的了。"

倩萍望着纫英的粉脸，含笑着说。

"只是有一样，千万瞧不得纫英的样子……"

雨霖喝了一口茶，正经地说。

"是哪一样？"

倩萍见他好认真的神气，遂凝眸望着他猜疑地问。

"刚才已经说过，不要学她那么凶才是。"

雨霖悄悄地说了出来。

"不过我倒赞成做妻子的凶一些，因为你们这班孩子都是顽皮的多。"

倩萍笑起来说，于是室中人都又忍俊不止了。纫英道：

"那么事情是决定的了，星期日上午十时，在大东茶室会面。不知对方的介绍人是谁？和妈有亲戚关系的吗？"

"不是，从前和我一个地方办过事情，她姓黄名洁之，和马翠云小姐倒是个邻居。那天我和洁之在大新商场遇见了，说起儿女的婚

16

姻，她说倒有个很好的姑娘在着，在她是个不爱管闲事的人，因为这位小姐太好了，所以她要竭力给她找个好夫婿。我想黄太太不是专门做媒的，她说好当然是真的好了……"

倩萍说到这里，只见暖香笑盈盈地走进来说道：

"我道是什么人在说话，原来是大哥和大嫂子，你们多早晚来的？可不是在说我哥哥的婚事吗？"

纫英望着她亭亭玉立的身子，显然近来是高得多了，遂笑道：

"你哥哥的婚事原是说定的了，现在说的却挨到你的了。"

暖香听了，红晕了粉颊儿，有些娇羞不胜的样子奔到纫英的身旁，把手扬了扬，做个要打的姿势，但"嗯"了一声，扭着腰肢儿又笑了，说道：

"不，我是不嫁人的。"

雨霖呵呵地笑道：

"你还只十六岁，当然没有想到这回事。再过两年，只怕你就要闹着嫁人的了。"

暖香听了这话，把耳根子都羞得绯红起来，啐了他一口，秋波却恨恨地逗给他一个妩媚的娇嗔。但大家见此情形，又早已大笑了。

倩萍见雨霖夫妇一来，总算把冷云说服了，所以心里十分欢喜。此刻她才注意到桌子上许多的礼物，向纫英说道：

"马小姐，你来一次总花费了许多的钱，叫我心中真不好意思的，以后你千万不要再买什么东西，瞧我可曾给你们吃些什么？"

"妈，你还说哩，又不是什么贵重东西，雨霖说爸爸喜欢水果的，所以买了些生梨和蜜橘……"

纫英说到这里，一面又拉了暖香的手，亲热地抚摸了一会儿，笑问道：

"香妹，你今天干吗不上学校里读书去？"

暖香一撩眼皮，笑道：

"我寒热早晨才退哩。"

纫英听了这话，便拉她到身旁坐下，说道：

"病儿天了？干吗不打个电话告诉我？也好叫我来跟你做伴哩。现在可完全好了？但是也不该立刻就起床，总要多休养几天才好。"

暖香伸手在她腹部上按了按，转着乌圆眸珠笑道：

"你自己凸了肚子怪吃力的，我怎好意思再来打扰你？原不过一些小病，吃了一帖草头药就好了。大嫂子，你姓马，现在我二嫂子也姓马，那可不是巧得很。只可惜你是南方人，她是北方人，不过说起来，五百年前还是一家人哩！"

纫英听她絮絮地说了一大套，忍不住感到她的可爱，遂笑道：

"你哥哥喜酒喝成了，再喝你的，我心目中倒有个好官人在着哩。"

"真的吗？马小姐，你说，是谁？"

倩萍信以为真，遂向她含笑追问着。

"不，我不许你再说这些话。"

暖香把手扪了纫英的嘴，娇嗔地说。

"你这孩子一年大如一年，还跟大嫂子这么顽皮，快放手吧，人家累呢！"

倩萍见纫英被暖香扪住了嘴，开不得口说话，遂白了暖香一眼，向她嗔恨着。

正在这时，李妈端上一盘子什锦炒面放在桌子上，分开了筷子。倩萍抬头见雨霖和冷云这时却又在大谈厂务了，遂向他们叫道：

"别谈什么正经事了，先吃炒面吧，冷了碍胃的。马小姐，大家一块儿来吧。"

说着，回头又向纫英望了一眼，纫英点点头，遂拉了暖香一同站起，说道：

"香妹一同坐下了。"

暖香道：

"我病才好，太油腻的不吃，大嫂子自管地吃好了。"

纫英道：

"稍许吃一些，也没有关系。"

倩萍道：

"不，回头她吃麦片好了，这孩子偏是多愁善感的，我见了她真有些怕了。"

冷云这时拉了雨霖先在桌边坐下了，听了倩萍的话，遂望了暖香一眼，说道：

"妹妹又病过了吗？我说今年冬天里，你该进一些补品才是。"

暖香笑道：

"像我还只十六岁的年纪就得进补药了，那么到了六十岁的年纪，真不知要怎的才好呢。"

纫英笑道：

"到了六十岁的年纪，倒是越老越健的了。"

众人听了，都又笑起来。这里四人坐在桌边吃炒面，暖香站在旁边，却说道：

"那么哥哥心中对于马小姐的亲事究竟怎么样呢？"

"原说是介绍一个朋友，怎么妹妹说到'亲事'两个字上去？这未免太早一些了。"

冷云明知事情已到了相亲这个地步，不过在他口里偏还爱这么声明了一句。

暖香抿嘴好笑道：

"何必还要分说得那么清楚，哥哥难道还怕着难为情不成？"

冷云没有回答，他心头有些苦闷。雨霖道：

"星期日早晨十时，大东茶室会亲，二妹也一同参加吗？"

"那当然参加的，不过人太多了，哥哥心中也许会感到讨厌的。"

暖香频频地点了一下头，秋波斜乜了冷云一眼，还取笑着他。

纫英笑道：

"香妹，你这个门槛不精了，初次相亲的时候，你哥哥也惯会害羞的，所以我晓得他一定是喜欢人愈多愈好的。只要把他们一介绍熟悉，以后两人的往返，我们当然是不问不闻的了。"

大家听了，又都扑哧地笑。这时，李妈把暖香吃的麦片也端上了，冷云笑问道：

"妹妹，里面可曾放着鸡蛋吗？"

"有的，你可是要吃？我就给你吃了。"

暖香把碗端到他的身旁，用羹匙盛了一个黄黄的鸡蛋，送到冷云的口边去。

"妹妹吃的，我怎好意思抢着吃？不，你自己吃吧。"

冷云摇了摇头，笑着回答。

"你不想吃，何必问？人家给你吃，你又假客气。蛋有两个，你吃一个，我还有一个呢。"

暖香俏眼儿睃了他一下，有些娇嗔的神气。说到后面，把羹匙一定塞到他的口边去。

冷云听了，只好含笑吃了。谁知吃得太快，烫得心儿都跳起来，皱了眉尖，闭了闭眼睛，把蛋强咽了下去。

雨霖笑道：

"做什么？吃一只蛋要费这样的气力？"

冷云眼泪也烫得流下来，笑道：

"妹妹，你太会捉弄人了，这样热的鸡蛋，就给我一口塞了下去，人家心儿也烫热了。"

"这倒不是鸡蛋烫热你的心，原是你那颗火热的心把那鸡蛋煨熟了。"

暖香却俏皮地说着，抿了嘴儿微笑。纫英见她妙语双关，说得有趣，也不禁失声笑了。

吃毕点心，大家散坐，重新闲谈了一会儿。雨霖和纫英遂起身告别，倩萍道：

"忙什么？吃了晚饭走吧，你干爹大概可以回来了。"

"下次来吃饭，今天不客气了。"

纫英摇了摇头，低低地回答。

"那么星期日早晨怎么样？你们直接到大东好不好？"

倩萍不再客气，和冷云、暖香一同送出房来，一面又向他们低低地问。

"好的，我们准定到来。妈和妹妹别送了，外面风大，进去吧。"

纫英含笑点了点头，倩萍和暖香遂停步不送。冷云却一直送到门外，给他们叫街车。雨霖道：

"不用叫，我们蹓出静安寺口去，还得买些东西。"

冷云依恋不舍地跟着他们夫妇走了几步，低低地道：

"雨哥，你该同情我才好，怎么反而吃我的豆腐哩？"

"怎么说吃你的豆腐？这件事情是每个人都免不了的，你不要忧愁马小姐是个庸俗的姑娘，说不定是个好人才儿，你又如何料得到？我们且到星期日瞧过了后再作道理，反正你不喜欢，她也不能强嫁给你的。"

雨霖望着他低低地安慰，纫英也笑道：

"你别愁苦，照我的猜测，也许会给你感到意外喜欢的。"

冷云感觉她这句话是包含了取笑的成分，红了两颊，停住了步，却不再送下去。和他们招了招手，眼瞧他们两人慢慢地走远去了。

第二天是星期六，再过一天便是星期日。早晨十时敲过，冷云、暖香、倩萍、古栋父母子女四个人匆匆到大东茶室，拣了一个座桌坐下，泡了四壶茶。不多一会儿，雨霖、纫英夫妇俩也来了。冷云招呼坐下，因为回头还有三个人到来，所以吩咐侍者合了一张座桌，这就成了长方的大餐桌了。雨霖道：

"十点半了，还没有来吗？"

倩萍道：

"大概就来了，你们肚子饿了没有？先吃些什么？随意地拿好了。"

暖香见茶役拿了盘子过来，遂吩咐拿下四客鸡球大包、四客春卷，向纫英笑道：

"大嫂子，我们等着肚饿不是生意经，不用客气，先吃饱了是正经。"

大家笑着，于是随意吃了一些。倩萍一面在吃，一面可在细看进来的食客，当她发现黄洁之太太的时候，遂忙抿了抿嘴，笑道：

"来了，来了！"

随了她这两句话，她身子已是站了起来。

第二回

怎料到她是倾国倾城貌

　　冷云听妈说来了来了，这就把嘴里吃的春卷很快地咽了下去，拿了手帕，抿了抿嘴唇，跟着众人站起身子。回眸望去，只见两个年约四十左右的妇人在前，后面跟着一个十八九岁的姑娘，身穿湖色条子花呢的旗袍，脸上不施脂粉，打扮得非常朴素文雅。不过她原具有一副白净面标准的脸庞儿，眉毛并没有经过人工的修饰，所以也不见如何细弯，但它本来是很长的，覆着下面那双碧波样清洁的明眸，更显出一种秀丽之气来。冷云在没有见到翠云姑娘之前，他心中是非常愁苦，可是当他瞧到翠云姑娘之后，他心头仿佛得了一种深深的安慰，全身会感到轻松了许多，他脸上不期然地会浮现了一丝浅浅的微笑。

　　黄洁之先和宓情萍点头招呼了，然后把这儿站着的人都一一地介绍。冷云方知还有一个妇人便是翠云的母亲。绍英便拉了翠云在旁边那个椅子上坐下了，笑着道：

　　"马小姐，我们虽然是初会，但我们可是一家人啦！"

　　暖香、冷云听绍英说得好俏皮的话，一时由不得都笑起来了。翠云因为他们已有这许多人儿先等在这里，芳心别别地乱跳，早已红晕了两颊，羞糊涂了心。所以黄洁之在给她介绍的时候，她只知道站在西首那个身穿西服、白净脸蛋的少年是冷云，其余的都很模糊，至于绍英也是姓马的，她实在没有清楚。此刻被她这么一说，又见众人发笑起来，一时还以为她直接地就取笑了。芳心这一羞涩，不免把耳根子都娇红起来了，觉得回答不出什么是好，不过不回答人家，又怕人家心中生了气，因此笑了一笑。正在支吾的当儿，暖香却插嘴笑道：

"大嫂子，你这话不是自己在对自己说吗？"

翠云原是个绝顶聪敏的人，她听了暖香这一句话，方才猛可地理会过来了，因为她并没有取笑自己，倒是自己多心了，这就显出洒脱的态度，向纫英瞟了一眼，笑道：

"说起来也许我们真是一家人，因为我爸爸也是浙江慈溪县人，要如爸爸在着的话，大家还可以推算一下到底是不是一族啦。马小姐府上不也是浙江吗？"

纫英听她很会说话，而且声音清脆，虽然不是纯粹的北平话，但多少带些北方的口吻。这口吻并不像山东、河南那么粗俗，至少是包含了一些干脆的成分，于是也笑道：

"真的，我们也是浙江慈溪，那么你爸爸叫什么名儿？"

"我爸爸单名叫良，号贤芳。"

翠云露了雪白的牙齿，微笑着回答。

"这个要问我的爸爸，也许知道一些。我们做下辈的，离开故乡也久了，对于族中那些老前辈差不多都生疏了呢。"纫英听了，凝眸沉吟了一会儿，可是想不出有马良这个人，因此也只好笑着这么说。

那时侍役又泡上三壶香茗，暖香握了茶壶，先给马太太和黄洁之杯中倒了一杯。马太太道了谢，一面望着她的娇容，觉得也非常秀丽，遂问倩萍道：

"武小姐今年几岁了？"

倩萍道：

"还只十六岁，可是个子长得高大，其实像小孩子一样淘气哩。"

暖香被母亲说得两颊更红晕了，瞟了倩萍一眼，笑道：

"妈这话可不有趣，我原是个小孩子呢，难道你还把我当作了大人看待不成？"

大家听了，都又笑了。这时，古栋说道：

"我们已经先吃过一些点心，三位吃些什么呢？"

马太太拿杯子喝了一口茶，笑道：

"我们从家里出来，也吃过一些点心的，武先生，你别客气吧。"

倩萍道：

"此刻已十一时多了，我想大家谈一会儿就吃饭了实惠些。"

雨霖点头笑道：

"妈这话我赞成，吃好饭，我请个东道，大家到第一舞台瞧戏剧学校全体学生登台表演去好不好？"

冷云拍拍他的肩胛，笑道：

"听说那班学生年龄虽小，唱做功夫着实不错。有个姓关的演《武家坡》，真是拿手好戏。"

"要如今天演甘露寺《龙凤呈祥》的话，那就更有味儿了。"

纫英听他这么说，遂瞟了他一眼，又低声儿笑起来。

冷云、翠云听她说得好吉利的口彩，两个人心中仿佛都涂过一层糖衣那么甜蜜，红晕了粉脸，抿着嘴儿也是咪咪地笑。这时，雨霖向纫英又说道：

"你这人也不识趣，怎么老是坐在翠云小姐的面前，我想你现在该和云弟调换一个位置坐了。"

翠云见纫英真的要站起身来，这就伸手把她拉住了，羞涩地笑道：

"马小姐，你别听他的话呀，咱们俩谈谈不是很好吗？"

冷云见她娇羞万状的意态，真有说不出的妩媚可爱，因此目不转睛地呆望着她四月里蔷薇那么艳丽的芳容，有些百看不厌的样子。谁知翠云偶然把俏眼儿也偷瞟了他一下，四目相接，大家都感觉难为情，这就又各自垂下脸儿来。

倩萍和马太太、黄洁之三人谈着家常琐碎的事务，武古栋当然

25

插不上嘴儿去说话，因此只好和雨霖、冷云谈着厂中的事情。至于纫英、暖香、翠云三个人，她们年轻的当然也有她们谈话的资料。大家经这么一谈，果然时间似乎过快了许多，一转眼间，已是十二点多了。侍者上来，含笑问还吃什么面点，因为晨市已经散完了。古栋这才中止谈话，向他说道：

"我们预备吃饭，这儿菜是怎么的？"

侍者微笑道：

"你们一共有九位，还是吃整桌酒筵上算。"

古栋暗想：这话倒说得是，点菜既贵，而且也不够吃。于是问这儿菜共分几种。侍者道：

"分二百元、三百元、四百元、六百元四种。"

古栋道：

"你就拿三百元的一种吧，菜分配得好一些。"

侍者点头道：

"那是一定的，你们喝什么酒？"

古栋听了，回头问雨霖等，但黄洁之、马太太等都说不会喝。雨霖道：

"喝酒的人太少，就拿两斤黄酒是了。"

侍者点头答应，一面给他们收拾桌上吃剩点心的盘碟筷子等物，一面重新摆台布，陈设杯筷，先送上四只镶盘，然后把酒热上。冷云握了酒壶，先给雨霖杯中斟下去，却被雨霖拦住了，笑道：

"你这人今天可是乐糊涂了，在这儿可有给我第一个斟酒的理由吗？喏，这位黄太太是不能忘记她的，然后马太太、马小姐、爸爸、妈妈，最后才能挨到我的分呢！"

冷云被他这么一说，倒不免羞人答答起来，于是只好厚了脸皮，先斟到黄太太的杯中去，然后又给马太太斟酒，两人都略欠了身子道谢。冷云在斟过了爸妈之后，方又斟到雨霖杯中去，雨霖是不依，笑道：

26

"先斟了马小姐，再斟我的。"

冷云遂故意去斟纫英的杯中，雨霖把他手拉回来，笑道：

"干吗不先给马小姐斟酒？难道你还害羞不成？"

"哎！这位不也是马小姐吗？"

冷云俏皮地笑起来说。

"对了，你叫纫英该是马小姐，这位可不行了。我想两人都叫马小姐有些缠不清楚，你还是叫一声翠云妹妹得了，岂不是爽脆吗？"

雨霖见他刁得可恶，遂索性拉开了嗓子，来取笑他们一下。

果然，大家都笑了。尤其暖香笑得最厉害，几乎咯咯有声起来。翠云当然非常难为情，红晕了娇靥，羞得不敢抬头。就在这当儿，她的耳朵听到有斟酒的声音，使她意识到冷云是在给她斟酒了，于是抬头一撩眼皮，欠了身子，低低地说了一声"劳驾你"。这三个字是北方的语音，冷云感到非常清脆动听，遂也含笑回说了一声"别客气"。不料话声未完，纫英在旁边却扑的一声笑出来，说道：

"相敬如宾，这句话真不错的。"

暖香笑道：

"哥哥是学雨霖哥哥的样子，因为雨霖哥哥待大嫂子也许更要客气十分，不过太客气了，倒好像有些怕起来了。"

暖香这两句话把众人都说得笑弯了腰。纫英见翠云又羞又笑的神情，益发感到可爱，遂逗给暖香一个娇嗔，笑道：

"你这妮子变成倒戈朋友了，怎么拿我也取笑起来了？"

冷云给大家斟完酒，方斟满了自己的杯中，望着纫英的娇容，笑道：

"嫂子，这叫作六月债，还得快呀！"

这时，古栋拿了杯子向黄太太、马太太等举了举，说道：

"他们尽管说笑话，我们年老了说不像，光坐着笑也没意思，还是喝酒吃菜正经吧。"

暖香笑道：

"爸爸，你还谦虚着说不像，可是照我看来，单凭你这两句话，起码已是七十分以上的了。"

众人听说，益发大笑起来。黄太太道：

"武二小姐这样会说话，我明天也给你介绍一个好朋友……"

暖香不等她说完，却呸了一声，红晕了两颊，也不禁低垂粉脸儿来，默不作声了。

雨霖笑道：

"二妹这一下子就老不出脸儿来，换作了我，一定答应黄太太给我马上去介绍一个好丈夫哩。"

众人听了，又是一阵子大笑。暖香却偷偷地白了他一眼，撇了撇嘴，似乎在说道：

"大哥，你当心一些，回头我跟你算账。"

大家一面说笑，一面吃喝，觉得那菜的味儿也格外可口，所以几只热炒上来，都是吃得空盘拿下去的。倩萍向马太太笑道：

"我们这两个孩子都是淘气精，你们千万不要做客，随意地吃，要如你们做客不吃，都被他们抢光了呢。"

雨霖笑道：

"妈，你这话也说得我们太以穷凶极恶了，给马太太、马小姐听了，不要笑我们是七月三十日放出来的吗？"

众人听了，自不免又忍俊不禁起来。

吃毕这餐饭，时候已经两点钟敲过。古栋烟瘾上来了，遂不由自主地打了一个呵欠，吩咐侍者拿上账单，付去了钞票，向马太太说道：

"你们再坐一会儿，大家决定一下子，究竟到什么地方去玩玩。我还有些事情，得先走一步，不奉陪你们了。"

一面说着话，一面已是站起身子来。雨霖明白他是回家抽烟去的，所以也没有问他还有些什么事情，就起身表示相送。

马太太早已也站起身子，含笑谢道：

"今天是叫武先生破钞的了，很对不起的。"

翠云见妈站起，自然也跟着起身。古栋一面客气，一面说道：

"马太太，你说哪儿话？今后我们该走动走动，和马小姐常常来玩玩好了。"

马太太含笑答应，古栋又和黄太太等点头，遂匆匆地走了。于是众人又坐了下来，侍者重新泡上茶，雨霖笑道：

"马太太、马小姐、黄太太，我做个小东道，你们肯赏我一个脸儿吗？"

黄洁之笑道：

"管少爷，你说话也真太客气，叫人家听了不好意思。因为下午我在礼拜堂里还有事情，所以不能遵命了。"

"黄太太，你信教吗？"

纫英听她这么说，遂向她低低地问。

"马小姐，我告诉你，黄太太还是教堂里牧师呢。"

翠云不待洁之回答，向纫英笑盈盈地代为告诉着。洁之也笑道：

"我在慕尔堂里，你们有空闲常可以来做做礼拜，我们是很欢迎的。"

她说到后面，又拿出牧师传教的口吻，满脸堆了谦和的微笑。

"我在姑娘时代，倒常去做礼拜听讲，可是一嫁了人，家里什么事情都得问我一个人，因此一天到晚也没有一些空闲的时间。"

纫英很感慨地回答。

"那么马小姐也很信仰耶稣的了，不知从前可曾受过浸礼？"

黄洁之听了很喜欢，她希望耶稣圣洁的光辉能够照临到全世界的人类身上去。因为她本身是个耶稣的信徒，所以她对于传教认为是唯一的天职，便向纫英低低地探问。

"浸礼却没有受过，在我每次烦恼的时候，我看一遍《圣经》之后，我的心就会慢慢地平静起来。所以我的信仰耶稣，完全是一种心灵上的寄托。"

纫英摇了摇头，悄声儿地告诉。

黄洁之听她这么说，觉得她信教的程度和普通一般人又高一等了，所以她不再用迷信式的拿上帝创造世人万物的话来向她作为宣传，只请她有空去做礼拜。纫英含笑答应，说一定来听黄太太的讲道。

雨霖听她们谈话告一个段落，遂又说道：

"那么黄太太是一定不能赏光的了，既有正经的事情，那也不能十分勉强。还有马太太和马小姐呢？你们若一个都不答应，这可叫我下不了这个面子的呀！"

雨霖见马太太做个沉思的样子，他先焦急起来向她们声明着。

马太太笑道：

"管少爷真是个热心人，那么翠云跟你夫人大家去玩一会儿，我家里还有许多事情，实在不能奉陪的了。"

其实雨霖三人瞧戏，翠云原是主，马太太、黄太太只不过是宾罢了。如今只要主有着落，做陪客的马太太、黄太太也就随她们去了，于是笑道：

"马太太既这么说，我不强劝，至于令爱小姐，回头我一定叫内子送她回府，那你可放心的。"

"雨霖，你这话可错了，并不是我不肯负这个责任，因为有冷云弟弟这么一个年强力壮的保镖在着，我还用多管这个闲事吗？叫云弟心中想来，似乎我有些瞎起劲的了。"

纫英一面说，一面笑，说得众人也随着笑起来。

翠云却伸手扯了扯纫英的衣袖子，秋波逗给她一个倾人的娇嗔，红晕了两颊，不免又低低地笑起来。纫英就此握了她的手，笑道：

"你干吗给我白眼看？难道你不喜欢冷云弟这么一个年强力壮的青年做保镖吗？"

翠云羞得垂下了粉脸，却再也不好意思抬起来了。大家既然这样决定了，马太太和黄太太便起身过来向倩萍道谢告别。倩萍道：

“那么暖香给伯母们讨车去吧。”

马太太忙阻拦了，说道：

“我们自己会去讨的，武太太、武小姐，你们千万别太客气。”

说着，又和纫英、雨霖等点头作别。纫英见冷云站着发怔，遂把他身子推了推。冷云回头来瞧，见纫英向自己努了努嘴，这才理会过来了，觉得自己也该送她们一阵子的，于是和妹妹一同送她们到电梯门口。马太太回眸见冷云也在后面，遂含笑说道：

“武少爷、武小姐，你们有闲请到舍间来游玩。”

冷云似乎还有些不好意思回答，倒是暖香笑着答道：

“好的，改天我们一定来拜望你老人家。”

正说时，电梯门儿开了，马太太和黄太太于是步了进去，在关上电梯门的时候，冷云兄妹俩方才走回到座桌旁去。倩萍道：

“你们五个人去第一舞台瞧戏吧，我身子有些累，也想回家休息去了。瞧好了戏，马小姐就到我家晚饭好了。”

翠云有些难为情，含羞笑了笑，却没有作答。雨霖道：

“那么我们大家且一同下去了再作道理。”

说着，六个人遂乘电梯到了楼下，在大东的门口站住了。纫英望了倩萍一眼，低低地道：

“妈，你有兴趣的就一同去瞧，否则，我们不和你客气，叫车送你回家。”

“我不去了，你们五个人去吧。”

倩萍摇了摇头，低低地回答。雨霖于是叫了一辆街车，让倩萍坐着回去了，暖香笑道：

“说起来，她们年老的人到底识趣得多，你瞧一个一个地都溜跑了。雨哥，我瞧你今天这个东道还是作罢了，我们也各走各的，岂不是好？”

说着话，身子也向前走了，却被冷云拉住了，瞅了她一眼，笑嗔道：

"妹妹，你这小妮子真也刁得太厉害了，我可不依你。"

纫英笑道：

"二妹，今天他们初会，总得有我们做个陪客，所以你哥哥实在是省不了我们的，你就别刁难他了。不过云弟自己肚子里明白，妹妹明天要你买十打丝袜的时候，你可一双都少不了的。"

"你这嫂子说出来的话，胃口倒也不小。你到底存心帮云弟的忙呢，还是存心要云弟的好看？十打丝袜一双不能少，以普通一些二十元一双计算，得二千四百元钱哩！你这个豆腐倒吃得不大不小哩！"

雨霖听纫英这么说，遂扑哧地笑出声音来。

冷云起初原也不曾估计到十打丝袜的价值，如今被雨霖一说穿，心中倒不免一跳，笑道：

"嫂子这个竹杠敲得再聪敏也没有了，你说十打丝袜的时候，我却并不以为多，可是被雨哥一说穿钱的数目，我才吃了一惊，感觉倒不胜负担了。"

纫英噘了噘小嘴，秋波白了他一眼，笑道：

"'不胜负担'这四字，那你何必哭穷？我知道你送一百打也行哩，何况十打吗？"

"嫂子要送一百打，我东凑西拼，也许能合得拢两三万元的钱，只是一百打的丝袜，穿一生一世恐怕也是穿不了的吧。"

冷云一面说，一面望着纫英等嘻嘻地笑。

"这儿没有外人，你少装些穷吧，谁不知你近来是发了财，偏说东凑西拼，怪寒酸的，也不怕马小姐听了笑话的。"

纫英却把秋波又逗给他一个妩媚的娇嗔，于是大家又笑了。

雨霖道：

"这儿离开第一舞台就在眼前，我们就踱了过去好不好？反正那些开锣戏也没有什么精彩的。"

冷云点头说好，于是他们两人在前，纫英、翠云、暖香三人在后，慢慢地在人行道上踱了过去。暖香见翠云两颊红得像玫瑰的色彩，遂瞟了她一眼，笑问道：

"马小姐也并不十分会喝酒的吧？"

"可不是！你瞧我两颊红得厉害吗？"

翠云一撩眼皮，乌圆的眸珠一转，纤手摸了一摸自己的脸颊，含笑着问。

"还好，并不怎样红。"

暖香不好意思说她脸红得像秋海棠，遂摇了摇头，明眸望着她微微地笑。纫英扶了翠云的身子，说道：

"你能走路吗？假使不能，我们坐车子吧。雨霖这人真不知是什么意思，存心去瞧戏，难道还节省几个车钱不成？"

暖香笑道：

"大嫂，你倒不要错怪了大哥，大哥今天酒也喝得不少，他怕坐了车子一震动，肚子里更会泛漾的，所以还是踱会儿步比较好一些。回头我们买包八卦丹，吞吃了一些，酒也醒了。"

说着话，见对面有爿烟纸店，她遂步过去买八卦丹了。

翠云两脚真有些软绵绵的，因为纫英很亲热地扶住了她，所以她心里是非常感激，遂凝望着她的脸儿，明眸充满了热情的光芒，说道：

"马小姐，我们可说是一见如故，我觉得你处处地方都有爱护我的意思，所以叫我心中真不知如何感激你才好。"

纫英笑了一笑，说道：

"可不是！真也奇怪，前天听冷云妈说你也是姓马的，我虽没有见到你，但我心中对你已有了一个好感。今日在见了你之后，我更感到你的可爱，假使你不见弃的话，我们就不妨结个姊妹，不知你的意思怎么样？"

"真的吗？"

翠云听纫英这么说，她把酒会清醒了大半，站正了身子，笑盈盈向她问出了这三个字，接着又道：

"姊姊，你肯收留我做妹妹，我还有个不喜欢的吗？不知姊姊今年几岁了？"

"我老了，今年二十五岁了，比你可要大了六年哩！"

纫英见她惊喜那么的神情，遂也很欢喜地告诉她。翠云依偎着她，像孩子撒娇似的，笑道：

"二十五岁算老了，五十二岁怎么办？姊姊，你这肚子几月里分娩？"

说着，俏眼儿又逗了她一瞥淘气又妩媚的娇笑。

"早哩，到现在还只有三个月，大概明年春天里才可以分娩哩。"

纫英又喜又羞地回瞟了她一眼，低低地向她告诉着。

"还只三个月的身孕吗？如何腹部隆得这么高？看来至少有五六个月的了。"

翠云注视着她的腹部，心中有些惊疑的样子。两人正说时，暖香匆匆地追上来，说道：

"马小姐、大嫂子，八卦丹买来了，你们大家咬一块含在嘴里好了，过一会儿头晕就会好的。"

"谢谢二妹，真难为你想得到的。"

纫英把她手里八卦丹接了过来，先给翠云咬了一口，当纫英放到自己口中咬的时候，忽然被翠云又拉住了手腕，笑道：

"有孕的人不能吃八卦丹的，怎么你就忘记了？"

纫英被她一提醒，方才也理会过来了，于是笑了一笑，说道：

"倒是妹妹细心，我险些忘了。"

暖香听了，似乎有些不解其中之奥妙般的，定住了乌圆的眸珠，怔怔地问道：

"我不懂，为什么有孕的人不能吃八卦丹的？你们告诉我吧。"

"二妹年纪轻，到底忽略了这些事情。因为八卦丹、仁丹、十滴水等药都含有刺激性的，孕妇吃了，怕有流产的危险，所以不能随便乱吃的。"

　　纫英拉了暖香的手，遂含笑向她低声儿地告诉。

　　暖香这才恍然有悟了，笑道：

　　"有孕的人就有这许多的顾忌，真叫人麻烦的。马小姐，你猜大嫂的肚子，看来有几个月了？"

　　说着，回眸又向翠云望了一眼，低低地问。

　　"三个月是不是？"

　　翠云眸珠在长睫毛里滴溜地一转，露齿嫣然地笑。

　　"咦！你怎么一猜便着了？"

　　暖香怔住了的神情，话声是包含了惊异的成分。

　　翠云还没有回答，纫英先扑哧的一声笑了。经她这一笑，暖香毕竟是个聪敏的姑娘，她就明白过来了，笑道：

　　"是不是大嫂先告诉过你的？"

　　翠云点点头，微笑道：

　　"不过我当初却猜她有五六个月身孕的了。"

　　暖香道：

　　"谁不是这么说？妈说大嫂恐怕是双胞胎吧。"

　　"哎，那倒也说不定的。"

　　翠云嘴里轻微地响了一声，凝眸含颦的，仿佛在她的芳心里也有这么猜想。

　　纫英听她们都这么说，微蹙了翠眉，粉脸上浮现了一层忧愁的颜色，好像在沉思的模样。暖香见她低了头儿，两眼望着脚尖，只管在人行道上一步一步地移动，遂悄声儿问道：

　　"大嫂，干吗显出不高兴的样子？假使真是双胞胎的话，那不是叫我欢喜煞人吗？白胖胖的两个小天使，这不是太难得的？"

　　纫英微抬粉脸，秋波逗了她一瞥哀怨的目光，说道：

　　"二妹，你到底还是一个小孩子哩，你知道双胞胎是多么危险！我一想到双胞胎，我就会心惊肉跳。因为我母亲在十年前也是生双

35

胞胎而丧失了生命的……"

她说到后面，话声有些颤抖的成分，并且至少包含了一些凄凉的意思。

暖香听她这么说，一颗芳心不免深悔自己不该拿双胞胎去触痛她的创伤，但满心眼儿虽然充塞了悔恨的意思，可是她却说不出一句话来可以安慰纫英恐怖的心灵。倒是翠云靠近了纫英左边的身子，望着她愁容的粉颊，微笑着安慰她道：

"姊姊，你别担忧，双胞胎也算不了一回稀奇的事。你不听美国有一个妇人一胎生五个婴孩吗？生五个婴孩尚且平安无事，那何况两个孩子，这当然更没有危险的了。至于姊姊说的你母亲，照我想她的年龄一定大一些，气血两亏的身子，当然受不了。姊姊，你母亲几岁养双胞胎的？"

纫英被她这么一解释，心头倒是放宽了不少，遂低低地说道：

"我母亲养双胞胎的时候，已经四十三岁的年纪了。"

"这就难怪的了，像姊姊年强力壮，别说双胞胎，就是和美国那妇人一样五福临门吧，也是平安无事的呢。香妹，你说是不是？"

翠云说到这里，回眸又向暖香瞟了一眼，悄悄地问她。

暖香听她叫大嫂姊姊，又叫自己妹妹，一时也对她表示非常亲热，点头笑道：

"翠姊这话一些也不错，大嫂千万地不要忧愁，你明儿分娩的时候，最好一养也是五个，那么送我一个做干儿子好不好？"

纫英见她跳了跳脚，说话的神情至少包含了一些天真的样子，一时由不得也转忧为喜，扑地一笑，俏皮地说道：

"拜你做干娘那是再好也没有，不过有了干娘，总也得有个干爹才好，所以二妹快快去给儿子找一个干爹来吧。"

这两句话说得翠云笑弯了腰肢，但说得暖香却焦急地跳起脚来，粉脸儿像玫瑰花朵一般娇红，"嗯"了一声，却缠绕着纫英一定不依。可是在这当儿，三人也自己走到第一舞台的门口，纫英见冷云、雨霖拿了票子，呆呆地等在石阶级上，见了三人便奔了过来。纫英遂向暖香低低笑道：

"二妹，你要再不肯依我，我把这话告诉给他们大家听了。"

暖香怕雨霖再向自己取笑，因此也只好不再向纫英缠绕了。这时，雨霖已奔到三人的面前，用了埋怨的口吻，向她们笑道：

"你们三位真可说是大脚装小脚，比三位上了年纪的老婆婆更要走得慢上两倍哩！我和冷云在门口足足等了二十分钟，怎么短短的一段路你们就得走这许多时候？莫非怕地上的蚂蚁被你们踏死了一只那么小心地走着吧？"

纫英、翠云、暖香被他问得无话可答，只好抿着嘴儿唛唛地笑。还是纫英恨恨地白了他一眼，娇嗔地道：

"你还说哩！都是你不好，车子不坐，叫我们慢慢儿跟过来。如今我们走慢了一些，又说等苦了你们，谁叫你不给我们讨车坐来的？"

说起来还是她们的理由充足，雨霖不禁哑声儿失笑起来，摇了摇头，笑道：

"得了，得了，这么说，又是我的不好了。正经的，我们上包厢里瞧戏去吧。"

纫英等三人自己也由不得一阵好笑，于是嘻嘻哈哈地遂随了雨霖、冷云一同走进第一舞台的包厢里去了。当由按目的招待入座，包厢里齐巧有位置五只，所以也不用再添椅子。雨霖和冷云坐在隔壁的，冷云的身旁是翠云，再下去是纫英和暖香。这样的坐法，原是纫英故意排成的，无非给冷云和翠云多有个谈话的机会。两人对于纫英这一份的热心，大家当然很明白，所以各人的心中倒是着实地感激了一会子。

冷云向翠云望了一会儿，微笑着问道：

"你们在半途上一定瞧百货公司橱窗里的衣料子了，所以费了许多时候吧？"

翠云没有回答，纫英先笑着回答道：

"衣料子倒没有瞧，因为翠云妹妹不善饮酒，有些头晕，所以香妹去买八卦丹，我们在人行道上就站立了一会子。"

冷云听了，这才明白了，望着翠云的粉脸儿，果然白里透红，仿佛出水芙蓉。因为她颊上的红晕并非是胭脂的颜色，所以灯光笼映之下，更觉容光焕发，十分美丽，遂又低低地问道：

"现在头晕可好些了吗？"

"好些了，谢谢你。"

翠云这回才回眸逗了他一瞥妩媚的娇笑，轻声儿地回答，在她柔和的明眸中，至少是包含了一些无限多情的成分。

冷云和翠云直接交谈，听她回答的，计算起来一共是三句，第一句是在大东茶室给她斟酒的时候回答"劳驾你"三个字，此外就是现在这两句的了。冷云感到有趣，觉得翠云小姐虽然是个学校中人，但到底还是羞人答答地怕着难为情，可见不失是个女孩儿的身份。心里想着，眼睛瞧到前面放着的四盘水果，于是他拿了高脚盘，凑到翠云面前，叫她拿上面切好的蜜橘吃，同时轻声地说道：

"马小姐，酒醉了，吃些水果也很好的。"

翠云见他这么多情，芳心中虽然欢喜十分，但碍着大家在旁边，又觉十分难为情，所以拿了一瓣橘子，含笑一点头，她把粉脸儿又别转去了。

冷云见她娇羞的意态，心里不住地荡漾，遂又向纫英等说道：

"大嫂子、妹妹、大哥，你们橘子自己拿吧。"

雨霖只管瞧戏，没有理会他。纫英和暖香却把俏眼儿逗过来一个妩媚的白眼，撇了撇嘴，大家忍不住又好笑起来了。

六点钟瞧毕了戏，大家出了第一舞台。冷云主张到雪园去晚餐，翠云却客气着要回家里去了，后来被纫英拉住了，翠云方才含笑答应下来。

在雪园晚餐的时候，纫英夫妇俩少不得又向冷云、翠云取笑了一会儿，说你们的名字倒好像是对兄妹，一个冷云，一个翠云，所以往后不必再称呼什么先生小姐，倒不如哥哥妹妹来得干脆爽快吗。翠云、冷云听了，自然又羞又喜，因此红了两颊，说不出什么话来。偏暖香笑功最好，伏在纫英的肩胛上，却是花枝乱抖般地直不起腰肢儿来。因此这一来，把他们愈加羞涩得无地自容了。

从雪园晚餐后出来，雨霖和纫英说先回去了。暖香理会他们的意思，遂说还要瞧一个同学去。三人这么一走，就只剩了冷云、翠云两个人，冷云笑道：

"那么我送马小姐回家吧。时候还很早，从这里转西，到你家也很近的了。"

翠云从他这几句话中，就明白他是不用坐车这么踱过去的意思。为什么要踱过去？不用说的，自然为了便利谈话起见，所以点了点头。两人并肩在那条清静的静安寺路的人行道上缓缓地踱了过去，两人且行且谈，不料经此一谈，冷云的心中更嵌上了她一个情影，认为她是理想中的爱妻。不知不觉间，已到了翠云的家。在翠云的意思，还叫他到里面坐一会儿，冷云恐马太太笑自己，所以说改天来拜望。翠云当然不便强留，秋波脉脉含情，微笑点头。冷云情不自禁，却伸手和她握了一阵，谁知道因了这一握手，下面又引出哀感顽艳曲折的故事来。

第三回

初到情人家怪不好意思

武冷云送了马翠云回家后,他才跳上街车匆匆地回到自己家里。一脚跨进上房,这是做梦也想不到的事情,只见管雨霖夫妇和妹妹都在母亲的房中,爸爸也在里面,他们一面吃瓜子,一面听无线电,谈着话儿,神情似乎很快乐。见了自己进房,他们便哄然笑起来。尤其是暖香,笑得弯了腰肢,奔到自己面前,撩过臂膀来给自己瞧她手腕上的金表,说道:

"哥哥,我们分手的时间是八点十五分,现在快到十点半了,想不到送马小姐回家,得花这么许多时候。我想马小姐的家也许不是在上海吧!"

众人听暖香这妮子说得怪俏皮的,因此益发大笑起来。武冷云由不得红晕了两颊,微微地一笑,说道:

"因为叫不到街车,所以我就一路走着送她回家,时间不免延迟了一些。你们不是说有事先走了吗?如何又都走到这儿来了呢?"

"那你还用问的?我们是成全你们多谈了一会子话,不料你们越谈越起劲,倒谈出滋味来了。所以站在马路上不肯分手,我想你们一定在大兜其圈子了。"

管雨霖听他这么问,也笑嘻嘻地回答,还拿了一粒瓜子掷到他的脸上去。

大家听了又笑,冷云不好意思说什么,遂自管坐到沙发上去。

纫英瞟了他一眼，笑道：

"云弟，你对于马小姐的人才感到满意吗？我想你昨天对雨霖说的忧愁，现在是可以完全消失的了。妈正在说你，问你如今还只管一味地拒绝吗？"

冷云抬头望着纫英，却只是憨然地傻笑，没有作答。暖香笑道：

"你们瞧瞧，哥哥乐得哑巴似的连话都不会说的了。"

冷云听了，伸手在嘴上一按，打了一个呵欠，故意装出那种倦怠的样子，笑道：

"昨夜没有睡畅，此刻眼儿倒要闭下来了。"

"大概昨晚就想了一夜翠云小姐，现在是被你想得这么一个美人儿来了。"

纫英扑哧地一笑，秋波神秘地又逗给他一个媚眼。冷云的两颊再度红晕起来，忙着声辩道：

"嫂子又取笑了，昨天厂内开夜工，我怕工人偷懒，有什么机件损坏等情况，所以我十二点睡，四点钟就起来了。谁像雨哥那么舒服，恐怕还在温柔乡中做好梦吧。"

雨霖笑道：

"谁叫你不快结婚的，明儿和翠云妹妹结了婚后，你还肯一个子独自地睡到厂内去吗？"

暖香早已哧哧地笑起来，拍了拍纫英的肩胛，笑道：

"嫂子，你听听，他倒反而取笑你们起来了。"

纫英听冷云的话，已有些不好意思，如今再被暖香一说穿，也不由粉脸儿浮上了玫瑰的色彩，笑道：

"凭他这么说去，瞧他以后还要我给他帮忙不！"

冷云听了，向暖香白了一眼，笑道：

"妹妹真不是个好东西，我几时取笑过嫂子，你又在搬……"

说到这里，忽然想到有一句"搬嘴小姑"的俗话，因为生恐妹妹听了心中起了误会，所以他把那个"嘴"字再也不敢说下去，立

刻转口笑道:

"大嫂子,你少听妹妹的话,妹妹再向你提一句,在她自己倒真不怀好意的呢。"

暖香啐他一口,于是众人都又笑了一阵。古栋听他们你取笑我、我取笑你,他一面吸雪茄,一面也咪咪地拉开了嘴儿笑,说道:

"说正经的,马翠云小姐的人才不错,我想给冷云结婚后,将来无论什么事情少不得能给丈夫有分工合作的地方,所以我倒认为很满意。不知云儿的意思怎么样?"

暖香见冷云脸儿不作答,遂故意学着他的口吻说道:

"爸爸,我不要,我年纪还轻啦!何况我正在为事业而奋发呢!"

雨霖、纫英听暖香刁得可恶,也刁得可爱,这就都又笑起来。倒是倩萍逗给暖香一个白眼,笑嗔道:

"谁又不是给你嫁婆家,要你回答做什么啦?你年纪轻,谁不知道你还只有十六岁呀!"

倩萍真也可人,说得雨霖、纫英益发笑个不停,古栋和冷云也笑得合不拢嘴。暖香原是很兴奋地取笑着人家,如今被母亲这么一挫顿,她真羞得连耳根子也都红起来了,"嗯"了一声,奔向倩萍的怀里,缠绕着一定不依,怨她不该帮哥哥。倩萍抱了她身子,手摸着她脸庞儿,笑道:

"谁叫你太挖苦哥哥的?你哥哥当初说这些话原是推托之词,因为他怕马小姐生得不美,如今给他瞧到过了之后,他喜欢还来不及,如何会再说这些话吗?你故意再去挖苦他,这你不是也太厉害了吗?"

众人听了,大家都笑。暖香一面絮絮地笑,一面把秋波斜乜着冷云。因为冷云也正向自己笑,而且在这笑的成分中,至少是包含了一些神秘的意思,这就逗给他一个妩媚的娇嗔,同时把纤指划到脸颊上去羞他。不料冷云厚着脸皮,益发笑起来了。

大家经过了这一阵子的嬉笑,无线电里当当地已播送出十一时的钟声来。雨霖、纫英这才意识到时候是已经不早了，于是不约而同地站起身子说道：

"真快，一会儿已十一点钟，我们糊里糊涂地也该走了。"

倩萍道：

"这么夜深了，马小姐凸了肚子，我可不放心。反正家中也没有什么事情，宿一宵吧。雨霖和冷云睡，马小姐睡到我香囡房中去不好吗？"

"不，家中人有一个仆妇阿英在着，那也叫我不放心的。上海地方，十一点钟算不了迟的，没有什么关系。"纫英摇了摇头，低低地回答。

古栋站起身子，说道：

"那么也别和他们客气，云儿，你打电话去喊一辆三轮车来吧。"

雨霖连说"不用了"，但冷云已奔到电话间去了。

不多一会儿，车子已到。两人告别走出，冷云、暖香送到门口而回。

上海自从汽车绝迹之后，人力车嫌太慢，有人发明了三轮脚踏车，所以营业颇好，因为它的速度比人力车要快了许多。

雨霖和纫英夫妇回到家中，时候已十一点一刻，纫英打了一个哈欠笑道：

"在外面玩了一整天，也是怪吃力的。"

雨霖道：

"那么你该早些睡了，我还有些成本会计给它舒齐了。"

纫英道：

"这么晚了还干什么？明天也好做的，何必一定要今夜赶成了？"

雨霖望着她情意脉脉的明眸，笑道：

"夜里静悄一些，头脑比较清楚些，反正一会儿就完了，至多一点钟也可以睡了。"

他一面说，一面把身子坐到写字台旁去，开亮了台灯，静悄悄地工作了。

这时，阿英悄声进来，给他们倒上了两杯茶。纫英一面脱了旗袍，把身子钻入被窝内去，一面低低地问道：

"老太太睡了吗？今天家中可有谁来过了没有？"

"睡了，下午舅少爷来过一会儿，他和老太太谈了些时候，因为见奶奶还没有回家，他就匆匆地走了。老太太留舅少爷吃饭，他没有吃。"

阿英轻轻地告诉，她又掩上了房门，走到外面去了。

纫英听一士弟弟来过了，因为有了冷云介绍女朋友的一回事情，所以在她脑海里由不得也想起弟弟的婚姻事来。弟弟的年纪也二十二岁了，自从父亲死后，可怜这一份千斤重那么的负担就他一个人这么挑着。论年龄虽然也该结婚了，也好给他精神上感到快乐一些，但为了种种的环境关系，现在还是停顿着，就是他自己对我说，总说不需要，非到二十八岁是不结婚的，虽然不免有些孩子的话，不过在他心中当然也有一层意思的。纫英躺在被内，独个儿胡思了一会儿，两眼合上，也不免要睡了过去。忽然想到写字台旁的雨霖，遂强睁开眼睛，望着他的背影，低低地叫道：

"雨霖，快一点钟了，得了吧，睡了。"

"我知道，一会儿就舒齐了。"

雨霖身子依然没有动，口里低低地回答。纫英起初还记挂着他，但不上十分钟后，因为倦极，所以也蒙眬地睡熟了。待纫英一觉醒转，见雨霖已躺在身旁沉沉地熟睡着。瞧了瞧手表，已三点光景，遂不敢惊动，翻过身子，仍旧入梦乡里去。

第二天早晨，纫英先匆匆地起身。阿英悄悄地搬进脸水，让纫英梳洗完毕，她便到雨霖母亲房中，见老太太还躺在床上，见了纫英，便问：

"昨夜什么时候回家？那个姓马的姑娘生得怎么样？"

纫英告诉了一会儿，时已九点敲过，待她回到自己房中，见雨霖已经醒了，两眼望着天花板，好像在想什么心事般的，遂走到床边笑道：

"你昨夜到几点钟才完毕的？我竟一些也没有知道。"

"还早，一点十分不到。可是你早晨什么时候起身，我却也一些都不知道呢。"

雨霖望着妻子理过晨妆的粉脸，觉自有一股子妩媚的风韵，忍不住笑起来回答。

纫英也笑了，她走到衣橱旁，把他衬衫取出。雨霖已从床上坐起，说道：

"今天晚上叶子美请客，我或许要回来得晚一些，你给我拿套新一些的西服。"

纫英于是在橱内拣了一套淡青条子花呢的向他提了提，问道：

"这一套好不好？叶子美前儿说的那件清算的事情怎么样？"

雨霖点了点头，说道：

"公费说不合，所以还没成交。叶子美这人门槛多精，他介绍我定件案子，却要拿一万，我想他未免太心狠一些了。"

"你不要说，吸鸦片的人门槛还不精吗？叶子美这人真也太不漂亮，算起来他和我爸也是一个知己朋友，去年爸没了，难为他向弟弟这么说，经济怎么样，在他当然是算一片好意，可是我弟弟也是个性气高傲的人，你有你的钱，这些好听白话空关心有什么意思？你有心的，不用问，尽可以帮助千儿八百，所以弟弟也索性比他说得漂亮。结果，总算他送了二十元钱的礼，我想在他是真够交情的了。"

纫英把西服拿到床边沙发背上，又将换下的西服挂好，一面絮絮地说，一面忍不住冷笑了一声，表示有些生气的样子。

雨霖一面披上衬衫，一面穿上西裤，跳下床来，笑道：

"可是他今年五十多岁的年纪，没有一男半女，将来的晚景也够凄凉的了。"

纫英没有作答，摇了摇头，轻轻地叹了一口气，似乎对于叶子美过去的行为表示很扼腕的样子。这时，阿英又端上面水，雨霖遂匆匆地洗面，打好领带，披上西服，见时已十时相近，这就急道：

"时候不早，我点心不吃了。"

纫英秋波向他睒了一眼，微笑道：

"昨晚叫你早些睡你偏不听，今在早晨就急得这个模样，时常不吃点心，空肚出外，如今天气冷起来，不是有伤身体吗？回头胃气病发作，叫我又急死了人。好在阿英已在热牛奶，稍会迟一些也没有关系吧。"

雨霖听了，也只得罢了，一面坐到梳妆台旁去。照例是纫英给他梳西发的，所以这时纫英见他坐到梳妆台旁去，她便走到他的背后，拿了木梳，给他挑头路斜分开了西发。齐巧这当儿管太太走了进来，她瞧此情景，遂说道：

"雨霖，你也不要太以少爷脾气了，如今你妻儿是有身孕的人了，头发就自己梳梳得了吧。"

雨霖听了，这就回过身子，含笑把纫英手中木梳拿过了，说道：

"我前两天就这么对她说过，今天不知怎么的又忘记了。"

说着，遂对镜自梳。纫英见他梳得很吃力，后面头发还是竖起着，遂笑道：

"今天你赴宴会去，少不得要漂亮了一些，我再给你梳一次吧。"

雨霖因为自己梳不好，心里又焦急，所以只好又给纫英梳了。待梳好头发，阿英把牛奶拿上，纫英取了一盘子饼干，雨霖匆匆喝完，便三脚两步地走了。纫英笑道：

"他一走后，我心里仿佛会落了一块大石，否则瞧了他那种性急的样子，叫我心中也会急起来的。"

管老太笑道：

"可不是！这孩子就是这一副脾气，一些也改不过来的。"

这里阿英端上泡饭，给纫英婆媳两人吃过，便上菜市去了。

下午，纫英坐在台子旁边，一面制婴孩下地后的衣服，一面开了无线电听歌唱的片子。静悄悄的，她感到寂寞，心中暗想：明儿一有了孩子，那么也许会热闹得多了吧？一会儿又想：三个月的身孕竟这么高的肚子，暖香和翠云都猜我是双胞胎，不知究竟是否事实。因为想起了已死的母亲，叫人好胆寒的。想到这里，由不得暗暗地叹了一口气。

"姊姊，你没有出去吗？"

忽然一阵清脆的叫声触送到纫英的耳鼓，慌忙回眸望去，这就"咦"了一声笑了起来，抢步上前，和她握了一阵手，叫道：

"翠云妹妹，想不到你今天就来了，快请坐吧，大衣脱一脱。"

说着，把她那件维也纳的单大衣接了过去。

"老太太呢？"

翠云一面说声劳驾，一面低低含笑地问。

"妈睡午觉去了，她老人家的身子也不好，一会儿身上有热度，一会儿又咳嗽了。"

纫英把大衣挂在衣钩上，回过身子轻轻地回答。

"上了年纪的人都是这个样子，我妈也三头两天睡眠床，所以人老了，她们说起来总说很没趣味的。"

翠云摇了摇头，很表同情地说。

这时，阿英把两杯菊花茶泡上，放在桌上，叫声："马小姐喝茶。"

纫英将衣服收拾了，翠云忙道：

"姊姊，你只管做活针，我来了可不是打断了你的工作。"

纫英瞅了她一眼，回过身子，拉她一同沙发上坐下，笑道：

"妹妹，你这是什么话？其实我干活针原是解闷的意思。妹妹，我问你，昨晚你和冷云可曾又到什么地方去玩一会儿吗？"

"没有，我就回家的。"

翠云摇了摇头，粉脸儿像海棠花那么地红起来，低低地回答。

这说话的表情有些不胜娇羞的样子。

"只怕不见得……"

纫英望着她的娇靥，抿嘴神秘地笑起来了。

"真的，你不信，可以去问……"

翠云被她这么一说，有些焦急的神色，两颊益发娇红了一些。

"叫我问谁？云弟是和你站在一条阵线上的。"

纫英扑哧地一笑，逗给她一个媚眼。

翠云不作答，却微微地笑了。纫英道：

"可不是！我一猜便着了。"

翠云这才又说道：

"可是你偏猜错了，我们真的没有再上哪儿去玩。"

"那么你们在路上就蹓了一两个钟点吗？"

纫英见她很认真地解释，遂又含笑问。

"咦！你怎么就知道了？武先生早晨难道已经来过了吗？"

翠云听了这些话，心中有些惊异的感觉，定住了乌圆眸珠，怔怔地问。

纫英弯着脸儿笑了，抚摸着她的纤手，告诉道：

"你感到奇怪吗？我告诉你吧，原来我们没有回家，武小姐拉我们又到她家中去坐一会儿，不料等到十点多冷云才回家，所以我们猜想你们一定又在什么地方玩了一会儿的。"

翠云这才明白了，遂也笑道：

"武先生说走着回家，所以就费了一些时间。"

纫英仰了粉脸，望了她一眼，笑道：

"那么在这当儿，你们少不得谈了许多的话吧？"

"也没有谈什么话……"

翠云红晕了娇靥，摇了摇头，羞涩地笑了。纫英不便再问什么，瞟了她一眼，说道：

"冷云这个少年很有希望的，我的雨霖和他从小儿同学，一向像兄弟般的，现在他们一块儿办事，一块儿游玩，且又认了干亲，所以也益发亲热了。他不但人儿生得俊美，才干又好，一个二十一岁的青年，任工程师又兼任厂长，说起来也很不容易。最好的是没有什么嗜好，烟酒不会，赌嫖更不用说，因为工作太忙，一些空闲的时间都没有呢。"

翠云听纫英这么赞美，因为自己芳心中也认为这是个事实，所以有些甜蜜的感觉，笑了一笑，乌圆眸珠一转，低低地探问道：

"我想他是个大学毕业生，难道在外面就没有一个女朋友吗?"

纫英点了点头，沉吟了一会儿，说道：

"他外面看来很像小滑头，但内心是很老成的。即使从前学校里有几个女同学，但也是极普通的，因为各人有各人的环境，那也很难说的。"

翠云听了，点头没有作答。纫英接着又道：

"云弟昨天对你情形很亲密，可见他是爱上你的了。这人的脾气很好，他若爱上你，他就永远不会变心的。所以我代你很欢喜，因为你们配成一对，实在是很相称的呢!"

翠云羞红了脸，没有说什么，只是浮了浅笑。纫英知道她怕难为情，遂不再说下去，转口道：

"妹妹来了，买些什么东西来吃吃呢?"

翠云这才说道：

"姊姊，你不要客气，饭还在喉咙口哩。"

纫英却站起身子说道：

"有的，前天雨霖买来一磅奶油糖还没有吃完……"

说着，步到梳妆台旁，开了瓷罐子拿奶油糖。

翠云却走到无线电旁，因为唱片节目钟点已到，遂拨换个电台，听了一会儿绍兴戏的节目。纫英一面拿糖给她，一面笑问道：

"你倒也爱听这个调儿吗?"

"随便听听，可是这调儿在上海近来风行得了不得，你瞧越剧戏院仿佛雨后春笋，而且生意还大好而特好呢。"翠云一面把奶油糖塞向小嘴里去，一面含笑着回答。

"这也奇怪，我就不大欢喜听这个。因为调门太枯燥，还词句粗俗，所以并不十分爱听的。"

纫英摇了摇头，低低地批评着。

"那当然，从前这种戏登不了大雅之堂，可是现在也出足风头的了。"

翠云说着，因为无线电大响起来，于是她索性关去了。无线电一关，室中又显得静悄悄的，纫英望了她一眼，忽然笑起来，说道：

"翠妹，你还不曾到冷云家中去过吗？我此刻陪你一同去走走步好不好？"

翠云听了，暗想：我一个人去，真的很难为情，现在纫英姊肯伴我同去，这当然是再好也没有的事情了。芳心不免暗自欢喜，但口里还羞涩地说道：

"武先生没有来我家，我先去了，那不是很难为情的吗？"

"那有什么关系？我说把你硬拖去的，这也就可以避免你的难为情了。"

纫英听她虽然这么说，不过却明白她是赞同的意思，遂瞟了她一眼，神秘地哧哧地笑。

翠云这就不再说什么，纫英于是换了一件旗袍，套上一双高跟鞋。翠云见了，说道：

"姊姊，你凸了肚子，还穿这么高跟的皮鞋，走路不是很不方便吗？"

纫英回眸望了她一眼，笑道：

"你不知道，我这人生得矮小，偏雨霖是个高个子，他说我们走到路上一长一矮差远了，很不好看，所以给我买的双双都是四寸跟的皮鞋，我走路倒也走惯了，还不觉怎么吃力。妈前两天倒也说过，现在有了身孕，还要什么好看？叫我索性买两双绣花鞋子穿，但穿到外面去，好像很难为情似的。"

"其实这是因为你没有穿惯的缘故，谁会说你绣花鞋子不可以穿的？况且现在外面穿的人也很多，我说今天你还是穿绣花鞋儿吧。"

翠云想到雨霖身材的长大，和纫英真是差了一个头还不止，所以忍不住感到好笑。但她还是正经地劝她别穿高跟鞋，因为她怕在马路上发生了什么意外的不幸。

纫英听她这么说，于是不再换皮鞋，就穿上一双白缎绣花鞋，配了那双粉红的丝袜，却显得很鲜丽。翠云笑道：

"这么一穿，倒真像是个新娘了。姊姊，我还没知道你和雨哥结婚有多少日子了。"

纫英笑了一笑，在衣橱内取了一件花呢单大衣，一面把维也纳单大衣拿下，交到翠云的手里去，说道：

"也只不过半年多一些日子罢了。云妹，我们走了。"

"一年还不到吗？那么原还是个新娘哩！"

翠云接过大衣，乌圆眸珠一转，忍不住扑的一声笑了。这时，阿英进来问：

"少奶奶，什么地方去？"

纫英道：

"到武太太家里去。老太太醒来，你跟她告诉一声。"

阿英点头答应，送两人走出了大门。

纫英、翠云坐车到冷云的家里，先遇见了小珍，她含笑叫道：

"管少奶，你为什么不上午来吃午饭？"

纫英道：

"上午哪里有空呢？太太在家吗？"

小珍笑道：

"刚睡午觉醒回来。管少奶，这位小姐是谁啦？"

小珍一面告诉，一面把那两只小眼睛却呆呆地望到翠云的脸上去。

"这位也是马小姐，就是昨儿……"

纫英含笑说到这里，小珍早已明白过来了，"哦"了一声，遂向翠云鞠躬，叫声"马小姐"，她便一溜烟似的奔到上房里报告去了。

待纫英和翠云走进上房，见倩萍已迎在房中，翠云步上去很恭敬地鞠了一个躬，叫声"伯母"。倩萍一面招呼坐下，一面很惊喜地问道：

"你们两人怎么会遇在一块儿的？快请坐，快请坐，我才睡醒一会儿哩。"

纫英笑道：

"是翠妹到我家里来玩，我把她拖了来的。她还说难为情，我说第一次难为情，第二次就不会难为情的了。"

倩萍听说，不禁笑了起来。见翠云红晕了粉脸，却大有不胜娇羞的意态，遂也笑道：

"那也没有什么难为情的，马小姐，你妈好吗？我一个人真冷静得很，香茵又上学校去，所以你们一来，我心中就快乐了许多。"

"妈倒好，多谢伯母记挂。"

翠云这才点了点头，含笑低低地回答。

"妹妹，你听见吗？可知妈是很需要像你那么一个姑娘做伴的。"

纫英望着她四月里蔷薇那样的娇容，哧哧地笑。在她这两句话中，至少是包含了一些取笑的成分。

翠云秋波恨恨地逗给她一个娇嗔，却是没有作答，把粉脸儿垂了下来。倩萍忍不住也笑了，遂亲自装一盘瓜子给她们嗑着。小珍也倒上两杯香茗，悄悄地退出去了。

三人闲谈了一会儿，时已四点一刻，只听一阵皮鞋声，有女子口音笑嚷进来道：

"大嫂子和翠云姊姊在家里吗？"

随了这话声，见暖香挟了厚厚的洋装书本已步进到房中。翠云表示客气，遂略欠了身子，含笑道：

"香妹放学了吗？一忽儿就有四点多了吗？"

纫英也笑道：

"今天放晚学太迟了一些。嗯，我瞧得出，香妹和男同学一定在咖啡馆里吃点心。"

说着，故意向她脸儿上打量。暖香听了，粉颊儿涨红了，"嗯"了一声，走上来伸手扬了扬，又做个要打的姿势，笑嗔道：

"大嫂子专门吃人家的豆腐，我可不依，谁跟男同学上咖啡馆吃点心，便要烂脱她的嘴巴，好不好？"

纫英、翠云见她急得这么说，便都大笑起来，但却又故意道：

"阿弥陀佛！香妹，你快不要这么说好不好？烂脱了嘴巴，叫你们'Kiss'都不可以了，那不是我太作孽了吗？"

暖香没有办法，恨恨地啐了她一口，把肋下的书本放到写字台上去，连自己都笑了。回身又向翠云笑问道：

"翠姊多早晚来的？"

翠云笑道：

"来了好一会儿了。"

暖香乌圆眸珠一转，笑道：

"干吗大嫂不打个电话给哥哥，叫他从厂里回来一次好了。"

"可不是！我却没有想到，香妹，那么你快去打电话吧，说翠云姊姊在家里，叫他马上回来。"

纫英听暖香这么好的兴致，遂附和着说。

"不，香妹，你别听大嫂的话，人家厂里有正经的事情，如何无缘无故就可以早出来呢？快不要去打电话。时候不早，我也该回去了。"

翠云听纫英还要吃豆腐，这就顾不得羞涩地红晕了两颊，厚着脸皮向暖香低低地劝阻。

"不要紧的，他厂里有什么大事情，走出两三次，算得了什么？"

暖香却不听从她的劝阻，已兴冲冲地奔到电话间去了。纫英待她走后，便笑道：

"香妹这人真有趣，倒是挺爱热闹的。"

倩萍笑道：

"年纪轻，处处地方总脱不了孩子气。我劝她女孩儿家年纪一年一年大了，别老是蹦蹦跳跳，也该文静一些了，可是她却偏改不掉这个脾气。"

"才十六岁的年纪，那也怪不了她。再过上两年，妈不去劝她，她自己会文静起来的。"

纫英却不以为然，低低地说着。这当儿，暖香又奔进房中来，蹙了眉尖儿，说道：

"真不凑巧，哥哥到发行所见总经理去了，大概有什么事情吧。我说哥哥回厂后，就叫他到家里来一次。"

纫英望着她笑道：

"没有在厂中，后面这两句话也别说了。回头厂中人告诉你哥哥的时候，他倒要急了一跳呢，还以为出了什么事情了。"

"大嫂的话正是，你这孩子老喜欢不顾前后地胡闹。"

倩萍听了纫英的话，也觉不错，遂向暖香低低地埋怨着。

"给他吓一跳也活该，谁叫他早一日不到发行所去，晚一日不到发行所去，偏今天人家翠云姊姊来了他不在厂中，这不是叫人家生气吗？"

暖香却鼓着脸腮子，噘了噘小嘴儿，还恨恨地说着。大家见她自说自话，忍不住又好笑起来。

翠云又坐了一会儿，遂起身告别，向纫英道：

"姊姊再坐一会儿，我先走了。"

倩萍忙道：

"马小姐，你别忙，李妈正在买点心，点心吃了给你回去吧。"

纫英拉了她手，也笑着道：

"在这儿还闹什么客气呢？再说香妹已把电话打去了，万一云弟就回厂中，他听了叫他回家的话，急急赶了来，叫他不是扑了一个空吗？再等一会儿走吧。"

翠云听了这个话，遂也答应下来，于是大家又谈天了一会儿，李妈拿了一锅子烧肉馒头进来，倩萍道：

"雨霖嫂，马小姐，快坐下来吃，趁热的有味儿。"

纫英于是把翠云拉到桌边坐下，李妈分上四双银筷子，大家这就便吃起来。翠云吃了一个，放下筷子，说：

"各位慢用。"

倩萍笑道：

"还剩了这么许多给谁吃？马小姐，你这么做起客来可不行啦。"

"我没有做客，伯母，真的，我饱得很。"

翠云俏眼儿逗了她一瞥娇羞的媚眼，露着雪白的牙齿，微笑着回答。

"翠姊，你客人不吃，叫我们做主人的更吃不下了。可是我肚子偏又饿得厉害，难道你忍心眼瞧我流着涎水挨饿吗？"

暖香真是可人，她放下筷子，却向翠云这么说。

纫英笑道：

"你听香妹说得怪可怜的，翠妹，你就是真的吃不下，也该再吃两只的了。"

翠云情意难却，遂含笑握起筷子，只好又吃了一个。

大家吃毕点心，小珍又重新泡上香茗。这时，夕阳已慢慢地向西山脚下沉沦了，房中窗旁的壁上只留剩了一角的阳光，但不到一会儿后，连这一角的阳光都消失了。室中这就笼上了一层暗淡的阴影，秋的季节，不免感到了凄凉的意味。

翠云见表上的短针已指在五点了，遂站起身子，这回真要走了。

倩萍道：

"已到这个时候，就晚饭吃了去吧。"

"因为母亲在家里只有一个人，她要不放心，改天我和母亲说明了，再来吃饭吧。"

翠云含了笑容，低低地回答。

暖香却拉住她手不依，说：

"哥哥也许就要回来了。"

倒是倩萍说道：

"既然马小姐怕妈不放心，那么就不要强留了，反正往后日子长，马小姐常常地来玩玩吧。"

翠云含笑答应，纫英也站起身子来。暖香笑道：

"难道你也要走了吗？"

纫英道：

"雨霖妈有些不舒服，我得早些回去的。"

倩萍不便强留，遂叫小珍去讨车。纫英道：

"不用讨车，我们自己出去叫好了。"

暖香不依，已一路送了出来。

在大门口的时候，小珍已讨好了两辆人力车，暖香给他们付好车资方才分手别去。人力车拉到四岔路口，纫英向翠云道：

"妹妹，我们再见，你有空只管来玩吧。"

翠云在车子上答道：

"我知道，姊姊，你也来玩玩。"

两人说着话，车夫已拉了车子分路而跑了。翠云回到家中，马太太已备舒齐了晚饭，含笑问道：

"你到管少奶家中去过，可曾碰见她吗？"

"碰见她的，她待我真亲热。"

翠云频频地点了点头，扬着眉毛，很得意地回答。

"那么你一下午就坐在她家里玩吗？"

马太太含了满面的笑容，又低低地问。

"不，我们又到别处去的。"

翠云红晕了粉脸，好像有些怕难为情的样子。

“又到什么地方去玩的？”

马太太见女儿的神情有些异样，遂很怀疑地又问。

“嗯……到武家去的。”

翠云支吾了一会儿，才很不好意思地说出来，接着又笑道：

“我说怪难为情的，英姊偏硬拖了我一同去。”

马太太这才笑起来，一面把饭盛出，一面说道：

“是该去走走的，武少爷可曾在家里？”

翠云在桌旁坐下，握了筷子，挑着碗内的饭粒，低低地道：

“没有在家，人家厂里事情是怪忙的呢。”

马太太于是没有再问什么，就坐下一同吃饭了。

这晚，翠云躺在床上，少不得又想了一会儿心事，方才拥了被儿睡去。

第二天十一点半的光景，马太太在外面一间煮饭烧菜，翠云在里面一间写字台旁坐着阅书。忽然听妈告诉道：

“翠云，武少爷来了。”

这消息是出人意料之外的，翠云一颗芳心自然是感到无限的惊喜。因为在匆促之间，自己没有什么预备，这就急得把脸儿对镜一阵子乱照。可是在这时候，一阵皮鞋脚的声音已是响进房中来了。

第四回

主人都不在倒成全了他们

马翠云万不料武冷云今天就会到自己的家里来，因为早晨起来还不曾好好儿地梳洗过，所以她的芳心在喜悦之余又感到万分的懊恼和焦急。立刻对了梳妆台的玻镜，意欲拿梳子先梳梳蓬松的乱发，可是在这个当儿，只听一阵皮鞋脚的声音已经响进来了。

翠云这就感到时间已到万分局促的了，只好又放下梳子，回过身子，见母亲已伴冷云到了房内。翠云忙含笑迎上一步，叫道：

"武先生，你早。"

说着话，便去暖水壶里倒茶了。马太太在烟罐子里取了一支烟卷，交到冷云的手里，说道：

"武先生，你请坐，抽支烟。"

"多谢伯母，我不会吸烟的。"

冷云在沙发上坐下了，摇了摇手，含笑回答。马太太道：

"你真老成，吸支玩玩不要紧。"

冷云道：

"不会吸，反把烟卷糟蹋了。伯母，你别客气。"

马太太听了，遂去装了一盘瓜子，叫冷云吃些，就又回身到外面一间去烧菜了。

这时，翠云已泡了一杯热气腾腾的茶来，笑盈盈拿到冷云的面前。冷云遂站起身子，接过茶杯，也照了翠云的口吻，说了一声

"劳驾"，翠云笑道：

"别客气，你坐着。"

她说着话，把身子已退到对面那张沙发上去了。

两人坐在沙发上，翠云见他握了玻杯，凑在嘴边一口一口地呷着，自己这就低下头，两眼望着皮鞋的脚尖，默默地出了一会子神。也不知经过了多少时候，忽听冷云低低地说道：

"马小姐，你昨天到我家里来过了吧？妹妹打电话给我的时候，我齐巧到发行所去了。总经理请我们吃晚饭，直到十时敲过才回厂，厂中人告诉了我，我先打电话回家去问，方知马小姐和雨霖嫂子在五时多些就回去了。叫你们等了好多时候，我真感到抱歉得很。"

翠云听他这么说，暗想：今天你是赔错来的吗？芳心这就感到好笑，遂抬起粉脸，乌圆眸珠一转，嫣然地笑道：

"我昨天到英姊家中去玩，英姊拖着我到武先生府上来玩，原没有什么正经的事。香妹要打电话，我就劝阻过她，因为武先生在厂里工作不是很忙吗？你怎么说抱歉得很？那不是太客气了吗？"

冷云听她叫自己为先生，叫暖香又喊香妹，心中不免感到有趣，遂把茶杯放到几桌上去，望了她一眼，笑道：

"其实我在厂中也没有什么事情，不过我这人的脾气就是很谨慎，什么事情非得我过目之后才会放心，所以工人做事的时候，我总在他们身旁注意的。"

翠云点了点头，带了赞美的口吻微笑道：

"换句话说，这就是肯负责任。社会上做事的人假使个个人肯负责任的话，那么无论一件什么事情就绝不会有错误的地方了。"

"话虽这么说，不过往往容易结怨于人，太谨慎小心了，也会遭下属的妒恨，所以在社会上做事，实在太不容易。譬如像我们厂中有一百多个工人，你对待他们真是重不得轻不得，叫他们怕又叫他们敬，这真是困难。像我这么轻的年纪，才从学校步入社会，对于阅历经验根本谈不到，所以我时常担着忧愁。雨霖哥总鼓励着我，叫我大胆地干，所以我也只好冒险负这个重担了。"

冷云听她这么称赞，心中不免荡漾了一下，含了满面的笑容，说出了这几句自谦的话。

翠云秋波逗了他一个娇媚的甜笑，说道：

"就是因为你还年轻，所以我觉得真也亏你的，不过要下属们又敬又怕，我想最紧要的因素就是'赏罚分明，大公无私'这八个字。一个家，一个厂，甚至推广到一个国，为首领的人能够实行了这八个字，那一班下属人员自然是又敬又惧了。武先生，你说这话对不对？"

冷云听了翠云这几句话，觉得翠云见识卓绝，绝不是一个普通庸俗的姑娘可比，遂连连地点头笑道：

"马小姐，你这话对极，假使你是个男子的话，办事的能力一定是高人一等的了。"

"你说得我太好，我觉得不好意思。不过现在这个时代，女子当然一样可以在社会上办事，所以有机会的话，我倒有这个意思。"

翠云芳心中有些喜悦的意味，抿嘴嫣然地一笑，微红了两颊，向他低低地说出了这两句话。

"我倒并非不赞成女子在社会上办事，因为女子在社会上办事的时间太短促，而且女子在社会上办事确实也有种种的困难，所以这件事也永远不会普遍的。"

冷云听她有办事的意思，却情不自禁地劝阻了她几句。翠云秋波斜乜了他一眼，没有作答，却微微地笑了。冷云见她笑得好像包含了一些作用般的，遂问道：

"马小姐，你笑什么？是不是笑我头脑太迂腐了？"

翠云听他这么问，遂摇了摇头，又沉吟了一会儿，方低低地道：

"不，我觉得女子在社会上所占的地位太狭窄，有的是那些牺牲色相的，所以我感到女子的可怜，虽然高喊解放女子的口号已是响入云霄了，然而也不见有什么实现的。"

说到这里，表示无限的感喟，忍不住微微地叹了一口气。冷云因为这问题谈得太辽阔了，还是拉回来一些好，遂笑道：

"马小姐，你平日做些什么消遣呢？因为没有一个兄弟姊妹，到底也太寂寞了一些。"

"可不是？除了看看书报外，也只有和母亲一同干些针线活儿。"

翠云这才又回过笑脸儿来，一撩眼皮，微笑地回答。

"那么马小姐倒不去瞧瞧电影，或者玩一会儿公园吗？"

冷云听她这么说，遂又忍不住问着她。

"偶然也去瞧一次电影，不过瞧电影也太花费，所以在春夏的季节，我总在公园里散一会儿步，但回来时候感到身子倦得很时，我又觉得还是坐在家里看书干活儿好。"

翠云说到这里，忍不住又抿嘴笑起来。冷云这就感到她性情的率直，没有一些虚伪的掩饰，在她这一个没有人赚钱的家庭里，确实瞧一场电影花三四元钱也太费一些了。因此想到她的身份，将来必定是个善于治家的贤德主妇，我不是一个国家的伟人，当然我是不需要一个交际广阔的太太。冷云在这么感觉之下，对于翠云的印象更深刻了一些，遂点头笑道：

"马小姐倒是一位爱静不喜动的个性。俗语说，一动不如一静，所以我想静比动似乎安全一些。"

"这也难说，我以为静和动也无非由环境支配着罢了。武先生，那么你的个性是爱动还爱静的呢？"

翠云内心似乎有些感触，叹息着说，但她眸珠一转，又向他低低地问。

冷云多少明白她心中一些意思，遂点了点头，微笑道：

"我的个性是爱动的，然而我的工作偏需要静的。所以因了工作的静，把我性情却改变过来许多了。这真如你所说，性情也会受环境的改变。"

在翠云的意思，就是没有一个人不爱动的，不过在上海的地方，动一动都得花钱，所以一动不如一静。坐在家里自然可以省却许多的花费，但这是因为经济不足的缘故，假使有钱的人，他或她还肯这么静静地坐守在家吗？如今听冷云这么说，遂把秋波瞟了他一眼，很认真地说道：

"你的情形当然又有不同，因为你是个化学发明家，不静又如何能发明出东西来？"

冷云笑了一笑，说道：

"我哪敢称得上'发明家'三字？也无非东施效颦罢了。"

翠云哧地笑道：

"这是事实放在面前，我又不曾褒奖你。像你现在只不过二十二岁的年纪，假使到了爱迪生那样的年龄，你还不是成为一位远东的大发明家了吗？"

"承蒙你这么热情地期望着我，假使我有一分心血和能力留在人世的话，我也希望有这么一天能够给你一些安慰。"

冷云听她这么说，心中在无限喜悦和兴奋之余，又十分地感动，遂把明眸脉脉含情地向她逗了一瞥有毅力的目光，情不自禁地说出了这几句话。可是既说了出来，他又感到后面这一句话对一个年轻的姑娘似乎太显得亲热了一些，所以红着两颊，搓了搓手，倒又赧赧然地表示十二分的难为情。翠云的一颗芳心自然也觉分外甜蜜，因为他要给我安慰，换句话说，他已承认我是他的最密切关系的人了。因为是喜悦过了度，所以她情不自禁笑了，但既笑出声音来，她和冷云同样地感到难为情，羞红了两颊，也不免垂下粉颊儿来了。

两人低了头儿，都在感到难为情。这时，马太太已端了饭菜进来，冷云抬头一见，方"呀"了一声，站起说道：

"已午饭时候了吗？那我该走了。"

翠云听他这么说，芳心倒是一急，慌忙也站起身子，说道：

"咦！武先生，你这人也有趣了，已吃午饭时候，你怎么倒要走了？难道说怕我们跟你算饭账不成？"

"不是那么说，因为……"

冷云见她把秋波向自己逗了一瞥哀怨的目光，他自己这就也感到了矛盾，因为自己来的时候已经十一点多，不来吃饭，还干什么来？这种虚伪的客气，无怪要遭翠云的怨恨了。他搓了搓手，有些难以自圆其说的样子，在"因为"两字的后面却再也说不下去了。

马太太当然明白这是冷云客气的意思，遂忙着说道：

"武少爷，菜是没有什么好的菜，我也不把你当作客人看待，你也不用客气，假使厂里真的没有什么事的话，那么你就用了饭去吧。"

马太太这几句话才算渡过了冷云的难关，遂笑道：

"那么我就不再客气了。"

翠云的秋波至少带有些嗔意的目光，逗给他一个媚眼，笑道：

"本来嘛，你还用得到客气的？昨儿我在你家吃点心、嗑瓜子，就惊吵了一下午。"

冷云在她这几句话中感到甜蜜蜜的，这就望着她红晕的娇靥笑了。翠云被他一笑，也羞涩地笑了起来。

在吃过了午饭之后，照冷云的意思，很想约翠云去瞧一场电影，不过自己到她家还只有第一次，在马太太的面前，这个意思却再也说不上口来，暗想：反正往后的日子正长，我何必急急地要约她去玩？过几天看有机会说上去，那不是要大方得多了吗？冷云在这个感觉之下，他便告别匆匆地走了。

光阴匆匆，一会儿又是过去一星期了，这天，冷云到雨霖家中去玩，原和雨霖谈一件厂中的事情，不料阿英告诉道：

"少爷、少奶都出去了。"

"他们都到什么地方去了？"

冷云听了这个消息，心中很是扫兴，微蹙了眉尖，低低地问。

"少奶奶到舅少爷家里去的，少爷大概去找一个朋友的。武少爷，你坐一会儿，他们也许就快回家了，我们老太太睡午觉，我去喊醒她吧。"

阿英一面给他倒上了一杯茶，一面悄声儿地告诉，她回过身子去，仿佛要去喊醒老太太的样子。

"不，阿英，没有什么事情，你别去惊醒老太太，我在这儿等他们一会儿是了。"

冷云阻止她说，一面走到无线电旁，开着听了一会儿音乐。

大约经过十分钟后，忽听有阵皮鞋脚的声音响进房中来。冷云以为雨霖回来了，遂回身去望，这真是出乎意料之外的，却是翠云。翠云见了冷云，似乎也感到意外的惊喜，先开口笑道：

"咦！你也在这儿吗？他们主人呢？怎么一个都不见呀？"

冷云随手关了无线电，笑道：

"主人都出去了，想不到今天你也会到雨哥家中来玩，那真是太巧了。马小姐，你请坐，主人不在家，客人也得客气客气的。"

翠云把黑漆皮包在桌上放下了，抿嘴嫣然地一笑，说道：

"你也请坐，今天星期日，他们一定瞧电影玩去了。"

"不是瞧电影去的，阿英告诉我，雨哥去瞧朋友，大嫂是到她弟弟家中去的。"

冷云摇了摇头，两人说着话，大家都在沙发上坐了下来。

"纫英姊姊还有弟弟吗？她说她的爸妈是都没有了。"

翠云秋波斜乜了他一眼，向他低低地问着。

冷云说道：

"大嫂的兄弟姊妹可多啦，她有一个姊姊、一个哥哥、一个妹妹、三个弟弟。她的姊姊嫁给一个姓金的，在新新公司任进货部主任。哥哥也结了婚，不过他们是承继给伯伯的，所以自管自的，并不十分亲热。现在家中都是她第二个弟弟在负担，说起来这人倒也有些小名望，不过负担太重，精神也很痛苦。去年又才死了爸爸，这一件大事情又花去了不少的钱，真也够他调度的了。"

翠云听他对于纫英家中的情形很详细，遂点了点头，"哦"了一

64

声道：

"原来英姊家中有这么许多的兄弟姊妹，真是热闹得很。你说她第二个兄弟有些小名望，不知叫什么名字？"

"马一士就是大嫂的弟弟，你听了大概也知道吧？"

冷云向她低低地回答。

"哦，哦，就是他吗？他主编这册青年杂志真是风行一时，差不多没有一个青年不瞧这册杂志的。你说他的精神很痛苦，不过他的文章却很亢爽，非常振奋，所以能够得到阅者的爱护，亦即在此哩。"

翠云方知道马一士就是纫英的弟弟，遂感到意外地说着。

"我妹妹也常瞧他的书，说是挺好的，那么你一定也是一个忠实的读者。"

冷云望着她的粉脸，微微地笑。

"瞧他书的人何止我一个？从前我在学校里读书的时候，每一个学生差不多都带有他的书，从此可知一班青年把他的书都当作精神上的伴侣了。"

翠云把过去的事实向冷云笑着告诉。正说时，阿英又悄悄地走进来，笑道：

"马小姐多早晚来的？客人走到两个，偏少爷、少奶都没有在家，那可怎么好？"

说着，又给她倒了一杯茶。翠云含笑说声"多谢"，一面回答道：

"我也才到一会儿，你家少奶上午去的，还是下午去的？"

阿英道：

"下午吃过饭和少爷一同走出的。"

"此刻还只有两点一刻，他们如何会回来的？我们不用呆等，还是走了吧。"

冷云听说午饭吃过走出去的，他便站起身子来，和翠云笑着说。

翠云也觉他们一时里不会回家，说不定还在外面吃了晚饭哩，于是也含笑点头，站起身子和冷云向阿英作别，一同步出了雨霖的家。

"马小姐，你此刻到什么地方去呢？"

在人行道上，两人并肩走了一会儿路，冷云回眸望了她一眼，含了笑容，低低地问。翠云一颗芳心也许早已明白他问这一句话的作用，遂摇了摇头，故意说道：

"我不到什么地方去，我预备回家了。武先生，你还到什么地方去？"

"今天是星期日，我原也没有什么事情，所以也没有什么地方可以去……哦，马小姐，你假使有兴趣的话，我们去瞧一场电影好吗？"

在冷云的心中，恐怕走出管家的时候，就早有了这个存心。不过直接地就叫她一同去瞧电影，那似乎有些不好意思，所以绕了这么一个圈子，好像还只有想到般地"哦"了一声，向她含笑征求意思。

翠云频频地点了一下头，粉颊儿上浮现了青春的红晕，秋波斜瞟了他一眼，笑道：

"好的，到哪家戏院去瞧呢？"

"离这儿近一些，美丽大戏院好不好？"

冷云听她答应了，遂含了满面的笑容向她回答。在他心中，对于今日和翠云的相会，真有说不出的得意和兴奋。

"不知开演的是什么片子？"

翠云一面点头，一面又问。

"这个我也没有知道，且不管它，到了那里再作道理。"

冷云说着，伸手一招，来了两辆人力车，于是他们坐到美丽大戏院里去。

美丽大戏院今日开映的片子名叫《碎月影》，故事是这样的：一个少年认识了一个姑娘，两人心心相印，十分亲热，但是那少年的父母却不满意这个姑娘，以致酿成了一个悲惨的结局。故事很普通，因为演员的认真做作，所以使几个女太太的观众无不涕泗横流，唏嘘之声不绝于耳。

散戏后，冷云在灯光下瞧到翠云的眼皮也是红红的，还拿手帕做拭泪之状，这就忍不住好笑道：

"马小姐，你干吗也发傻劲？倒是我的不好，瞧电影原是为了找快乐，不料却累你淌了不少的眼泪。"

翠云听他这么说，俏眼儿斜乜了他一眼，微红了两颊，不禁又嫣然地一笑，说道：

"这也许是因为情感太浓厚的缘故，同时女子的心到底比较脆弱，你不见淌泪的人也不是我一个人哩。"

冷云笑了一笑，遂和她一同走出了戏院的大门。那时已经五点，冷云道：

"我们去吃些点心，午饭吃一碗，此刻倒有些饿起来了。"

翠云不忍拒绝他，遂和他步进一家美亚食品公司。招待的迎接入座，冷云喊了两客牛奶、两客红肠三明治，不多一会儿，都已拿上。冷云见翠云握了牛奶杯子，凑在红红的嘴唇皮子上，慢慢儿一口一口地呷着。牛奶是白色，嘴唇是红的，红白相衬，那就显得分外好看，冷云不免有些想入非非，望着她愕住了一会子。翠云偶一抬头，这就乌圆眸珠一转，笑问道：

"你望着我发呆做什么？"

冷云被她这么一问，自然感到有些难为情，遂情急智生地笑道：

"我瞧你颦蹙了眉尖，好像在想什么心事般的，是不是？"

冷云所以这么问，原是避免自己呆瞧她的不好意思，谁知这两句话却说到翠云的心眼儿里去了，笑道：

"我还在想刚才那影片中的事情，我觉得这个姑娘的身世太可怜，遭遇太悲惨，实在使我感到有些伤心的。可见世间上的婚姻，大半都是凭着门户相对的一句话，不管男女的情义是怎么深厚，为

67

了阶级差得太远的缘故，终于演成了人世的悲剧。这是一个故事，也是一个事实。唉！我觉得没爹的姑娘都是社会上最可怜的女子……"

说到这里，脸上的笑容消失了。她在深深地叹了一口气之后，不觉又淌下眼泪来了。但她又感到不好意思，慌忙拿帕儿拭了拭眼皮，垂下粉脸来。

冷云突然听她说出这一篇言论来，猛可想到翠云本身也是个没爹的姑娘，那么她的伤心至少是有感而来的，遂忙安慰她道：

"马小姐，你不用为这些虚构的故事而伤心，因为这绝不是事实的。假使是事实的话，我以为那少年绝不会答应他的父母去娶另一个贵族小姐做妻子的。因为那姑娘的一切都超过了这个贵族小姐，容貌是绝丽的，才学是丰富的，她的穷无非是环境穷，并非是心境穷。所以我说男女的爱情，并非受任何的约束，即使是真正相爱的话，虽刀斧加头，也不足以改变他们爱的方针。马小姐，你以为这些话对吗？"

翠云听他这么说，那是再明显也没有的事情，他不是明明地在安慰我吗？换一句话说，他是绝不会因我的家境清寒而转变了爱我的方针，所以她的芳心在无限安慰之余，又感激得了不得，秋波充满了热情的光芒，脉脉地向他逗了一瞥，但故意还逗他一句说道：

"武先生，你这话虽然不错，但世界上有几个少年能懂得这么伟大的爱呢？"

冷云似乎明白她说这一句话的意思，遂把手中的牛奶杯子放下了，略为凑过一些脸儿上去，平静了脸色，正经地说道：

"马小姐，不，我们表示熟悉一些，我就冒昧叫你一声翠云……"

说到这里，由不得脸儿红了红，不过他还竭力镇静了态度，继续说下去道：

"上星期母亲对我说要给我介绍一个女朋友的时候，凭良心说一句话，我确实是曾经拒绝过的，不过在瞧到了你之后，我把以前拒绝的意思完全消失了。因为你的容貌固然是倾国倾城那么美丽，性情又这么幽静温柔，至于才学也是我所满意，我以为这是天赐我的良缘，所以无意中会给我得到这么一个好的姑娘做女朋友。翠云，我敢大胆地说一句话，只要你不以我为不是的话，我总可以和你有结婚的一天。不知你能够相信我这些话吗？"

翠云想不到他会赤裸裸地说出了这几句话，一时又喜又羞，连耳根子都浮现了桃红的颜色，望着他愕住了一会子后，不免又垂下眼皮来，两眼注视着杯中乳白的牛奶，却默然不答。冷云不知道她是为了怕羞的缘故，抑是另有作用，在没有明白之前，他的心儿是跳跃得厉害，不过猜想过去，她对我大概没有什么恶感的印象吧？这就伸手把她握住了，又诚恳地低低地说道：

"翠云，你为什么不回答我？难道你心中没有和我同样的意思吗？"

"不，你不要误会，因为你的意思太使我感激了，所以叫我一时里不知该怎么地回答你才好。"

翠云听了这话，方才急得抬起头，向他低低地解释了这几句话，但是她的娇靥已像海棠花那么鲜红了。冷云的心中是多么兴奋啊，他把翠云握着的手放下了，猛可举起牛奶杯子，向她提了一提，笑道：

"翠云，来，我们喝一个干杯吧！"

他说时，已把大半杯牛奶像喝香槟酒那么一仰脖子喝了下去。翠云知道他内心表示狂喜的意思，这就乐得颊上的笑窝儿也没有平复的时候了，拿起玻杯，也把剩下的牛奶喝完了。冷云笑了，翠云也笑起来。两人因瞧了电影，总算引起了他们知心着意的话，经过这一番谈话之后，他们可谓把彼此的终身已经默许了，所以卿卿我我，感情与日俱增，都自认为一对未来的夫妇了。

从美亚食品公司出来，时已六点，冷云遂给她雇车回家，自己在人行道上踱了一会儿步，心中想着刚才和翠云的几句谈话，他不免乐得跳了两跳脚，这神情几乎有些发狂的样子。自己想想，也觉好笑，因为刚才去找雨霖，原有些公务谈谈，以为此刻雨霖必定回家的了，所以他坐上人力车，又急急地到管家去。

冷云到了管家，只见纫英和她的婆婆正在说着话，见了自己，纫英先笑道：

"云弟，我们不在家，这可反而成全你们的了。"

这句话把管老太也说得笑起来了。冷云一面向老太太叫妈，一面微红了脸，笑道：

"还说哩！别人家客人到了这许多，你们两口子多舒服，一同出去玩了。"

纫英啐了他一口，笑道：

"阿英告诉你，我不是上弟弟家里去了吗？你还故意来俏皮我哩。快告诉我，你们上哪儿去玩一会儿？为什么翠妹不再叫她一同来我家呢？"

冷云只是傻笑着，没有回答她，把身子自管坐到沙发上去。纫英急道：

"你还放刁，可是你不告诉，明儿我也会问翠妹的。"

"没有上什么地方去玩，只不过到美丽戏院去瞧一场电影。"

冷云被逼问得没有办法，只好低低地说了出来。

管老太插嘴笑道：

"冷云，你这话也太矛盾了，既说没上什么地方去玩，又说到美丽戏院去瞧电影，这到底是怎么解释的？我真有些听不懂了。"

纫英听妈问得有趣，这就咯咯地笑了起来。冷云当然很难为情，但也只好厚了脸皮，附和着笑，一会儿，方才问道：

"大嫂，你别笑了，回头笑痛了肚子别怨我，我问你，雨哥怎么还没有回来吗？他到什么地方去了？"

"他说瞧史大德去，大概有一件业务上的事情接洽，说不定就要

70

回来的，你有些什么事情跟他谈吗？你且坐一会儿是了。"

纫英这才停止了笑，正经地回答他。一面倒了一杯茶，放到他的茶几旁去。

"事情是有一些的，我想他也许在外面吃晚饭了，这样吧，我明天打电话给他好了，此刻我走了……"

冷云说着话，身子已是站了起来。

"你这样急忙干什么？就在我家吃了晚饭也不要紧，难道和翠妹还约好在什么地方不成？"

纫英见他要走了，便把俏眼儿睃了他一下，笑着说。

"哪里哪里，马小姐早已回家去了，大嫂子又胡猜。因为厂中还有事情，我在外面已走了一下午哩。"

冷云红了两颊，一面辩白，一面已向房门口走。纫英也不再留他，逗给他一个娇嗔，噘了噘嘴，表示不相信的神气，遂让他匆匆地走了。

冷云走后，天色是益发昏黑下来。纫英开亮了电灯，瞧梳妆台上的钟已经是六点半了，遂微蹙了眉尖，说道：

"这么晚还不回来？难道谈一下午的话，事情还没有完吗？"

管老太听了，带了埋怨的口吻，也说道：

"可不是！就说在外面吃饭了，那么也该打一个电话回家，也省得家里担心。"

纫英没有作答，她把桌上婴孩的衣服活儿收拾过去，然后又向管老太说道：

"妈，饿了没有？给你先吃饭好不好？"

"不，我倒没有饿，再等他一会儿吧。这个年头儿，要接洽成功一件事情，也非常困难，也许在外面饿着肚子还不曾吃过饭呢。"

管老太摇了摇头，低低地说。在她这几句话中，至少是包含了一些慈母爱子之心。纫英听了，遂不再说什么，心中暗想：也许是的。因为雨霖往往在外面吃过晚饭后，回家还得吃两碗泡饭。原因是在外面只管谈话，那些油腻的鸡、鱼、肉等好菜反而吃不下，情愿回家拿一包花生米下泡饭，倒很合胃的。他说有时候吃西餐，别人家都是空盘子等下去，他却依旧满盘地退下，这也真是他的怪脾气呢！

管老太见纫英摇头做沉思的样子，忽然想到她的肚子，遂又低低地说道：

"纫英，你这肚子也很奇怪，我想明儿伴你到福民产科医院去给医生诊察一下，究竟是不是双胞胎的？假使真是双胞胎的话，你倒不用担什么心事了。"

纫英听她忽然又说到自己肚子上来，遂抬头望了她一眼，说道：

"我也这样地想，不知医生能不能知道的？"

"这当然诊得出来的，你这几天恶心倒好一些了。"

管老太点了点头回答。

"不过嘴里却淡得很，肚子又常常饿，可是吃又偏吃不多，怀孕就有许多麻烦，真叫人感到讨厌的。"

纫英皱了眉尖，悄声地说。管老太听了，倒不免笑起来，说道：

"你别说那些孩子话吧，哪一个怀孕不是这样的？记得我怀雨霖的时候，更要不受用哩。一会儿呕恶，一会儿呕恶，一个人有一个人的胎气，你的胎气还算好哩。"

婆媳两人谈了一会儿，不知不觉已是七点多了。这时，阿英走进房来说道：

"少爷到底回来吗？假使不回来吃饭了，我们可以开饭了，因为饭菜烧好已经许多时候，再不吃全冷了呢。"

纫英这才感到肚子一阵怪叫，也有些饿了，遂说道：

"你开出来吧，这时候不回家，大概是在外面吃饭的了。"

管老太因为时候真已不早，所以这次她也不再劝阻了。

晚饭毕，纫英和管老太在灯下干一会儿活针，不知不觉已敲十时了。管老太打了一个呵欠，伸手揉了揉眼皮，说道：

"这孩子到什么地方去了？这么晚还没有回来！"

她说到后面，声音是很沉重，显然她感到有些忧愁。纫英的心中当然也和她同样地感到忧愁，手里虽然干着活针，心中却只管暗想：莫非和史大德吃好晚饭后又上跳舞场去了吗？嗯，说不定，雨霖这人是没有主意的，经不得人家三言两语地一劝，他少不得又一同去胡调了一会儿。心中既有了这么一个感觉，她不免有些生气，不过在管老太的面前，她还竭力镇静了态度，低低地说道：

"妈，你别等他了，时候真的不早，你先去睡吧。"

管老太因为两眼已经要闭上来，所以遂站起身子说道：

"那么你也不要再干活儿了，到床上去靠一会儿吧。回头雨霖回来，你差阿英来告诉我一声。"

纫英点头答应，管老太遂自管回房去安息了。这里纫英一个人依然坐在灯下干活儿，看看时候快到十一点了，但雨霖还没有回家，她眼睛有些模糊起来，因为心中想着他到底上哪儿去，因此把针头竟刺痛了手指，立刻冒出一点儿血水来。纫英感到有些疼痛，把手指衔在嘴里吮了一阵，很怨恨地叹了一口气，遂把活针收拾，关上了房门，坐到床边去靠了一会子。起初她还在想一会儿心事，但不到十分钟后，她竟蒙眬地睡去了。

也不知经过了多少时候，纫英的耳中忽然听到有人唤她道：

"纫英，纫英，你醒醒，你醒醒！"

纫英两手揉了揉眼皮，抬头望去，原来雨霖已回来，站在床边伸手推自己的身子，这就望着他兀是愕住了一会子。雨霖见她尚未睡醒的样子，由不得一阵爱怜，遂柔声儿地说道：

"为什么不脱了衣服睡进被内去？这样不是要受寒的吗？"

第五回

痴嗔哀乐一对欢喜冤家

纫英听他这么说，且不回答，向梳妆台上的座钟望了一眼，见已十一点十五分了，遂站起身子，把两手拢了拢睡乱的头发，又打了一个呵欠，说道：

"你怎么直到这时候才回家？又在什么地方游玩呢？"

雨霖虽然在回家的途中原在腹内起好了圆谎的草稿，但是因为心虚的缘故，所以被纫英这么一问，他红了脸，却是回答不出话来。这当儿，阿英也步进房中给雨霖倒茶，纫英听他不回答，心中就有八分明白，遂向阿英道：

"你向老太太去告诉一声，说少爷十一时半回来的。"

阿英掩上房门，答应着走了。

雨霖待阿英走后，便向纫英望了一眼，笑道：

"为什么要多说上一刻钟？其实我回家的时候还只有十一点十分哩。"

"那何必计较这几分钟？反正十一点十分和十一点半也是相差无几的。假使你六点钟回家，我在妈那儿说你十一点钟回来，这倒是我的不是了。"

纫英俏眼斜乜了他一眼，这几句话说得很俏皮，至少是包含了一些神秘的作用。雨霖默然了一会儿，忽又笑起来说道：

"你这话奇怪了，假使我在六点钟可以回家的话，自然六点钟回来了。但你也得原谅我的苦衷，接洽一件会计业务的事情也是不容易的呀！"

他一面说，一面坐到床边，把皮鞋脱了，套上了睡鞋。这几句话，至少是已带了些求恕的成分。

"我知道你在外面做事是辛苦的，所以我们晚饭直等到七点敲过才吃的。妈在我房中等你到十时多方才倦极去睡。你为了正经事固然要紧，但你也该打个电话来告诉一声，别人家在家里是多么担心，反正你自己在外面已经是乐糊涂的了。"

纫英听他这么说，遂又放低了声音，向他冷冷地说。

"你怎么说我乐糊涂了？难道你以为我又在跳舞场玩吗？"

雨霖竭力镇静了自己的态度，一面脱西服的上褂，一面微微地笑。

"哼！不在跳舞场，还在什么地方？我刚才第一句问你在哪儿玩，你为什么不回答我？"

纫英见他涎皮嬉脸的样子，益发肯定他是在玩舞场，遂噘着小嘴儿，冷笑了一声，秋波恨恨地逗给他一个娇嗔，但手依然伸过去接他脱下的西服上褂，身子又走到衣橱旁去。雨霖心头是别别地跳跃着，但口里还是笑着道：

"纫英，你又要冤枉我了，这真是阿弥陀佛，天晓得的事情。你且别急，我可以把时间都派给你听的。"

"阿弥陀佛管你这些闲事？那么你且派给我听呀！下午一时和我一同出去的，到此刻足足十多个钟点，你到底在做些什么？难道谈来谈去就是这一件业务上的事情吗？"

纫英听他这么说，一手拉开玻橱的门，一面却又回过身子来，秋波白了他一眼，向他问出了这几句话。雨霖笑着把手指扳着，说道：

"我告诉你，一时和你分手，到史大德家里已经一时半，不料他的夫人有些小病，家里不便谈话，和我一同又到大东茶室，这一来已经三点多了。开始谈了两小时的话，好容易把这件公事说成了，史大德请我到华都饭店吃饭，吃好饭已经八点钟，我要回来了，谁知大德喝了一些酒，兴致好，拉我一定要去瞧一场电影，所以我也没法拒绝的了。这样算来，不是我正该这时候才可以回家吗？”

纫英听他絮絮地派了一大套的话，芳心暗想：其余都是实情，只有后面瞧电影的话是虚的。遂撇了撇嘴，又问道：

“你们在瞧什么电影？说明书拿给我瞧。”

“在南京戏院瞧《莺妒燕恨》，因为我们走到已经在开演了，所以说明书没有拿到。”

雨霖不慌不忙地把预定的计划很流利地说了出来。纫英听他说得好认真的神气，一时倒也有些相信起来了。但她又有个感觉，不免很感喟地叹了一口气，说道：

“你不是说史大德的夫人有些不舒服吗？就说是瞧电影，也太不应该，史大德这种做丈夫的人简直是毫无心肝的，家中妻子生了病，他倒有心思在外面瞧影戏到这么晚才回家。你是他的朋友，你应该劝他早回去才是，不料你反和他去胡调，在他夫人心中想来，也是多么怨恨你哩……”

说到这里，才把西服上褂放进到衣橱里去。不料在将上衣挂的时候，她的明眸忽然瞥见西服的肩上有一个红红的嘴印，这就暗自冷笑了一声，忙又回过身子去，向他问道：

“你说在南京瞧《莺妒燕恨》的电影，这话可是真的吗？”

雨霖听纫英虽然埋怨着自己，不过她已相信我确实是在瞧电影，他的心中真仿佛落下了一块大石般安慰，以为别的事情是没有的了，所以他脱了西裤，很轻松地先睡进到被窝里去。但万万料不到纫英此刻又会回过身子来，向自己重复地问了这两句话，那一颗心这就再度地跳跃起来，怔怔地道：

“那还有假的吗？当然是真的啰！你难道还信不过我这些话吗？”

纫英见他兀是装出一面孔正经的样子，因为在自己已经发现了他真实的铁证，所以芳心中真有说不出的生气和怨恨，冷笑了一声，逗给他一个白眼，说道：

"你还要说在瞧电影吗？你倒给我再说一句看！"

雨霖听她这么肯定地说，仿佛有什么秘密给她发现了似的，心中倒是大吃了一惊，红了两颊，望着她薄怒含嗔的娇容，倒是怔怔地愣住了一会子。

"咦！你说呀，你说呀！干吗望着我出神？我可没有像舞厅里姑娘那么令人好看呀！"

纫英见他发呆，益发感到生气，把两颊气得好像涂过了一层胭脂的颜色。雨霖暗想：纫英这姑娘是挺刁滑的，也许她是故意这么逼问着，无非是叫我说出真情来罢了，我倒不能上了她圈套的。所以便毫不介意的神情，笑道：

"你这人不要这么孩子气好吗？你叫我说，你叫我说什么好呀？"

纫英见他一味地装着死腔，这就再也忍熬不住了，立刻把那件西服上褂又取了下来，走到床边，指着肩上的嘴印，拿给他瞧，说道：

"你不用假正经了，你自己瞧瞧，这是哪里来的女人的嘴印？你说，你到底在瞧电影，还是在舞场里玩？"

雨霖再也想不到纫英会发现了这样货真价实的铁证，猛可想到自己跳的那个舞女比自己要矮一个头，所以她的嘴唇膏竟擦在我的肩胛上了。因为已经被她发觉了这个秘密，自己当然再没有声辩的余地了，因此含了笑容，默然无语。

不料纫英眼皮儿一红，泪水却是夺眶而出，坐在床前那张沙发上呜呜咽咽地哭泣起来。雨霖被她这一哭，生恐被母亲知道，所以急得了不得，遂掀被跳下床来，拉了她的手，说道：

"纫英，这又何苦来？好好儿的自寻烦恼干什么？我下次再也不去跳舞了，那总好了。"

"下次，下次，我问你，到底有几个下次？我以为跳舞是一件事，瞒骗我又是一件事。我和你是夫妇，这一些事儿都要瞒骗我，那何论其他？假使你换作了我的地位，有了这么一个不忠实的丈夫，那么我试问你，你伤心不伤心呢？"

纫英停止了啜泣，秋波逗了他一瞥无限哀怨的目光，絮絮地说出这几句话，她的眼泪又像泉水一般地涌了上来。雨霖听她这么说，心中有些羞惭，遂忙说道：

"因为我怕你和我吵嘴，所以不敢告诉你，同时又因为这是一件关系紧要的事情，所以我就骗你一下。其实别的正经事情，看我有哪一件瞒过你？我回家的时候，总向你告诉我在外面一切办事的经过，有时候倒是你自己忙不过来家中的事情，所以没有工夫来听我的告诉。纫英，不要伤心吧，有身孕的人是不能伤悲的，你就饶了我这一遭，凭良心说，我只有跳过三支舞。"

纫英听他后面这一句话，益发伤心起来，遂哽咽着道：

"你既然知道有身孕的人是不能伤心的，那么你就不该干出使我有伤心的举动来。你怕我和你吵嘴，你就瞒着我，要知道这不是一件根本解决的办法。你认为无关紧要，可是我却认为是一件很严重的事情。明天你在外面有了小房子，你瞒骗着我，难道这也是一件无关紧要的事情吗？"

"假使我有租小公馆的能力，那么我在社会上至少有了一些地位，这倒是你的福气了。"

雨霖听她这么说，遂忍不住笑起来。不料纫英听了这话，却气得柳眉倒竖、杏眼圆睁，瞪了他一眼，说道：

"可见世间上的人是只能共患难，不能共富贵的。假使你有这么的存心，我就希望你一辈子清寒到底，我也情愿苦一辈子的。哼！真没有心肝的……"

说到这里，一阵悲酸，又泪下如雨。雨霖被她这几句话说得两颊绯红，皱了眉尖，忙说道：

"我这话原是和你说着玩的，其实我何尝有这个存心？假使我有这个存心的话，那我一定没有好的结果。"

雨霖因为她泣得伤心，一时也觉悲酸，不免掉下泪来。纫英听他说了重誓，又见他也落眼泪，一时芳心也软了大半，所以垂了粉脸，拭着眼泪，默不作声。雨霖心中也在细细地品味纫英这几句话，她说我富贵了要娶小老婆，她便希望我一辈子清寒，她也情愿苦一辈子的。这话是太使人感动了，从此可知她爱我的心是至性的流露了。所以他情不自禁又去拉纫英的手，低低地说道：

"纫英，时候不早，你一直等到我这么晚，也够乏力了，快些睡吧。一切总是我的错，你就原谅我这一遭，以后我不再上舞场去了。其实我们到舞场去坐，谈话是主，跳舞是宾，我们跳舞根本不和舞女谈一句话，也无非是应个景儿罢了。"

"哼！无论什么地方都可以谈话，难道一定要上舞厅才好谈话的吗？老实对你说，你要如在舞厅中去接洽会计业务的事，那么我倒希望你坐在家里一件事情都不干的好。我生平最恨的是跳舞，你还记得在我们未结婚之前，你有一次叫我同到舞厅去坐一会儿，不是我就立刻拒绝你吗？"

纫英把她雪白的牙齿微咬着她红红的嘴唇皮子，听他这么说，遂又冷笑了一声，秋波恨恨地逗了他一个娇嗔。

"是的，是的，我以后一定不再上跳舞厅去玩，早知每次到舞厅回家就有这么许多烦恼，我真悔不该踏进这个舞厅的大门了。"

雨霖听了，伸手拍着自己的额角，赔了笑容，连连地悔恨着。纫英见了他这一副小丑的脸，便撇了撇嘴，冷笑着不说什么。雨霖又道：

"睡了吧，好妹妹，你还坐着等什么呢？"

"我喜欢这么坐一会儿，你理我做什么？你自管地睡好了。"

纫英鼓着小腮子，兀是怒气未平的神气。

"你不睡，我怎么敢睡？你难道忍心瞧着我为你冻冷出病来吗？因为我身上是只有一件衬衫了呢！"

雨霖抖了两抖身子，一面说着话，一面还故意地打了两个喷嚏。纫英以为他真着了冷，一时倒又急起来，遂只好站起身子，脱去了旗袍，和雨霖一同躺到被窝里去。在被窝里，雨霖又笑着道：

"女子好妒便是德，这话固然不错，但妒得太厉害，叫做丈夫的行动太受束缚，这也太不自由一些了。像史大德的太太，真够漂亮，明知史大德在外面跳舞，她也是不问不闻的，只要手里玩着一百三十六张牌，什么都不管的了。"

纫英听他这么说，遂冷笑了一声，说道：

"你以为这是爱惜她的丈夫呢，还是害了她的丈夫呢？老实对你说，你要我学史大德的夫人样子，我也会的。那么早晨起来，我什么都不管，一天到晚我也玩骨牌，你连梳头都要人家服侍的人，你还不该要人来管束你吗？你对于玩牌是生平第一恨事，那么我对于跳舞也是生平第一恨事。我在娘家有时候偶然高兴，倒也玩玩骨牌的，现在因为你不喜欢，我就从来也没有玩过，我依得了你，你难道就依不了我吗？"

雨霖听了她这一篇话，心头是深深地感动了，他抱了纫英的娇躯，几乎要落下泪来，低低地道：

"纫英，你真是我一个贤德的爱妻，你的话是不错的，我觉得很对不起你，从今以后，我总不敢再引逗你的伤心了。"

纫英听他这么说，心中自然也得到了无上的安慰，秋波逗给他一个娇嗔，撇了撇嘴，不免也笑了起来。接着又道：

"我倒也要问问你，跳舞到底有什么兴趣？我以为这么拉来拉去，那也没有什么特别的滋味呀。"

雨霖笑了一笑，沉吟了一会儿，方才低低地说道：

"你这一句话要问你的弟弟去的，因为你的弟弟也是跳舞厅的一分子。今夜我在大华也瞧见他的，可是他却没有瞧见我。"

"什么？一士也在吗？下午我在他家五点钟才回家的，他不是好好儿地坐在写字台旁写作吗？唉！"

纫英听弟弟也在舞厅里玩，她感到难受，说了这两句话，忍不住微微地叹了一口气，神情有些黯淡。雨霖望着她愁眉苦脸的样子，遂又微笑道：

"你生平最恨的是跳舞，那么你也该劝劝你的弟弟才是呀。"

纫英叹道：

"自己的丈夫都劝不听，那何况是弟弟呢？唉……"

说到这里，秋波逗了他一瞥无限哀怨的目光，忍不住又叹了一声。雨霖听了这两句话，他的两颊又浮现了羞惭的红晕，觉得纫英真是个厉害的姑娘。不过正因为了她的厉害，也更使自己感到她的可爱，望着她的粉脸，只会憨然地傻笑。但纫英这时又感伤地道：

"不过我弟弟的跳舞是情有可原的，因为他的环境和你不同，所以我只有给他表示无限的同情。假使他已娶了妻子的话，我可以相信他绝不会再上舞厅去。有了妻子的人去跳舞，把金钱花到灯红酒绿中，眼瞧妻子在家中千省万省地节俭，我以为这是一个有心肝的丈夫所不取的。"

雨霖听她愈说愈厉害，叫自己再也不好意思听下去，这就翻了一个身子说道：

"已经子夜一点多了，我明天厂里发行所都有事情接洽，所以我们别谈了，还是早些睡了吧。"

纫英虽然还要向他讽刺几句，但时候真已不早，明天没有睡畅，办事既没精神，人又要头痛了。心中还是为了爱惜他的缘故，所以不再说话，伸手熄了电灯，两人各自地睡熟去了。

第二天早晨八点钟还只有敲过，厂里就有电话来了。阿英没有知道少爷和少奶在夜里是吵了半夜的嘴，所以走进房中来就把雨霖喊醒了，说厂中厂长叫少爷去一次。雨霖既被喊醒，却再也睡不着，只好匆匆地起身，纫英道：

"云弟这孩子也糊涂，这样早来电话干什么？哦，昨天他原来找过你两次，说有事情跟你接洽。"

说着，她披了旗袍也起身了。

"你再躺一会儿吧，反正你没有什么事情。"

雨霖点了点头，因为见她也披衣起床了，遂望着她低低地说。

纫英摇了摇头，没有作答，自管匆匆地下床。雨霖见她眼皮红肿，云发蓬松，愈显得楚楚可怜的意态，遂挨到她的身旁，附着她的耳朵，低声地叮嘱道：

"纫英，我们昨夜吵嘴的话，你别告诉母亲吧。"

"为什么？没有这么容易，问你下次还要再上舞厅里去吗？"

纫英却不肯罢休的样子，噘了噘嘴，秋波逗给他一个妩媚的白眼。雨霖听了，这就愁苦了脸，搓了搓两手，说道：

"那又何苦来？我昨夜不是已经向你讨饶过吗？以后我决定不再上舞厅去了。"

"你这话在我那儿何止说一次？没有信用的人，谁信得过你？"

纫英一面扣着纽襻，一面又怨恨地回答。雨霖还欲说句什么，阿英端了脸水进来，雨霖于是把要说的话又咽了下去。纫英却向阿英说道：

"你先给少爷去滚牛奶。"

阿英答应一声，遂又退出房去。雨霖匆匆地漱洗完毕，阿英把牛奶端上，又把脸水去换了一盆，给纫英洗脸。纫英这时却在擦雨霖的皮鞋，雨霖回眸望了她一眼，说道：

"别擦了，你自己洗脸吧。"

纫英不回答他，自管把皮鞋擦好，放在床边，这才走到梳妆台旁去洗脸梳头。雨霖穿上皮鞋，悄悄地走到她的身后，从镜子里望着她的脸庞，微笑道：

"你今天敷上一些脂粉吧。"

"那又为什么缘故？"

纫英听他这么说，心中好生不解，放下木梳，回过身子，凝眸含嚬地瞅住了他，诧异地问。

"因为你昨夜哭过的，红肿的眼皮，不是被母亲看得出来的吗？敷上一层脂粉，母亲就注意不到这许多了。"

雨霖笑嘻嘻地说。纫英这才理会他的意思，一时又好气又好笑，啐了他一口，却并不作答，把身子走开去了。雨霖却把她拉住了手，不让她走开，说道：

"纫英，你难道一定要告诉我的妈？"

"当然一定要告诉的，一而再、再而三、三而四……我实在忍受不住。"

纫英绷住了粉脸，兀是薄怒含嗔地白了他一眼。

"那么这样吧，我这一杯牛奶给你喝了，你总可以不告诉了。"

雨霖显出一面孔正经的样子，低低地说。纫英被他这么一说，把绷住了的粉脸再也忍不住又浮现出一丝笑意来，俏眼逗给他一个娇嗔，抿嘴笑道：

"谁和你涎脸？"

雨霖拉了她手，也笑道：

"那么你就不用告诉，再饶一次，下次一定受罚。"

"好啦好啦！你倒有这么空闲工夫跟我缠绕着，你瞧我哪一次把我们吵嘴的事情告诉过妈？快去喝了牛奶走吧，已九点快到哩！"

纫英被他绕不过，只好向他说出了这两句话。

"好妹妹，你早就说了这几句话不干脆吗？偏要刁难我这许多时候的。"

雨霖这才放下了一块大石似的，一面嘻嘻地笑，一面走到桌旁喝牛奶去了。雨霖刚把牛奶喝完，管老太走进房中来，说道：

"雨霖昨夜十一点多回来的吧？在什么地方玩？也不打个电话回家，叫我们倒担了一会子心事。"

"和史大德在瞧电影，当初没有这个意思，所以来不及打电话了。"

雨霖微红了脸，低低地回答。他向纫英望了一眼，不料纫英撇了撇嘴，却逗给他一个妩媚的娇嗔。雨霖笑了，遂连忙站起身子，戴上呢帽，向管老太说声"我到厂里去了"，他便匆匆地走了。纫英待雨霖走后，便向管老太问道：

"妈，洗过脸吗？"

管老太点了点头，两眼向纫英脸上注视了一会儿，这就微皱了眉毛，低低地问道：

"你和雨霖昨夜吵过嘴吗？他到底在什么地方玩？"

"没有吵过嘴，他原在瞧电影。"

纫英生恐她老人家心中难受，遂竭力平静了脸色，代为隐瞒着。

"那么你怎的眼皮红肿的？不是哭过了吗？"

管老太有些不相信的神气，望着她脸庞，偏这么追问了一句。

纫英这就默然了一会儿，但她乌圆眸珠一转，忽然有了一个主意，说道：

"这是因为我昨夜梦见了爸爸，哭醒以后，想到家中的弟妹，所以忍不住又伤心了一会子。"

管老太对于她这句话倒信以为真的，由不得深深地叹了一口气，摇了摇头，很表同情地说道：

"人老了难免要死的，只是你爸这次的死，未免太快一些，令人意想不到。所以年纪老了的人是多么没有趣味呢。"

纫英听了，倒又真的勾引起伤心来，这就又落下几点眼泪。这时候，阿英端了一盘子早饭，却已拿进房中来了。

下午，管老太要陪伴纫英到产科医院去诊一会儿脉，纫英怕麻烦，又想不去了，后来经管老太再三地相劝，两人坐车到产科医院去了。医生给纫英诊了脉息后，问几个月了，纫英道：

"三个月半，因为腹部很高，所以请医生诊识一下，不知是什么缘故？"

管老太不及医生回答，也插嘴说道：

"三个月多一些的身孕绝没有这么高，我们有些疑心，也许是双胞胎吧？"

那个戴眼镜的女医师向管老太望了一眼，又向纫英望了一眼，点了点头，做个沉思的样子，方才低低地问道：

"这位是你的婆太太，还是你的妈？"

纫英听她不回答腹部高的原因，却先问这两句没关紧要的话，心中好生奇怪，遂微蹙了眉尖，回答道：

"是我的婆太太。"

那女医生又点了点头，遂回眸向管老太说道：

"老太太，你在外面等一会儿，让我给她到里面去检验一下。"

说着，她便向纫英一招手，于是走进到里面一间医室，掩上了房门，套上橡皮手套。给纫英检验了一会儿之后，却验不出一定是个双胞胎，于是又低声地问道：

"马小姐，听你婆太太说你们新婚还不久吧，不知有多少日子了？"

纫英见她依然没有说出是否双胞胎，抑是为了其他的缘故，却听她又问出这些话来，一时也不知她葫芦里卖的什么药，定住了眸珠，望着她那副神秘的样子，说道：

"还只半年多一些，怎么啦？"

那女医生似乎有些忍不住了，遂把嘴儿凑到纫英的耳旁，低低地说了一阵，并又说道：

"若果然如此的，那么我可以给你向婆太太说，这孩子生育得大，所以不用到十月满足，大概七个月就可以养下来的了。"

纫英听了她这一番话后，心中这才有了一个恍然大悟，一时又好气又好笑，而且又觉羞涩，暗想：这真是混账之至，她竟误会我们未结婚之前已经得了孕了。遂绯红了两颊，摇了摇头，说道：

"医生，你倒是一番美意，可是你错了，我们绝没有这一回事的。"

那女医生被纫英这么一说，也不免羞红了两颊，半晌说不出一句话来，好一会儿后，才徐徐地说道：

"这就奇怪了，因为我检验不出这是双胞胎呀。马小姐，你倒躺到床上去，给我再检验一会儿看。"

纫英暗想：你自己不学无术，检验不出是什么缘故，却异想天开疑心到这个歪念上去，这真是你的医学太高明了。于是摇了摇头，说道：

"既然检验不出，那么就不用再检验了。"

那女医生似乎理会到纫英脸上有些不悦的颜色，遂说道：

"三个月多一些的身孕有这么高隆的腹部，说不定是双胞胎吧。"

纫英听她还加上"说不定"三字，心中更加生气，暗自骂了两声"岂有此理"，她便先开门走出去了。管老太一见，便忙问道：

"纫英，她把你怎么地检验一下？到底是什么缘故？我在外面真担了一会子心事。"

纫英笑道：

"妈，我回头告诉你，此刻我们走吧。"

说着话，推了管老太的身子，就匆匆地走出了医院的大门。管老太被她这一阵子推，不免走得上气不接下气的，说道：

"纫英，你这是怎么啦？医生到底跟你说些什么话呢？"

纫英这才放缓了步子，一面笑，一面说道：

"这真是个笑话，妈，你听了准会笑痛肚子的。医生因为检验不出是否是双胞胎，抑是另有别的缘故，所以她竟疑心我在婚前就得了身孕哩！"

"哦！这真是岂有此理！怪不得她还问我是你的婆抑是妈，是婆她就叫我等在外面，这样说起来，她对你还着实有一份好意哩。"

管老太方才明白了，遂"哦"了一声，很生气地说出了这两句话。婆媳两人一路回家，一路细想赴诊的经过，真不免又好气又好笑，觉得上海地方庸医之多，真可说是车载斗量的了。

这天五点钟的时候，雨霖就回家来了。他脱了呢帽，连喊着头痛。纫英秋波斜乜了他一眼，抿嘴笑道：

"这是跳舞的滋味，快乐的时候是你，痛苦的时候当然也是你。"

口里虽然这么说，但手中却递过去一盒万金油。雨霖接过，用手指在额角上搽了一些万金油，望着她含嗔带笑的意态，笑了一笑，说道：

"你真是一个黑良心，我头痛，你倒反而乐了。"

"看到底是谁的良心黑？我拿万金油给你，你还怨我，那么又是我多此一举了吗？早知如此，我就不来理睬你了。"

纫英白了他一眼，话声是包含了一些怨恨的成分。雨霖笑道：

"你拿万金油给我，那我当然很感激你。但你偏又拿跳舞做话柄，笑我头痛是应该的，这不是黑心吗？"

纫英听他这么说，忍不住也笑起来，但忽然又绷住了脸冷笑道：

"我是黑心的，那么你明儿再去娶一个好一些的妻子好了。像史大德的夫人，可真够漂亮，丈夫在外面跳舞，她都不管，丈夫痛得快死的时候，恐怕她同样还是一个不管吧……"

纫英说到这里，噘了噘嘴，秋波逗了他一瞥无限怨恨的目光，却别过身子去了。

雨霖这就拉了她手，把她肩胛扳回来，笑道：

"人家和你说句玩话，你又认真起来了。我口里说你黑良心，其实我心中却在赞美你好良心呢！"

"哼！你这种话简直是放屁，我可不是三岁的小孩子，任你这么哄我我就相信了你。你这……"

纫英恨恨地说到这里，因为想到自己腹部的特殊，她感到伤心，忍不住又淌下泪来。雨霖这就急得了不得，涨红了两颊，说道：

"我知道你受不了一句话，所以故意试试你，不料你果然多心了。我知道你的心，可是你却不知道我的心。"

"我知道你的心，你心里左不过想跳舞罢了。"

纫英挂着眼泪，逗给他一个怨恨的娇嗔。雨霖听她这么说，倒不免又笑起来，说道：

"你猜错了，我哪里真爱跳舞？一天到晚，事情这么忙，忙正经事还忙不过来，如何还有心思放到'玩'字上去？纫英，我说你样样好，只有一样不好，就是爱'疑'，以后我劝你不要太多心吧。因为我自问良心，觉得没有一件事情有对不住你的地方。"

"那么我可有一件什么事情有对不住你的地方？"

纫英含了泪水，也向他反问了一句。

"当然你也没有对不住我的地方。"

雨霖望着她楚楚可怜的意态，低低地回答。

"不过我认为你要跳舞，那就是对不住我，这并非是我的多疑，原是事实放在眼前。只要你不上舞厅，我当然也不会跟你吵嘴，我只有三个月多些的身孕，腹部就这么高，这是多么危险，你不给我担忧担忧，倒高兴地去玩舞厅。我知道你们男子的存心，横竖妻子是洗脚水，倒了一盆，又可以盛一盆的……"

纫英说到这里，把满眶子眼泪忍不住又扑簌簌地滚了下来。雨霖也是一个富于情感的青年，听了纫英的话，又见她泪下如雨的样子，这就也伤心起来，眼皮一红，泪水也落下了两颊。两人相对流了一会儿泪，雨霖才拿帕儿给她拭泪，低低地道：

"纫英，我绝没有这个存心的，那么你明天给产科医生去诊识一下，究竟是什么缘故。我想这孩子一定是特别大，其他也绝没有什么的了。"

两人正说着话，管老太又走进房来。纫英遂收束泪痕，很快地避到房外去了，在厨下料理了一回事。待她回到房中的时候，室中已亮了电灯，管老太已不在房中，只有雨霖一个人坐在写字台旁写文章，于是悄悄地走到他的身后，柔和地道：

"既然头痛，还写什么文章呢？真是劳碌的命，休息休息不好吗？"

雨霖听了这话，回过身子，把她手拉住了，说道：

"《会计月刊》明天要付印，后天出版，我这篇文章已是挨得没法挨下去了。"

"现在你别的事情又忙得紧，这个事情也就辞了吧。"

纫英明眸充满了无限的温情，话声是显得分外轻柔。

"我也这么想，可是他们要我今年年底帮忙完了，我也没法推却。"

雨霖低低地回答，他感到爱妻的多情，忽然他又笑起来，说道：

"母亲刚才告诉我，说你们下午去产科医院诊过脉，这医生怎么如此浑蛋，竟猜测到这个头上去？"

纫英听他提起了这一回事，不免红了两颊，赧赧然地笑了。两人正在柔情如水、蜜意如云的当儿，阿英开上晚饭来了。

光阴如水一般地流去，一会儿秋天过了，一会儿冬天也过了。一年容易，转眼之间，又是春光明媚三月里的艳阳天了。纫英已是到了分娩的季节，在临盆的那月里，她不常出外，坐在家中只干些婴孩的针线活儿。不过她也不觉十分寂寞，因为今天她的大姨妈来了，明天她的弟弟来了，后天翠云、冷云、暖香等又来了，所以反显得热闹。

在分娩的那一夜里，纫英叫雨霖打电话给她姊姊秋秾来做伴，因为她心里有些害怕，倒亏她姊姊秋秾向她安慰着，所以她才放心了许多。产科黄医生到家不到十分钟，很顺利地婴孩就养了下来。是一个男孩子，大家都很喜欢。但黄医生摸到纫英腹部尚隆起了一块，遂向床边的秋秾说道：

"还有一个，是双胞胎吧？没有关系，马小姐，你不用害怕了。"

这时，站在房门口的雨霖和管太太一听果然是个双胞胎，心中又惊又喜，这就情不自禁地一脚跨进卧房里来。

第六回

生死关头的一夜

纫英听了"双胞胎"三字，她有些触耳惊心，因为她想到了自己的母亲，所以她粉颊儿立刻呈现了惨白的颜色。黄医生知道她是害怕的意思，遂低低地安慰着她。就在这个当儿，雨霖也跨步走入房中来，他老远地望着纫英毫无血色的两颊，知道她是曾经有过一度竭力的挣扎，他心中有些说不出感激的意思，向她点了点头，也是安慰她不要害怕的意思。纫英似乎懂得雨霖的表示，遂也向他点了点头，淡白的脸上还浮现了一丝浅浅的微笑，在这一丝微笑中，是包含了多少甜酸苦辣惊喜的滋味。

"胞下来了，怕不是双胞胎吧。"

黄医生在经过十分钟之后，她又低低地这么说了一句，可是听在众人的耳中，仿佛心头会落下了一块大石。雨霖暗暗地念了一声佛，他额角上觉得湿润润的，显然是冒出了许多的汗点儿。

管老太这时脸上也浮现了一丝笑容，向黄医生点头道：

"辛苦了，黄医生。"

黄医生笑着，把婴孩洗净穿上衣服，包裹舒齐，放在床后。一面又去摸纫英腹部下的一角，依然高起了一块，她有些奇怪，用手按了按，低低地问道：

"马小姐，你觉得怎么样？"

"没有怎么样，似乎有一块什么东西似的……"

纫英微蹙了眉尖，低低地回答。

"黄医生，你摸着了什么？"

秋秾听她们这么说，遂也轻声地问她。

"大姨妈，你倒用手去按按，当初我以为是双胞胎，后来胞落下了，那显然不是婴孩，这也许是一股子气吧。"

黄医生一面说，一面叫秋秾也去摸一下她的腹部。秋秾在摸着了之后，心中也觉奇怪，遂颦锁了眉尖，问道：

"妹妹，你有没有感觉什么不舒服吗？"

纫英摇了摇头，似乎很懒怠，没有作答。这时管老太也来摸过了纫英的腹部，凭她的经验，说也许污血没尽，明天就会好的。大家认为这意思不错，把那团忧愁的疑窦都消失了，就是纫英的心中也安慰了不少。

送黄医生走后，经过一阵子忙碌，时候已子夜十二时多了。纫英望了秋秾一眼，低低地道：

"姊姊，你到妈房中去休息了，辛苦了你。"

说着，忽然想到了什么似的，又向管老太太微微地一笑，说道：

"妈不是说产房不进吗？如何又进来了？"

管老太笑道：

"我一听黄医生说是双胞胎，我心中也不知是欢喜是焦急，所以管不得许多地就一脚跨进房中来了。"

大家听说，也都笑起来。因为生恐劳了纫英的精神，管老太和秋秾便回房去睡。雨霖和纫英是早已分床睡的，所以他此刻也到书房里睡去，室中是只有一个阿英服侍纫英的要茶要水。

这晚，雨霖睡在书房里，却一夜不能合眼，心头只管暗想：爱妻养了一个儿子，这当然是一件喜欢的事，但腹部尚有一块高高地隆起着，心中又觉十分忧愁。母亲说污血未尽，这话虽然不错，但仔细想来，理由也不充足，因为血是流汁，高起一块明明是固体，这不知到底是什么缘故呢？雨霖在这么感觉之下，所以他心里是欢喜和忧愁各占了一半。

次日早晨，雨霖起来得最早，他悄悄地走进纫英的卧房，只见阿英已站在洋油炉子旁给纫英煮糖面吃。雨霖低声问道：

"少奶醒着吗？"

阿英点点头，雨霖遂移步到床边，只见纫英望着身旁躺着的那个小东西呆呆地出神。她见了雨霖，一撩眼皮问道：

"你干吗起得这么早？回头身子不是要不舒服了吗？"

"我睡畅了，你腹部这一块高起的可曾消失了吗？"

雨霖坐到床边，摇了摇头，显然他是十二分关心。

"似乎平下去一些了，你倒摸一摸看。"

纫英点点头，俏眼斜乜了他一眼，低低地说。雨霖于是把手伸进被窝去，沉吟了一会儿。纫英似乎有些难为情，红了红脸，微笑道：

"你觉得怎么样？"

雨霖道：

"好像低一些，你有没有感到难受？"

"这倒也不觉得。雨霖，你瞧这个小东西，五官倒还生得端整，只是左颊如何削去了一半似的凹了进去？不是很奇怪吗？"

纫英一面说，一面又把婴孩脸儿指了指，低声地说。雨霖的两眼这就注视到那婴孩脸儿上去。只见他是个长圆形的脸，挺乌黑的头发，两条细长的眉毛，下面两只滴溜圆的眸珠，一些不怕光线的，睁开得很大。鼻子高高的，嘴儿小小的，十分俊美可爱。所可惜的是左颊削了进去，仿佛是养下时瘪了一样，遂笑道：

"这小东西大起来倒比他的爸爸漂亮，左颊凹了进去没有关系，两个月后，保管他会长胖的。"

纫英听他这么说，倒忍不住微微地笑了。这时，阿英盛了热气腾腾的糖面过来，雨霖遂站起身子，纫英道：

"糖面你要吃一碗吗？叫阿英盛一碗好了。"

"我脸也没洗，口也没漱，你自己吃吧。"

雨霖摇了摇头，含了笑容，微微地回答。

"阿英，热水瓶里不是有着很多水吗？倒出来给少爷做洗脸水吧。"

纫英听他这么说，遂向阿英低低地关照着。雨霖见她做产在床，还要这么关怀自己，心中这一感动，自非作书的一支秃笔所能形容其万一的了。不多一会儿，管老太和秋秾也都进房来了。雨霖因为发行所内有事情接洽，所以匆匆地到写字间办公去了。这天雨霖在下午四点半就回来了，房中静悄悄的，连阿英都不在。雨霖蹑着脚步到床边去瞧，见纫英微闭上眼皮，似乎睡熟着，可是她触觉很灵敏，听了轻微的步声，也知道有人进房了，遂低低唤了一声："阿英？"

"纫英，是我，你要拿什么东西吗？"

雨霖放低了喉咙，向她轻轻地声辩着。

"你回来了，我不要拿什么，下午黄医生又来给我诊视过。"

纫英听了雨霖的声音，遂微微地睁开眼皮来，含了笑容，向他低低地告诉。

"黄医生来过，她怎么说呢？这高起的一块完全消失了吗？"

雨霖坐到床沿边去，因为有一天不见爱妻了，他抚摸着纫英的手，表示无限的亲热。不料纫英听了，却摇了摇头，脸上呈现了凄凉的颜色，低低地道：

"没有消失，黄医生也觉得很奇怪，不过她不肯断定地说这是什么，所以说休养半个月后，或者且待满了月，最好给爱克司光去照一照，看究竟是什么东西。我心里担忧着，不知会不会腹内生了什么东西吗？"

说到这里，她的眼角旁忍不住展现了晶莹莹的一颗。雨霖听了她这些话，免不得也心惊肉跳起来，但表面上还是竭力镇静了态度，用了柔和的口吻安慰她道：

"纫英，这是不会的，你不用担心，我想过几天一定会消失的。"

一面说，一面伸手又去摸，觉得像拳头般的一块，一时暗暗担忧，不过又不敢忧形于色，生恐纫英心中要难受。他沉吟了一会儿，故意说道：

"我觉得比早晨更小一些了。"

纫英用手背擦了擦眼皮，拭去了泪痕，低低地道：

"这一块东西原很奇怪，一会儿会高大，一会儿又会缩小。妈说是积血，我想积血也不会忽儿高大忽儿缩小的，况且那污血自从孩子下地后，一些些的就没有停止过地流出来。她们说假使是积血，流完了污血，那块高起的自然也消失了。不过这些都是她们的猜想，事实上究竟是好是坏，还是一个问题呢！"

雨霖听她这么说，一时也觉积血那些话都是无稽之谈，事情恐怕没有像她们猜想的那么简单。不过纫英产后才只不过两天，身子是多么虚弱，此刻要照爱克司光，这当然也是不可能的事，所以只好安慰了她几句道：

"纫英，你千万不要忧愁，待你身子健康一些，准定去照一照爱克司光吧。无论一件什么的事情，心理作用是很厉害的，你假使自信那是没有关系的，当然是没有什么意外的发生。假使你刻刻地担心着那块高起的东西，这对于你的身体是很有损害的，所以你应该听从我的话，别把这事放在心上吧。"

纫英也觉雨霖这话是很有道理的，连点了点头，明眸含了无限柔情蜜意的目光，向他脉脉地凝望了一会儿，却没有作答。雨霖这时忽又问道：

"你姊姊呢？她回去了吗？"

"姊姊家里也有孩子，怎么能老伴着我？况且还有姊丈需要她服侍哩，所以四点光景的时候，我就催姊姊回去了。"

纫英瞟了他一眼，低低地告诉他。雨霖点点头，把她白净的手儿握了一会儿，又道：

"你养了孩子，你弟弟怕还没有知道吧？"

纫英笑道：

"谁说的？上午姊姊就打电话给他，他十点钟就来望我了。说也正巧，翠云妹妹也齐巧今天到我家里来，所以刚才是很热闹的。他们说孩子名儿可曾取过，我说还没取过，阿狗、阿猫就随你们意思叫吧。"

雨霖听她说这几句话的表情和刚才的是大不相同，因为她扬着眉毛，满脸掀起了笑容，显然是这一份的得意，于是也笑道：

"那么我们该给他取一个，纫英，你说取什么好？"

"这是该你取的，我的意思，乳名儿就叫他小霖，你瞧怎么样？"

纫英见他征求自己的意思，遂含笑低低地说。

"也好，我是你的大霖，他是你的小霖。"

雨霖频频地点了一下头，忍不住扑哧的一声笑了。纫英起初还不理会，被他一笑之后，方才想到"大霖"两字，是英语"爱人"的译音，这就红晕了娇容，秋波逗给他一个妩媚的甜笑。过了一会儿，方才又催他说道：

"那么学名你快给他取一个吧。"

雨霖微闭了眼睛，沉吟了一会儿，说道：

"有了，我记得我的校长是叫吕登辉，他是一个留学的博士。我取他的意义，给小霖取个征辉的名字，你瞧好不好？"

"好的，准定就叫他征辉，不过你做爸爸的，将来也一定要给孩子出洋去留学才是呀！"

纫英含笑点头望着雨霖的脸，故意这么逗他一句。雨霖笑道：

"那当然，我做爸爸的只要有一分力量，当然希望孩子比他的爸爸更强一些。"

他一面说着话，一面走到写字台旁坐下，用红纸条写了"管征辉"三个字，又拿到床边，给它贴在那张铜床的床柱上。纫英微仰了粉脸，望着红纸条上"管征辉"三个字，得意地微笑。就在这个当儿，阿英在厨下把那只芋艿鸡已煮得烂熟地拿进房中来了。

光阴匆匆，转眼已是十天。纫英身上的污血却没有停止，精神和气色都不大好。乳水当然不多，所以已雇用了一个乳娘给小霖哺乳。纫英自己虽然感到身子不好，但瞧着小霖一天一天地白胖起来，她一颗芳心也会感到十分安慰。到了弥月那天，小霖颊上的一块凹进去的早已长得一般胖的了。在雨霖的初意，原想到外面馆子里去请客，后来因为纫英还不能起身，所以只好把酒筵叫到家中来办了。

这一天当然是非常热闹，纫英心里高兴，遂勉强地支撑起身来招待倩萍、暖香、翠云、秋秾等一班女客。倩萍见她脸色没有过去那么红润，而且也瘦削了许多，遂向她说道：

"现在是满月了，你得叫雨霖陪着去照爱克司光了。因为血水这么不停地流着，那到底不是一回事呀！"

"可不是，大嫂做了一个月的产褥，人儿瘦得仿佛换了一个样子了。我想非好好儿给大夫诊治一下不可，因为产后失调，对于身子的健康是大受影响的。"

暖香望着纫英淡白的两颊，也向她很关切地劝告着。

"我心中虽然也这样地想，不过雨霖这人是多么忙，一天到晚没有空闲的时间，而且我也懒得很。其实我没有气力走路，他有时候问我明天去瞧大夫好吗，我说好的，但到了明天，他固然没有空，我也懒得走，因此一天一天地也就搁下了。"

纫英靠在沙发上，听她们这样地说，便点了点头，低低地回答。在她这说话的表情上瞧来，仿佛是有气没力的样子。翠云是坐在她的身旁，听她这么说，遂回头望了她一眼，也说道：

"姊姊，这可不是玩的事，你如何可以一天一天地挨下去？雨哥没有工夫陪你去瞧大夫，那么明天我来伴你去好不好？我想你从前是个最性急的脾气，现在连说话都这么缓慢了，这可见你的精神是很不好的了。"

秋秾不等纫英回答，遂点了点头，说道：

"翠云妹妹的意思很好，我想明天上午十时左右，我们两个人准定来，一同伴她去瞧大夫吧。"

翠云听小霖的大姨妈也这么说，于是点头说好。这时，雨霖伴了几个朋友进来，说他们来看看小霖的。纫英听了，免不得意思地站起身子和他们含笑招呼。冷云和一士也在其中，他们见纫英很吃力的样子，遂悄悄地道：

"姊姊，你只管坐着吧。"

纫英也觉难以支撑，便在沙发上又坐了下来。那班朋友在乳妈手中瞧过了小霖之后，啧啧地称赞了一会儿，也就和雨霖笑着又到会客室去。纫英在经过一会子站立之后，她这时坐在沙发上，仿佛感觉到下身淌出来的血水更多，所以她向秋秾叫了一声"姊姊"。秋秾理会她的意思，不过她只知道纫英是要上便桶，所以便很快地走上来扶她身子，翠云也跟着站起，去一同扶着她到便桶上去。不料纫英坐上便桶，那下面的血水就像撒尿盘地撒了一阵。秋秾见她垂了粉脸，没有作声地呆坐，遂低低地问道：

"妹妹，好了吧，别坐着了，还是到床上去躺一会儿吧。"

纫英知道姊姊并没有晓得自己是倒了血，假使她知道的话，一定要非常焦急。意欲向她告诉了，但仔细一想，今天小霖弥月，人家客人都欢欢喜喜地来庆贺，我若闹了开去，不是叫众宾都快快不乐而散了吗？所以她点了点头，忍熬住了，由秋秾和翠云扶到床上去躺下了。

室中摆上银台面的时候，管老太来请大家入席。暖香走到床边，向纫英望了一眼，说道：

"大嫂怎么样？不一同来吃些吗？"

"香妹，你们去吃，我不能奉陪你们了。"

纫英脸上兀是含了微笑，向她低低地回答。这时，翠云、秋秾也上来，问她有什么不舒服，纫英摇了摇头，说道：

"我躺一会儿很好，你们别瞧着我，快一同入席去吧。"

大家没法，也只好走到银台面旁来入席了。还听纫英在床上向秋秾说道：

"姊姊，你给我代为做个主人，请大家多饮几杯吧。"

秋秾答应，遂握了酒壶，向众人斟酒。管老太太笑道：

"怎么好意思叫大姨妈斟酒？还是我来斟好了。"

秋秾笑道：

"你做祖母的也别客气了，今天孙子官儿弥月，你老人家也该多喝几杯吧。"

管老太听了这话，心中又喜欢又难受，说道：

"小霖的娘假使很健康的话，这当然是更叫我欢喜一些。如今她还没有气力起床，所以十分的喜欢也不免减去了五分了。"

倩萍听她这么说，遂又拿话安慰了几句，于是大家举杯欢然畅饮。躺在床上的纫英听了管老太的这几句话，想到自己血崩的危险，她芳心中是倍觉悲酸，眼皮一红，泪水这就夺眶而出。但不知经过了多少的时候，纫英竟蒙蒙眬眬地熟睡去了。待她一觉醒来的时候，只见室中灯泡已由七十五支光仍旧换上二十五支光了，静悄悄的，却连一个客人都不见了。只有雨霖独个儿坐在沙发上吸烟卷，他的两颊是红得厉害，仿佛是喝醉了酒的神气。纫英感到奇怪，万不料自己这一睡下去，竟连一个客人都没有了，遂不禁开口问道：

"雨霖，什么时候了？怎么客人都散去了吗？"

雨霖见纫英醒来了，便忙从沙发上站起，走到床边，望着她睡眼惺忪的意态，先低低地问道：

"你这一觉睡的时间很长，此刻已十一点半了，现在感到好过一些了吗？她们因为你睡得很熟，不敢惊醒你，所以都悄悄地走了。你的姊姊和翠妹明天早晨还来伴你去瞧大夫，因为冷云明天还约我在金谷饭店吃饭，有一件事情接洽，所以我是不能伴你一同去瞧大夫了。"

纫英听了，方知已经夜深了，遂点了点头，望了他一眼，说道：

"姊姊和翠妹原和我约好的，我知道你的事情太忙了，所以你也不必再来顾虑我了。此刻睡了一会子后，精神比较好得多。小霖呢？奶妈抱到妈房中去睡了吗？"

小霖晚上要哭，管老太生恐纫英嫌心烦，所以叫奶妈睡到自己的房中去已近十天的光景了。雨霖听她这么问，遂点了点头，说道：

"是的，已经去睡了，纫英，你此刻想吃吗？大概有些饿了吧？我去喊阿英热粥来给你吃好吗？"

"真也奇怪，我也不觉得十分饿，你别去叫阿英了，这时炉子早熄了，人家今天忙了一整日，也该给人家休息一会子了。你还是拿几块饼干给我，因为我也不想吃粥。"

纫英摇了摇头，向他低低地说。雨霖于是把烟卷丢入痰盂内，蹲身取出饼干箱，取了五六块香蕉夹心饼干，又给她倒了一杯热气腾腾的玫瑰花茶。纫英略靠了身子，伸手去接茶杯的时候，明眸脉脉含情地望着他红红的脸，低声地道：

"为什么今夜喝了这许多酒？你在为小霖这孩子弥月而欢喜吧？"

纫英说到这里，话声带有些颤抖的成分，在她心中至少有这一层意思，只怕我的病已是步入危险的阶段了。雨霖心头似乎明白纫英这一层意思，他摇了摇头，叹了一口气，说道：

"不，纫英，你错理会我的意思了，我是因为烦闷的缘故。唉！这孩子太不吉利……"

纫英的心中深深地感动了，她伸手很快地扪了扪雨霖的嘴，哽咽着道：

"不，你别那么说，这孩子的命太好了。所以我……"

雨霖不等她说下去，也伸手把她按住了嘴，他没有开口说什么，眼泪先夺眶滚了下来。纫英心中悲酸极了，她清瘦的粉脸上也被晶莹莹的眼泪水所占据了去。

"纫英，我们别谈这些，明天你去瞧了大夫，自然慢慢地好起来了。快吃饼干，茶冷了。"

过了一会儿，雨霖拿了一块饼干，亲自递到她的手里，向她低低地安慰。纫英本意欲把刚才倒血的话向他告诉，但是一则怕他焦急，一则此刻感觉又好了一些，所以她也不再向雨霖告诉，接过饼干，吃了三四块，然后夫妇两人也就熄灯安睡了。

第二天起来，雨霖照常地去办事。十点钟的时候，秋秾和翠云两人都准时到来。照管老太太的意思，给徐明磊中医去诊视一次。纫英没有什么主意，秋秾和翠云也认为管老太的意思不错，当下决定给徐大夫去诊视了。

两人伴了纫英从徐大夫那儿瞧了回来，时候差不多已近两点，两人撮药煎药，这一阵子忙碌，早已四时了。管老太太连催两人吃饭，两人是忙得肚子饿也忘记了。不料纫英在路上经过这一阵车子的颠簸后，下身的血水像昨晚一样地流出来。她淡白了脸色，向秋秾叫了一声"姊姊"，秋秾走到床边，纫英向她低说一阵。秋秾掀被一瞧，不免大吃一惊。翠云走上来也瞧见了，她"啊呀"了一声已是叫了起来。管老太忙问什么，翠云粉脸失色地道：

"姊姊倒血了……"

她说着话，几乎已欲盈盈泪下的神气。管老太这时也急得六神无主，灰白了脸色，连喊："怎么好？怎么好？"还是秋秾有主意，她向管老太安慰道：

"妈，你且别急，急也没有什么用的。"

说着，又向翠云道：

"你此刻快打电话到发行所去叫雨霖立刻回家，这病是非医不可的了。但哪一个西医好，总是他们比较熟悉一些。翠妹，你最好叫雨霖就请了西医一同回家来吧！"

翠云听了，连声地答应，三脚两步地奔到电话间里，握了听筒，拨了电话的号码，口吃着问道：

"对……对……不起！请你……喊管雨霖先生听电话好吗？什么？他刚才走出不到十分钟吗？那么他是到什么地方去了？你们不

100

知道……这……这……可怎么办好……"

翠云听雨霖已经走出发行所了,她急得在电话听筒里就问出"这……可怎么办好"。忽然她在焦急中又有了一个主意,遂重新拨了电话号码,又打到厂里去了。

"喂!你们厂长在厂里吗?快叫他来听电话吧!"

"厂长刚走出去,你是谁?找他有什么事情吗?"

"那真是太不巧了……请问管雨霖先生在不在啦?"

"你找管先生要到发行所去的,这儿管先生不常来的……你到底是谁?我可以告诉他们。"

翠云听了他这些回答,真是急得跳脚不已,她心中一阵难受,忍不住哭出声音来了。就在这时候,阿英匆匆地奔来,说道:

"马小姐,我家少爷在不在啦?武少爷倒已经来我们家了。咦!你怎么哭起来了?"

翠云听冷云已经到了,她芳心里这才安慰了一半,立刻放下听筒,也不及回答,三脚两步地早已又奔到纫英卧房里来了。只见冷云站在床边,蹙了眉尖,正在望着纫英惨白的脸问话,见翠云进房,遂回身急急地问道:

"雨哥立刻来了吗?"

"他们说雨哥已经走出有十分钟了。"

翠云一面告诉,一面眼泪却扑簌簌地落了下来。冷云被翠云一哭,心中也觉悲酸,遂含泪向她摇了摇头,是叫她别伤心的意思。这时,纫英却有气没力地向冷云断断续续地问道:

"云弟,雨霖……说……你今天约他在金谷饭店吃晚饭,我想……他此刻……一定是到金谷饭店去了。"

冷云被她这一提,方才想着了,遂说道:

"对,对,我原约他在金谷饭店会面的,因为我厂里走出得早,所以顺便先到这儿来转了转。不料嫂子竟病得这一份厉害了,唉!这我哪儿想得到?让我此刻打电话到金谷饭店去,也许可以把他找回来的。"

冷云把手拍了拍额角，一面说着话，一面也回身奔到电话间去了。这里纫英见管老太、秋秭姊、翠云妹都脸沾泪痕，十分悲伤的样子，她反而安慰她们道：

"妈、姊姊、妹妹，你们都不要伤心，我相信，上帝一定会搭救我的。"

秋秭知妹妹在家的时候素信耶稣，今听她这么说，遂点了点头，趁此也安慰她说道：

"是的，妹妹，上帝一定会保佑你好起来的。"

就在这时候，冷云急急地奔进来说道：

"雨哥果然等候在金谷饭店，他听了这话，立刻就回来了。"

纫英听雨霖就可以回家，不知怎么的，虽然雨霖不是一个医学博士，但她那颗空虚的芳心也会得到了一些很深的安慰。就是管老太等也放心了大半，以为雨霖回家后，一定有个商量的办法。不料雨霖这人他是只会办理别人家的事情，事情临到自己的身上，他也是呆若木鸡地会想不出一个主意来，所以他心慌意乱地奔进房中，齐巧秋秭、翠云围在床边又在给她揩拭流下来的许多污血。管老太拉了雨霖的衣袖，含泪告诉道：

"雨霖，纫英倒血得很厉害，你快想个办法，若再不止地倒下去，恐怕是……"

说到这里，再也说不下去，泪已抛了下来。雨霖听了这话，心头的跳跃仿佛要从口腔里跳出来了，他猛可地步近床边去，只见纫英脸白如纸，连嘴唇的红都消失了，心中一阵痛伤，不免淌下泪来，叫了一声"纫英"。

纫英这时见了雨霖，她连说话的气力都没有了，嘴唇皮掀动了一下，眼泪像雨点儿一般地滚了下来。秋秭、翠云见此情景，也不禁掩面失声起来。冷云满以为雨霖回家后总有个救济的办法，不料他望着纫英只会哭泣，一时觉得这样下去不是一个道理，他遂走到雨霖身旁，拉了他的手，说道：

"雨哥，这可不是你伤心的时候，我们快一块儿请医生去是正经……"

说时，拉着他早已直奔出房外去了。站在人行道上，雨霖瞧天色已是夜下来，他除了全身发抖外，却是再也说不出什么话来。冷云问他道：

"雨霖哥，你平日有没有什么医生认识的？我们且先到近乎友谊一些的医生那儿去问问，你看怎么样？"

雨霖被他一问，忍不住哭出声音来，说道：

"云弟，我此刻心乱如麻，什么主意都没有，一切你给我做主是了。"

冷云听他说得可怜，也由不得凄然泪下，遂说道：

"雨哥，事到如今，急也没有什么用处，我爸爸有个医生的朋友，他叫宋国宾，对于医学很有研究，只可惜他近年来本身也患了疯病，所以身子不大活动，话也不大会说，出诊已经停止了。不过我们去请他介绍一个医生，这当然比较稳当一些，你看好不好？"

冷云听雨霖一切都叫自己做主，因为给病人介绍医生是件最困难的事情，医治好了，当然是一件欢喜的事，若医治不好，这对于自己介绍的人不免留个遗憾。所以，他想出请医生去介绍，幸与不幸，当然那是要看纫英的福命了。雨霖那时候还有一个不好的道理吗？所以连连地点头，立刻和冷云坐车到宋国宾的医寓，经门役递过冷云的卡片进内通报，方才请两人入室会见。宋国宾是个五十多岁的老者，脸儿清癯，精神似乎还很充足。冷云一见，先鞠了一个躬，叫声"老伯"，他也不说什么客套，就立刻给雨霖介绍，一面说道：

"我们此刻到来，是向老伯讨教讨教的。管先生的夫人，自从产下孩子后，身上的污血没有止过，且腹部有一块高起着，这一个月来，身体十分虚弱，至今虽已满月，但依然不能起床。今日下午突然污血更多，势成倒血，这不知是什么病症，请老伯给我介绍一个名医，真使小侄感激不尽!"

亏冷云是一个好口才，所以一口气把病情都向宋国宾很简洁地告诉了。雨霖却脸无人色地呆立一旁，他在想家中的绉英不知如何了，想到痛心之处，他几乎已欲晕倒地下去了。宋国宾的疯病大半是疯在嘴上，他听了冷云的告诉后，沉吟了一会儿，方才直接地道：

"不是倒血，是'鲁'……"

冷云、雨霖听他舌头有病，所以说话的音不很清楚，暗想：是"鲁"，"鲁"是什么的病症呢？因此两人望着他倒不免愕住了一会子。宋国宾似乎明白他们听不清楚的意思，遂叫看护拿过一支钢笔，他在纸上写了几个字。冷云、雨霖同时去瞧，见写的是"里面生着一个瘤"几个字，两人这才恍然大悟，不约而同"哦"了一声，暗自赞叹：宋医生真不愧是个名医！遂急急又问道：

"那么请问老伯，哪一个西医比较好一些?"

宋国宾又写道：

"最好送医院。"

冷云忙道：

"可是她现在不能动，因为身子一动，血更流多了。"

宋国宾又写道：

"今天不送，明天还是要送医院的，愈快愈好，因为血不止，今夜很危险。"

雨霖瞧了这几个字，他急得几乎要哭出声音来。冷云心中同样地感到焦急，两手搓了搓，紧锁了眉尖，他把身子走了两步。在这走了两步的时候，倒被他急出一个主意来，遂拉了宋国宾的衣袖，连声地叫着老伯道：

"事到万急，老伯抱救世之心，请老伯破例和我们一同走一次吧。得能今夜渡过了难关，明天再送医院，这就缓慢得多了。"

宋国宾在当初他也没有想到自己是可以去急救她一下的，因为冷云和自己有一层友谊关系，使他竟忘记自己是个业医的了。如今被冷云这么一提，于是也想到了，遂把头一点，表示许可的意思。他立刻叫看护把针药箱取出，备了所需要的针药，立刻和冷云、雨霖开步走出院子去。宋国宾自己也备了一辆小小的汽车，当下四个人跳上车厢，便直开到雨霖的家里去。管老太在家里是急得向天空焚香叩头，含泪祈祷，因为这时已经八点多了，两人还没有把医生请来，她一个苍老的心也会像热锅上的蚂蚁一般熬煎难受。正在这时，阿英领了四人进来，管老太连连念佛，一面向宋国宾叮嘱，千万别在病人面前说病危险，宋国宾也唯有点头而已。

大家都走进卧房，看护把医药箱打开，宋国宾也不再问什么病情，取了一枚5CC的不知什么针管，望着纫英脸白如纸的两颊，点了点头，遂给她臂上注射了进去。回头向看护望了一眼，看护小姐似乎懂得他的意思，遂向冷云、雨霖告诉道：

"这一枚针注射进去可以止血，在二十四小时之内不会发生危险，你们明天最好还得把她送到医院里去。"

雨霖听了这话，心中好像落下一块大石，遂很感激地也叫道：

"多蒙宋老伯热心相救，真使我感激涕零，但明天不知送什么医院的好？"

宋国宾想了一会儿，遂又用钢笔在纸上写了"广仁医院"四字。冷云一面连连道谢，一面向看护悄悄地问了出诊的诊金，遂交给看护小姐拿下。宋国宾和大家点头，遂匆匆别去。冷云一路送到门口，一路还问了他好多的话。纫英自从注射了这一枚针后，污血果然流得少了。这时，冷云和雨霖又走进房来，管老太道：

"你们两人也饿了，快些叫阿英开饭吧。"

奶妈答应，抱了小孩出去。在吃饭的时候，大家才算把那颗忐忑的心安静了许多。管老太这才问道：

"那个宋医生为什么不说话？莫非是个哑子吗？"

冷云摇头道：

"不是，他患有疯症，说话不活络的，他恐怕人家发生误会，所以索性专门写字作为代话。他和我爸是朋友，平日不出诊，今天我也不知怎么的会想到了他，所以我想这也未始不是大嫂的福命。"

秋秾听了，遂也问道：

"那么妹妹患的到底是什么病症，他可曾告诉你们吗?"

雨霖点头道：

"我们这一个月来的哑谜，被他一语道破了，他说里面生了一个瘤，这真是一些不错的，因为她腹部不是还高起一块吗?"

翠云也"哦"了一声，说道：

"怪不得小霖生下后，左颊削进去一块，我想一定被那个瘤挤瘪的了。"

大家听了，也都恍然。雨霖道：

"这样说来，那个瘤也生在子宫里面的，这如何是好……"

说到这里，回头望了床上纫英一眼，话声放得特别低沉，心头又感到无限的焦急和忧愁。冷云见纫英好像睡熟的样子，方才说道：

"我刚才送宋医生出去的时候，已详细问过了他，他告诉我，这瘤和孩子在子宫里是同时生长起来的，还算是小霖这孩子强横一些，所以比瘤长得快。否则，小霖不到十月满足，恐怕就得被那个瘤挤下来，若这个样子，纫英娘儿俩就更危险了。所以，这真是不幸中之大幸，明天送医院，就是把瘤割了，也就没有问题了。"

雨霖听了这话，方知纫英的性命还是在九死一生中，他把才安静的那颗心又忐忑起来，因此那吃剩的半碗饭便再也咽不下去了。秋秾、翠云也感到难受，大家食不能下咽，匆匆吃了一小碗，也就放下筷子。这时，室中静得一丝声息都没有，空气是包含了一些凄凉的成分。

夜深了，冷云和翠云一同告别回家去。秋秾今夜不回家，依然宿在这儿。纫英没有精神说话，闭了眼，只管养神。管老太在十二点钟的时候，催雨霖到书房去睡，说明天你还得干许多的事情。雨

106

霖没法，也只好自去安息，可是躺在被中，又暗暗地哭了一夜。

子夜两点钟的时候，纫英睁眼见秋秾歪在旁边，却没有睡熟，便叫道：

"姊姊，你们刚才说的，我都听得，我自知这病是绝症，恐怕是难以好的了。明天你打电话给一士，叫他来和我见一见……还有小霖这孩子……你总也得把他当作亲生儿子一般地爱护……"

她说到这里，眼泪已像泉水一般地涌出来。秋秾听了她这些诀别那样的话，她不禁已哭出声音来，遂安慰她道：

"妹妹，你此刻血不流了，你已脱离了危险。明天到了医院，医生自然有办法可以救治你的。妹妹，你不要说这些令人伤心的话，你不是相信耶稣吗？那么上帝一定会搭救你的。"

纫英听了她后面这两句话，她挂着泪水点了点头，惨白的脸上浮现了一丝浅浅的苦笑，合上了眼皮，却是没有作答。

第二天早晨，雨霖到纫英的卧房，见秋秾打电话给一士去，房中没有一个人，于是走到床边，拉了纫英的手，含泪叫了一声。纫英见了雨霖，微微地一笑，她竭力熬住了悲哀，低低地道：

"雨霖，只怕空……忙……了……你……一场……"

雨霖泪如泉涌，泣道：

"纫英，你别这样说，我知道你昨夜能够遇到了宋老伯，这便是你有救星的现象。我已打电话去喊了救护车，回头你就可以进医院去救治了。"

两人正在含泪安慰，只见马一士脸色慌张地进来，他见纫英惨白的脸容，低沉的声音，他步近床边，叫了一声"二姊"，泪水便夺眶而出。纫英见了弟弟，把刚才在雨霖面前忍熬住了的眼泪，这就再也熬不住地大颗滚了下来。

第七回

谢谢上帝脱离了险境

　　马一士在前天小霖弥月那日瞧到二姊虽然精神上不十分好，但是却没有想到两天后的今日，二姊竟会病得连说话的气力都没有了。一时痛悲十分，叫了一声"二姊"，淌泪问道：

　　"二姊，你怎么会病得怎个模样儿？"

　　"二弟，昨夜……若没有……这一枚针……只怕今天你再也不能和我有说话的时候了……"

　　纫英一面扑簌簌地落眼泪，一面断断续续有气没力地告诉着，话声在低沉之余，又包含了一些颤抖的成分。一士听了，忙回过身子去问雨霖是怎么的一回事，雨霖遂含泪把昨夜的经过向一士告诉了一遍。一士方知二姊在子宫内生了一个瘤，心中又伤悲又焦急，方欲问现在送什么医院，只见秋秾匆匆地进来告诉道：

　　"救护车来了，什么被褥枕儿应用的东西该预备一些。"

　　"这些不用预备，因为到了医院都要睡院中的，你只把热水瓶、茶杯等东西理一些好了。"

　　一士听了，遂向他大姊说着。这时，管老太也进房帮着整理什物，一会儿院役拿了救护软床进来。秋秾、管老太扶住了纫英身子，吩咐他们千万小心，纫英在睡上软床的时候，她心中是悲伤到了极点，向雨霖哽咽着道：

　　"你……叫奶妈好好地……看顾着小霖吧，冷热小心……别给他

108

积食……"

雨霖的脑海里当然也有一个惨痛的感觉，这一进院，也不知有否出院的日子，所以他如醉如痴，伤心得除了淌泪之外，却再也回答不出一句话。还是奶妈站在旁边，抱了小霖的身子，含泪勉强笑道：

"少奶，我知道的，我一定小心地看顾着小少爷，我们期待着少奶早些出院吧！"

一士听二姊病得这份厉害，她还要关怀着孩子，心中正在感到母性的崇高，没有再可以比它伟大。如今听奶妈这么回答，因为后面这一句固然是祈祝的话，不过很容易感触到反面的不幸，所以听在众人的耳里，反而感到无限酸鼻，眼泪却又滚了下来。

各人的心头同样地怀了海样的悲哀，默默地、静悄悄地移动着沉重的脚步，把纫英身子抬到救护车上去。纫英微侧了脸，她的明眸只注视着站在大门口奶妈怀内抱着的小霖小脸儿上去。她微微地叹了一口气，眼角旁又展现了晶莹莹的一颗，在她这一声叹气中，至少是包含了这一层意思：苦命的孩子，不知你还有投入亲娘怀抱的日子吗？

在医院里的诊治室中，纫英是高高地躺在那张受诊时的病床上。大概十分钟后，有一个白发的美国女医生，后面跟了三个中国女医生，沉重的步子跨到诊治室中去。雨霖想跟进去的时候，却被一个护士长含笑拦住了，说："对不起，请管先生在外面等回音。"

这时，站在诊治室外的雨霖、一士、秋秾、管老太四个人，心头的跳跃仿佛像小鹿般地乱撞。他们都在想：难道这时候就给纫英在割瘤了吗？其实这是他们急糊涂了的缘故，医生在没有经过合理的手续后，如何会给病家轻易地施用手术？大约又过了十分钟后，那个护士长人家称为黄小姐的从诊治室中走出来，她走到雨霖的面前，微蹙了眉尖，低低地道：

"管先生，你们怎么把马小姐直到今天才送医院？她血流得太多了呀!"

雨霖愁苦着脸,叹了一口气,说道:

"因为前几天还没有这么流血,昨夜是最危险的了。黄小姐,那么医生说还有救星吗……"

问到这里的时候,他的身子是在瑟瑟地发抖,眼眶子里已贮满了悲酸的热泪。黄小姐点了点头,沉着脸,说道:

"马小姐的病好在是硬病,并非是内部的损坏,所以或许还有救星。不过她现在血分太少,第一步需要接血,不知……"

雨霖听到这里,心中放下了许多,暗想:接血原是要血亲才行,那么除了我,还有谁?为了爱妻的生命,他也管不得许多的,立刻说道:

"好的,我愿意把血接给她。"

黄小姐听他说得很直接,她心中有些神秘的感觉,微微地笑了笑,秋波瞟了他一眼,说道:

"管先生,你这么瘦削的个子,恐怕自己身子受不了吧。中华慈善救济会里原养有施血给病人的人,因为接血并非要血亲才行,你夫人的血我们验出是 A 型的,所以我们只要向慈善救济会里去找 A 血液的人好了。"

管老太听雨霖要把血接给纫英,想着媳妇的危险,他们亲为夫妇,况且这次纫英的病是为生育而起,那么雨霖也理应把血施给她。不过想到儿子这个瘦削的身体,如何还能把血抽去?她又觉得肉疼。正在感到左右为难的时候,忽然听黄小姐这么说,心里这就欢喜起来,忙说道:

"既然中华救济会里有施血的人,那当然是再好也没有的了。"

黄小姐接着又道:

"你夫人血色的淡薄只有三十七度,和常人要相差半数之多,所以至少要接两次的血。接血的费是按照病人住院病房的等级而计算的,因为我们这儿是基督教办的医院,带有些慈善的性质,住三等病房和住头等病房的，相差数目很大。不过管先生，你该明白，我们对于病家的医治，却没有什么头等和三等分别的。"

"那是当然，但不知头等病房接血费多少？二等、三等又多少？"

雨霖认为这是理所应当的事，有住头等病房的资格，他还会去计较这些接血费吗？于是点了点头，向她低低地问着。黄小姐道：

"住头等病房的要一千五百元，二等的只要五百元，三等的更少，只要一百五十元，三等的那完全是慈善性的。"

雨霖听了，回头向后面一士低低地说了一阵。一士点头说好，雨霖于是又向黄小姐道：

"那么我们住二等的吧。"

黄小姐点头说"很好"，一面又沉着脸说道：

"接过血后，你夫人子宫内的瘤便得施用手术割去。"

说到这里，把手向他一招，又走到一张写字台旁，取出一张亲属自愿医院当局剖割的书来，叫雨霖签字。雨霖握了笔管，却瑟瑟地发着抖，他脑海里浮现了恐怖的一幕，一个人的腹部如何可以剖割？于是他含了辛酸的热泪，笔尖儿在纸上再也落不下去。一士站在身后，眼眶子里同样地含满了泪水，他默默地说不出一句话。黄小姐瞧此情景，心中似乎激起了同情的悲哀，用了凄婉的口吻，低低地道：

"这个瘤若不割的话，根本就没有生命，割去了，也许还有希望。我们院长富医生一天得剖割三五个的病人，她是很有把握的，所以管先生请大胆签字好了。"

雨霖被她这么鼓励，于是也只好忍痛地签下了字。当他回过头去的时候，却把眼泪淌下颊上来了。但黄小姐却又低唤了一声"管先生"，雨霖这就立刻又拭了泪痕，回过身子去静待她说话。黄小姐道：

"请管先生到账房间先付一些钱。"

雨霖点头，遂和黄小姐一同走到账房间里去了。待雨霖付了钱回来，纫英已被抬到那间施血室。见秋秾、一士、管老太三人围在她的旁边说话，于是雨霖也走上去，向她低叫了一声"纫英"，说道：

"你别害怕，回头医生就来给你接血了。"

纫英见了雨霖，点了点头，淡白的颊上浮现了一丝微笑，说道：

"我没有……害怕……我自从进院后，瞧到……每个房间……都有那个十字架……我心灵上似乎感到一种很深的安慰……因为我的生命已经寄托给耶稣的了……"

大家听她说话的声音缓和而且低沉，虽然她是含了微笑，不过多少带有些凄凉的成分，所以各人心头都滋长了一股子悲哀的意味，默默地并没有回答什么，脸上都浮了哭不出笑不出的神情。就在这时候，中华救济会施血的人到了，护士长请大家暂时退到外面去。雨霖等站在外面，约莫十分钟后，忽见冷云和翠云很慌张地走上来，翠云见了秋秾，问声"姊姊怎么了"，她的眼泪已落了下来。秋秾拉了她手，遂把早晨的经过向她告诉了一遍，并且说道：

"现在正给她接血，但愿上帝保佑她才好。"

这里雨霖也把经过事情告诉冷云，冷云点点头，他表示很安慰的样子。如此经过一小时后，施血室的门开了。两个院役抬了病床，把纫英抬出来，黄小姐领在前面，向雨霖等道：

"现在你们可以到二等病房里去跟她做伴了。"

翠云走了上去，向床上的纫英先叫了一声"姊姊"，纫英含了笑容，和她点了点头，表示招呼的意思。雨霖在瞥见纫英脸色之后，向一士望了一眼，低低地道：

"你瞧纫英接过血后的脸颊和嘴唇不是都红润多了吗？"

一士含笑点了点头，他心头才开始感到喜悦的意味。

二等病房里一共有三张病床，当然是住三个病人。里面已经睡了一个病人，是个四十左右的妇女，她是患心脏病的。这时，纫英躺在病床上，望着床前围着的丈夫、婆婆、姊姊、弟弟、翠妹、云弟众人，她心头悲哀消失了，脸上浮了微笑，好像无上安慰的样子。雨霖问道：

"纫英，你接血后的感觉怎么样？"

"接血的时候，我的嘴唇、脸颊都感到一阵热燥，此刻也不觉得怎么样。"

纫英虽然这么回答，但声音并不像刚才那么断续缓慢，显然接血是很有一些效力的。大家听了，当然很欢喜。纫英这时又说道：

"那个白发的美国妇人就是院长富医生，她今年已经七十五岁了，但她还干着给人家剖割病家的工作，她比年轻人还强健。她慈祥地安慰我，叫我不要害怕，叫我信仰上帝，上帝的神力会护在她的身上，使她在给我割瘤的时候，手术特别快、特别好。我听了她的安慰，我心中不再悲哀。我信仰上帝，我信仰富医生，我知道我这次的危险是必定能够搭救的。"

大家听了，方知那个美国医生已和纫英有过一度谈话，因为纫英心灵上已经有了信仰，这对于病体是很有益处的，所以雨霖、一士等都很欢喜。管老太太也笑道：

"纫英这次所遇的人都是耶稣一样，云弟第一，宋国宾第二，最后当然更要仰仗富医生的大力了。早晨从家里到医院的时候，我曾听到两声喜鹊的叫。上海地方，似乎很不容易听到喜鹊的叫，所以我知道纫英这次的病一定是逢凶化吉的……"

众人听管老太太这么说，都不禁笑起来。就是纫英，也微微地笑了。过了一会儿，纫英低低道：

"什么时候了？我倒有些饿，你们如何不饿吗？"

冷云听了，忙道：

"我们是吃过午饭来的，此刻已三点了，你们难道还都没有吃过午饭吗？"

这两句话才把众人提醒了。雨霖道：

"真的，我们竟忘记了吃饭。纫英肚子饿，不知道可以吃什么东西？给我去问医生看。"

他说着便去了。不多一会儿，走来道：

"医生说什么都可以吃，最好吃些滋养的鸡、肉、牛奶等食物，先补补身子。我刚才已和院中仆妇说过，叫她代为喊一个月牛奶。此刻肚饿，只好去买些奶油面包来吃一吃了。"

一士道：

"我去买吧。"

说着，他身子已向外面走了。秋秾道：

"明天我烧一只鸡来，你们家里没有什么人，还是由我料理的好。"

纫英道：

"但姊姊家里孩子也很多，我怎么好意思累忙你？"

秋秾道：

"自家姊妹，你也别说这些客气的话了。"

这时，一士买了许多奶油面包并蛋糕等东西来，于是大家胡乱地吃了一阵也就算了。管老太道：

"二等病房可惜还不能陪夜，纫英一个人未免太冷静，晚上不知道可以到什么时候？"

冷云道：

"大概十点钟吧。我想养病还是一个人静一些好，有人伴着，要说闲话，反伤了精神的。"

纫英听了，点了点头，一面又向大家道：

"你们吃了那些蛋糕如何会饱？雨霖，你伴妈、姊姊、弟弟到外面馆子去吃些吧。"

"妹妹，我们真不饿什么，你还关心我们呢。我的意思，你休养一会儿，我回去料理小菜，明天可以早些送了来。"

秋秾摇了摇头，一面低低地说。一士也道：

"二姊累了差不多一整天，原该息息了，我也明天再来望你。"

纫英明眸充满了无限情意的光芒，说道：

"弟弟，你没有空，过几天来也不要紧，对家中弟妹们说，我是没有什么危险的。"

一士点头答应，遂和秋秾向大家别去。冷云和翠云在他们两人走后不到十分钟也匆匆地走了。雨霖向管老太太说道：

"妈，家中没有什么人，你也早些回去吧，我再伴纫英一会儿。"

管老太见时已黄昏，遂点头说好，于是向纫英安慰了几句。纫英道：

"妈，你也累了，回家后早些休息吧。嘱咐奶奶，把小霖的冷热千万小心。"

管老太说声"我知道"，雨霖遂送她出院，给母亲讨好了人力车后，方才回进病房来。坐在病床旁边，抚摸着纫英的手，两人相对凝望了良久，彼此虽然有许多话要说，可是不知怎么的，却是一句话也说不出来。良久，纫英微蹙了眉尖，叹了一口气说道：

"剖割瘤的日子不知在哪一天，虽然富医生这么安慰我，但生死两路究竟还是一个问题……"

说到这里，一阵悲酸，不禁泫然泪下。雨霖刚才的喜悦也无非是自己安慰自己，一层外表罢了，此刻听纫英这么一提，心中如何地不悲痛？他想淌泪，但是他又不敢淌泪，竭力熬住了心头的悲伤，用手指去抹纫英颊上的泪水，兀是含了一丝微笑说道：

"纫英，你把生命不是已经寄托给耶稣了吗？你怎么又忧愁起来了？别伤心，我相信，你生平为人慈和，上帝绝不忍你有悲惨的结局。"

纫英听他这么安慰，她把手紧捏着雨霖的手，挂着两行的泪水，也不禁破涕嫣然了。雨霖见纫英这一笑，感觉有一股子妩媚的风韵，不过至少包含了一些楚楚可怜的意态，他心中说不出有阵悲喜的滋味，因此望着她自不免愣住了一会子。不料这时，纫英忽然全身瑟瑟地一抖，低低地道：

"雨霖，不知为什么缘故，我竟有些发冷起来。"

雨霖听了这话，心中倒吃了一惊。齐巧有个看护小姐进来，雨霖遂忙问她：

"不知什么缘故发起冷来？"

那看护小姐姓陈，年纪还不过十七八岁，听雨霖这么问，乌圆眸珠一转，低低地道：

"你夫人不是接过血吗？接过血后必定有反应的，所以这发冷是应有的现象，你们不用害怕的。"

雨霖和纫英听了，这才又放下心来。果然，在冷过了一会子后，身子又回复原状了。

这天晚上，雨霖也在医院里吃了晚饭，直伴到九点三刻的时候，方才再三地安慰了她，独个儿回家。在途中，迎着微微的晚风，却感到有些凄凉的意味。

回到家中，管老太没有睡，问纫英的病情怎样，雨霖告诉了一回。母子两人相对呆坐了一会儿，彼此却再没有说一句话。良久，雨霖方说道：

"小霖睡了吗？"

管老太点点头，望了他一眼，说道：

"你也不要伤心了，自己身子也要紧，医是这么医着，你总尽你的心，好不好也瞧她自己的福命吧。时候不早，奔波了一整天，你也该早些去睡了。"

雨霖听了，没有回答什么，呆呆地又痴坐了一会儿，叹了一口气，方才站起身子，拖着沉重的步子，懒洋洋地踱回纫英卧房里去。望着那张空的眠床，不知怎么的总觉有股子悲酸。他躺在被窝内，免不得又暗暗地泣了一夜。

次日，雨霖起身，已经十时敲过，因为昨天整日没上发行所去办事，今天接洽的事务当然格外多了，所以来不及到医院去望纫英，只好匆匆地上办公室去。直到下午四时半敲过，他方才急急地到医院来。在医院的附近，买了花旗蜜橘和罐头、红烧肉等什物，匆匆踏进了四十八号的二等病房。

那个患心脏病的女人似乎熟睡着，绉英闭了眼，也好像是睡着了。雨霖放轻了步子，悄悄地走到绉英的病床边，不料绉英却睁开眼来，忽然见了床前的雨霖，便显出惊喜的样子，笑道：

"你早来一步，他们还都在着哩。"

"是谁？"

雨霖见绉英脸色比昨天好了一些，安心了许多，在那张小方桌上放下蜜橘和罐头什物，望着她的粉脸，微笑着问。

"姊姊、弟弟、翠妹、香妹，他们都来望我，大家买了许多东西给我吃，你打开抽屉瞧瞧。"

绉英含了得意的笑容，一个一个地派出来，伸手又指了指抽屉，低低地说。雨霖把抽屉打开，果然有生梨，有橘子，有奶油、糖等许多的东西，还有一碗是焖烂鸡，一碗是红烧肉，想来是大姊拿来的了。遂把自己买来的也藏入抽屉，向绉英笑道：

"这许多的东西也够你吃了。绉英，第二次血可曾接过没有？"

绉英摇了摇头，说道：

"没有接过，看护小姐告诉我，大概明天给我施第二次血。"

说到这里，向他招了招手。雨霖见了，遂伏下身子，捧着她手，低低地问道：

"绉英，你有什么话跟我说？"

绉英两颊微微地一红，俏眼逗了他一瞥妖媚，良久方说道：

"我听看护小姐说，我这个瘤是生在子宫里面，因为瘤长得很大，所以子宫不能收缩，污血不止，也就是这个原因。如今要把瘤割去，须把子宫一同割下，子宫若割去了，以后就再不会生育了。你听到了这个消息，心中一定很不高兴吧？"

雨霖听她絮絮地这么说，心中当然明白她的意思，遂平静了脸色，柔和地说道：

"纫英，对于这个事情，我在昨天就明白得很详细了，你说我要不高兴，我为什么要不高兴呢？因为我们不是已经有一个小霖了吗？所以你不必再去忧虑这些无关紧要的事情，只要你能够恢复昔日的健康，我心中已经是够欢喜的了。"

纫英听他这样安慰，把雨霖手儿是握得紧紧的，明眸脉脉含情地凝望着雨霖的脸庞，频频地点了点头，表示无限感激的意思。良久，在她眼角旁又展现了晶莹莹的一颗。雨霖似乎有些凄凉的感觉，用手指又去抹她颊上的泪水，低低地道：

"纫英，别伤心，即使没有小霖这个孩子的话，我也绝不会来改变我的初衷，何况你是已经给我养了一个儿子了。纫英，你应该相信我，我是你忠实的丈夫。"

纫英心头因为是太感动了的缘故，所以她的眼泪愈加像雨点一般地滚了下来，把雨霖的手拿到自己的颊上去亲着。雨霖也许理会爱妻心中的意思，他不知是喜欢还是悲哀，泪水也纷纷地抛下了两颊。

光阴匆匆，纫英进院已有一星期了，经过接了两次的血，她脸色确实好了许多。这天雨霖来望纫英，不料她却在暗暗地淌泪，雨霖拉了她手，惊讶地问道：

"纫英，你好好儿的怎么又伤心了？"

"雨霖，富医生告诉我，明天早晨要给我动手术了。"

纫英红肿了眼皮，挂着泪水向他伤心地告诉着。雨霖听了这话，心头别别地一跳，虽然也大吃了一惊，但他兀是微笑着道：

"真的吗？纫英，那你应该欢喜才是，怎么反而伤心起来了？因为富医生给你早动一天手术，你也可以早一天踏上健康的道路呀！"

雨霖虽然是这么说，可是他心中就有一个相反的感觉：他有些心痛，他脑海里浮上了恐怖惊人的一幕，他几乎也要流下泪来。不过理智告诉他，这是断断不可以的，我绝不能增加纫英心头的忧愁。所以，他始终忍熬着心头的悲痛，脸上浮现着一丝微笑。纫英听他这么说，心中也不知是喜是悲，只觉那满眶子里的眼泪会不由自主地落了下来。雨霖方欲再向她安慰，只见秋秾笑着来了，她见两人淌泪，也是一惊，忙问：

"怎么啦？"

雨霖拭泪笑道：

"明天富医生要给纫英动手术了，我说这是一件欢喜的消息，不料纫英却伤心起来了。"

秋秾也竭力镇静了惊慌的态度，强装笑颜，说道：

"不错，妹妹，你千万不用忧愁，我相信上帝的神力，他会帮助富医生有良好的手术，使你并不一些感到痛苦的。妹妹，这几天早晨，你不是天天地读一页《圣经》吗？"

纫英听了，把手摸到枕旁的那本《圣经》上去，含了眼泪，微笑着点了点头，说道：

"是的，我不再伤心担忧了。《圣经》上说，一个诚实的人，是必能得到我主的救助。前天翠妹把黄洁之太太也约了来望我，黄太太在我床边含了热泪，十二分地诚恳给我向天父耶稣做祈祷。她说这次做祷告的时候，她仿佛感到天父在向她含笑点头，所以她知道我这次必定能够脱离险境的。"

雨霖虽然是个没有宗教观念的人，但为了爱妻这次的开腹割瘤，他内心也低低地祈祷着，愿天父耶稣保佑她的平安健康。

这晚，雨霖从医院里出来，他心中仿佛有块铅质那么重的东西镇压着。瞧了瞧手表，还只有十点钟，他觉到今夜回家后，恐怕是很不容易入睡的，所以他要麻醉自己的神经，最好在糊里糊涂中消磨过去时间，能够在不知不觉中就到了第二天的早晨。他走到舞厅中去坐一会儿，可是听了那热狂的音乐，反使自己心头感到了焦躁，听到了凄怨的梵婀玲音调，心头更会感到了悲哀。他想掩着脸哭，但舞厅里的青年男女没有一个不在笑，自己又如何能哭得出？于是他离开了舞厅，坐车匆匆地回家，用他唯一的方法，把他家中那瓶

119

烧酒竟喝去了半瓶。在喝下那半瓶烧酒之后，他一会儿笑、一会儿哭地闹个不了。只可怜了管老太急得没了主意，买水果、买仁丹，心中又不知道他为了什么缘故，问他他也不回答，只是哭笑不停地闹着。最后，他是呕吐起来，把吃下的晚饭也吐了满地。在经过一阵子呕吐之后，他是真的糊里糊涂地睡去了。

次早，一觉醒来已是八点钟了。雨霖急急地起床，见管老太也走了进来，皱了眉尖，叹了一口气，带了哀怨的口吻说道：

"雨霖，昨夜什么时候回来？我竟一些不知道。为什么不声不响地喝了半瓶烧酒？孩子，你太作践自己的身子了。唉！何苦来？昨天你可曾到过医院里去吗？"

"去过了，纫英这几天身子倒益发复原了一些。我原高兴着喝一些玩，不料就醉起来。倒累苦了妈，为我忙碌了一会子。"

雨霖不忍把今天早晨纫英开肚子的话向母亲告诉，含了惨淡的微笑，还是装出毫不介意的样子。管老太对于他高兴这一句话，当然表示不相信，正欲再向他安慰几句，可是雨霖披了上褂已急急要走了。管老太急道：

"你洗过脸吃过点心了吗？这么早到哪儿去？"

"我脸洗过了，因为朋友请我茶室吃点心，所以我在家中不吃了。"

其实，雨霖何尝洗过脸，他只不过拿干面巾擦过了一回罢了。一面说着话，一面不待管老太再说什么，身子也走到外面去了。管老太想到往日雨霖梳头都是纫英的事，如今纫英睡了一星期的医院，雨霖是什么事情都不要好看的了。管老太有些伤感，忍不住深长地叹了一口气。

雨霖急急地到了医院，三脚两步地奔进了病房，瞥眼见到病床上已没有了纫英人的时候，因为在骤然之下，他只觉有股子悲酸陡上心头，泪水这就夺眶而出。急回过身子去，见陈小姐悄悄进来，告诉道：

"马小姐八点一刻刚抬到割症室去动手术了。"

雨霖听了点头，勉强把眼泪忍熬住了，遂匆匆地也走到割症室。割症室的门是关得很紧，雨霖瞧了瞧手表，是八点半了，计算时间，已有了一刻钟了。他脑海里想象出一幕惊险紧张的情景，他心是剧跳着，肉也惊动着，他两脚有些发软，好像站在棉花堆里，他几乎已经要急昏倒在割症室的门口了。

割症室的对面是个礼拜堂，雨霖因为再也站不下去，所以悄悄地步进了礼拜堂。静悄悄的，因为里面高大广阔的缘故，所以更显得一丝声息都没有。雨霖既步入了这个高大的礼拜堂，他感觉到自己正像在沙漠是独个儿徘徊那么孤寂，他心头激起了无限的悲酸，眼眶子里的泪水又像泉那么汇贮拢来。偶然抬头，忽然他望见悬在屋顶的那个十字架，他眼前仿佛展了一片圣洁的光辉。他心中想：纫英曾经对我说，她的生命是已经寄托给天父耶稣了，当然天父耶稣会保佑她的平安无事。雨霖虽然是这么想，但他的眼泪依然扑簌簌地滚了下来。

表上的短针已指在九点了，割症室的门开了，雨霖收束了泪痕，连忙走出了礼拜堂。只见秋秾也站在割症室的门口，她见了雨霖，惊讶地道：

"你在哪儿？"

雨霖道：

"我已来好一会儿了。"

就在说话的时候，只见那位白发的富医生走了出来，她见了雨霖，便含笑说了一声"Morning"，雨霖也向她回说了一句。在富医生后面是护士长黄小姐，她手里端了一只小小的面盆，里面盛了一个像饭碗那么大小的血瘤，拿给雨霖和秋秾瞧，说道：

"你们瞧，这么大一个肌肉瘤哩！"

雨霖、秋秾凑过去望，只见肌肉瘤外面还包了一层淡红的皮肉，这大概就是子宫的了。两人心头有些惊跳，这时院役已把纫英抬回到病房去了。雨霖、秋秾连忙去望她脸，只见她好像安静地熟睡了的样子，两人心中有些伤心，默默地移着沉重的步伐，也跟着跨入了四十八号的病房。看护陈小姐告诉雨霖和秋秾，说马小姐上了闷药之后，要在晚上七八点钟才能完全地清醒过来。所以你们不用害怕，也不要和她说话，只管她身子别动，最好叫她平静地躺着。两人听了，点头答应。雨霖因时已不早，遂向秋秾道：

"那么烦姊姊伴在床边，我上办公室去了。"

秋秾道：

"你只管放心前去，我一切都知道的。"

雨霖很感激地望了她一眼，遂匆匆地自管走了。下午三点钟光景，一士走进病房，只见二姊闭了眼睛睡着，但嘴角旁却吐出许多痰水来，她蹙了淡淡的眉毛，好像很难受的样子。大姊坐在床边，拿了一方帕儿，给她在嘴角旁轻轻地拭着她吐出来的痰水，因为未知底细之前，不免吃了一惊，遂步近床边，低低问道：

"二姊怎么了，大姊？"

秋秾回头见了一士，遂站起身子，把早晨纫英已割去血瘤的话向他诉说了一遍，并且说道：

"此刻也快近六七个小时了，她还没有清醒。陈小姐告诉我们，要在晚上七八点才能完全地清醒，因为这闷药是很厉害的。"

一士听了这些话，心中又安慰又忧愁，安慰的是那个瘤已经去了，但忧愁的，待她醒回来的时候，不知会不会发生变化的。因为一个人剖割了腹部，这到底可不是一件玩的事情。所以微蹙了眉尖，低低地道：

"但愿二姊平安，回复她原有的健康。"

秋秾点了点头，表示她有同样的希望。一会儿，又悄声问道：

"弟弟，你昨天为什么不来？纫英倒念了你一整天。"

"昨天我原想来，不料被几个朋友缠住了，后来时候不早，所以我没有来。大姊，怎么啦？昨天有什么事情吗？"

一士听她这么说，遂一面告诉，一面又低声地问她。秋秾道：

"昨天绉英得到今天要动手术的消息，她很喜欢，但是又很伤心，她说弟弟今天没有来，明天我不知还能不能够再有见他脸的时候。"

秋秾告诉到这里，她话声是有些颤抖的成分，再也说不下去了。一士听了她这几句话，心中激起了手足之情，不免眼皮一红，望着床上绉英昏迷的状态，他忍不住已是淌下眼泪来。秋秾含了热泪，也继续地说道：

"我劝她别这么忧愁，上帝一定会保佑她的平安，总算她听了我的话，才浮现出一线笑容来。"

两人正说时，翠云在前，冷云在后，一同步了进来。秋秾遂含笑问道：

"你们一同来的吗？"

翠云红晕了粉脸，摇了摇头，说道：

"没有，在门口遇见的。英姊睡熟着吗？"

秋秾遂把已动过手术的话又向两人告诉一遍。冷云、翠云听了，方才知道，于是低低向她问一会儿过去绉英的情形，因为不敢惊吵绉英，冷云遂说道：

"我们明天再来望她，马小姐怎么？还坐一会儿吗？"

翠云也正有许多的话要跟冷云说，所以说道：

"我也走了。"

说着，便向秋秾、一士作别，两人踱出了广仁医院的大门。

第八回

爱情专一至死亦不变

斜阳已向西半天际消沉下去，剩下的余晖在蔚蓝的天空中渲染了无限美好的色彩，这是一条很清静的人行道，冷云和翠云并着肩缓缓地踱着步，听着微风吹动街树的枝叶发出了沙沙的声响。四周是显得很冷清，此外只有他们的步伐很调匀、很含有节拍地低奏着细微的音调。

"翠云，为什么蹙了眉尖不说话？你有什么心事吗？"

冷云见她低了头，两眼望着自己的脚尖，只管在地上一步一步地移动，这就微侧了脸，望了她一眼，低低地问。翠云听了，在斜阳笼罩下绕过无限媚意的俏眼，向他逗了一瞥哀怨的目光，低低地道：

"我有许多的话要想跟你谈谈，我们找个地方坐一会儿好吗？"

"好的，但不知有什么事情，你先告诉了我好不好？"

冷云听她这么说，又见她满脸抑郁的神情，心中倒是一跳，遂迫不及待地向她先急急地问。翠云没有回答，先微微地叹了一口气，接着道：

"我们且找个地方坐下了再细细地谈。"

冷云没有办法，为了急切要明白她到底有了什么忧愁的事，他抬头望见了前面百乐门舞厅，遂管不了许多地向前一指，说道：

"那么我们到里面去坐一会儿好吗？"

翠云虽然从来也没有到舞厅去玩过，但今天也许她需要找一些刺激，遂点了点头，和冷云一同步了进去。在舞厅里坐下，泡上了茶之后，冷云见她呆瞧着音乐台上的乐队出神，遂伸手去拉过她的纤手，柔和的口吻低声问道：

　　"翠云，你现在总可以告诉我了。"

　　翠云回眸瞟了他一眼，沉吟了一会儿后，方悄声地道：

　　"我问你，你最近几天可曾回家过吗？"

　　冷云摇了摇头，愕住了一会儿，说道：

　　"因为厂里很忙，差不多有四五天没回家了。你问这个做什么啦？"

　　"本来我也不好意思对你说，不过因为我太不明白，所以我只好向你问一声……"

　　翠云沉着粉脸，至少包含了一些凄凉的成分，她说到这里，顿了一顿，秋波逗了他一个哀怨的媚眼。冷云没有去打断她的话，心头是在跳跃着，静静地等待她再说出一个缘故来。翠云于是接着说下去道：

　　"我这人虽然是很愚笨，不过我的感觉还算灵敏，在前几次我到你家里去玩，你妈已经对我有冷淡的样子，但我还这么想，也许妈自己有什么不称心的事情吧，所以我并不多心。这是昨天的事，我又到你家去，随口问句伯伯好，谁知你妈这么回答：'当然很好，不好难道生病了不成？'我听了这话，知道事情不对，遂很不好意思地走到香妹房中，和香妹玩弹了一会儿钢琴，托香妹代为向妈说一声，我就走了。回家后细细地想，这到底为什么缘故，妈忽然会讨厌我起来？但想来想去，真所谓百思不得其解。我想你心中大概总可以知道一些，不知能告诉我吗？假使我真有什么错处的话，那么也好叫我知道，或者向伯母去赔一个罪，请她老人家原谅我一遭，因为我委实莫名其妙，即使死了吧，我还是一个不明白的鬼呀！"

　　翠云一口气絮絮地告诉到这里，她心中感到悲酸，眼皮一红，几乎要淌下泪水来。冷云听完了她这一篇话，暗想：奇怪了，难道真有这么一回事吗？遂忙说道：

"你问我，我也没有头绪呀。我想这一定是你的多心病，我妈纵然自己有一百分的不快乐，她也不肯轻易得罪人的。况且她平日对你很喜欢，如何会讨厌你呢？"

"可是昨天的事情是事实，并非我多心。"

翠云拿帕儿擦了擦眼皮，瞟了他一眼，低低地说。冷云微蹙了眉尖，沉吟了一会儿，望着她愁云满堆的粉脸，说道：

"我也有些不明白，明天我得回家去探问探问……"

翠云对于他这几句话似乎有些不相信的样子，说道：

"我以为你也不必假惺惺作态，对于你妈恶感我的情形，你多少总有些知道的吧？就是我没有得罪你的妈，我想除非是得罪了你吧？"

冷云听她这么说，这就急了起来，把她手儿紧紧地握住了，涨红了两颊说道：

"翠云，你怎么向我说出这个话来？假使我是知道而故意不告诉你的话，我一定没有好死。"

翠云被他这么一念了誓，心中也不知是喜是悲，她的眼泪便滚滚地掉了下来。冷云见她哭了，遂情不自禁偎近了身子，又低低地道：

"翠云，别伤心呀，我们认识的日子也有半年多了，难道在这半年多的日子中，你还不知道我对待你的心吗？"

翠云对于他这几句话自然是非常感激，因此趁势靠在他的怀里，也就柔顺得像一头驯服的羔羊一般了，用手背拭着颊上的泪水，却是默默地并不说什么。冷云于是向她又低低地安慰了一会儿，因为翠云不会跳舞，久坐无趣，两人遂到外面又吃了一些点心，方才握手各自回家。

冷云在翠云口中既然得到了这个消息，心中不免感到十分奇怪，

126

因为马小姐是妈给自己看中意的人才，如何她又会表示讨厌起来了呢？他觉得这非调查一个清楚不可，所以他跳上车子，匆匆地坐回到家中去了。冷云一脚跨进上房，只见爸爸和妈妈都在，两人正说着话，于是含笑叫了一声，遂在沙发上坐了下来。古栋道：

"雨霖嫂子的瘤不知可曾割了吗？"

冷云道：

"今天早晨才动手术的，闷药真厉害，早晨八点到下午三时多，还不曾清醒过来呢！"

"那是真正危险的，但愿这孩子平安才好。"

古栋吸了一口雪茄，摇了摇头，很感慨地说着，一面又向冷云问了一会儿厂中的情形。冷云一面回答，一面心中暗想：平日回家，妈的话很多，今天一语不发，想来有什么缘故的了。遂含笑问道：

"妈，马小姐这两天可曾来我家望过你吗？"

倩萍这才沉着脸，很不乐意的神气冷笑了一声，说道：

"你还提起她，近来她是越发没了规矩了。"

冷云心中暗想：翠云刚才告诉我的倒是实在的事情。奇怪，难道翠云真有什么得罪了妈吗？于是显出很惊异的样子，望着倩萍生气的意态，低低地问道：

"妈，怎么啦？马小姐有什么话冲撞了你吗？"

"她自己进、自己出，把我家不知当作了什么地方，昨天她走了，竟不向我回一声，这还不是把我当作死人看待了吗？"

倩萍兀是满面含嗔地说，仿佛心中尚有余气未平的样子。冷云蹙了眉尖，呆住了一会儿，意欲代为翠云声辩一句，又怕妈说自己帮助了她，回头又得怨翠云是个狐媚子，说在我面前来哭诉过了。所以，搓了搓两手，倒是愕住了一会子。

这时，倩萍在茶几上取过一支烟卷，燃了火柴，吸了一口，向冷云望了一眼，说道：

"我觉得马小姐总不配给我家做媳妇的。"

"妈，你这是什么话？当初你把马小姐介绍给我的时候，你对我是怎么说的？"

冷云听了她这一句话，心中方才急了起来，遂正了脸色，很认真地向倩萍问。倩萍被冷云这么一问，不免有些脸红，似乎有些恼羞的神气，冷笑了一声，说道：

"当初我见她原很好，不过她的好是装出来的，日子一久，把她的坏脾气就使出来了，所以我认为她不配和我做婆媳的。"

冷云觉得妈的话有些强词夺理，遂向爸望了一眼，不料爸低了眼皮，衔着雪茄，仿佛听不见的样子。他这就觉得其中事情有了奥妙，遂沉吟了一会儿，又低低地道：

"你说马小姐的脾气不好，那么除了昨天回去不向妈告诉一声外，还有什么其他的错处吗？"

"总而言之，马小姐的缺点就是没有礼貌，我是不需要一个没有礼貌的女子来给自己做媳妇的。"

倩萍很坚决地回答。

"对于昨天的事，也许是妈误会了，因为她今天在医院内碰见我的时候，曾经告诉我这一回事。她说她问伯伯好的时候，妈拿话抢白她，她心中不好意思，所以到妹妹房中去玩一会儿，临走的时候，还向妹妹说，在妈那儿代为告诉一声。她又对我说，因为她不知道自己有什么地方得罪了妈，所以妈竟讨厌她起来，假使她真有了什么错处的话，她情愿向妈赔一个罪，请妈原谅了她这一遭。我想你们彼此一定是误会了，因为从马小姐这几句话中听来，她不是很有礼貌的吗？"

冷云听妈说翠云没有礼貌，这就再也忍熬不住地把这些话向倩萍告诉了出来。倩萍听了这些话，方知两人今天已经碰见过了，心中这就愈加地不喜欢，向古栋望了一眼，冷笑了一声，说道：

"这姑娘倒真是怪不要脸的，她竟在一个男朋友的面前用柔媚的功夫，这真是一个狐媚子，竟会迷起人来了。"

冷云听了这几句话，他心中是激起了一阵强烈的反感，这就正式地道：

"妈，你这些话未免太过分了一些吧！马小姐对我是很大方的，从来没有什么向我有个特别亲热的表示。妈，我心中真有些不明白，既有今日，何必当初？这不是叫人家心中多留了一个痕迹吗？我在起初就这么说过，但我以为是我的不合意，万不料却是妈认为满意的而反来阻止我，这叫我如何地想得到……"

冷云说到这里，因为有些痛心的意思，欲哭不哭，这就反常地笑起来了。倩萍被冷云似乎有些问住，她又望了古栋一眼，意思是你为什么不开口。但古栋回望了她一眼，依然没有说话。不过他却有这一层意思：我早就料到，他们已经心心相印了，如何还肯分得开？倩萍见古栋始终不开口，她心中有些怨恨，沉吟了一会子后，方才向冷云望了一眼，又说道：

"不过在当初我原说给你介绍一个女朋友，并不曾和你谈到婚姻上去，原是个普通的朋友，谈得上痕迹不痕迹吗？现在我认为不满意，这自然不必说什么'朋友'两字了。"

冷云听了她这两句话，他气得几乎要跳起来，绷住了脸颊，眼睛内冒出了愤怒的光芒，冷笑了一声，说道：

"原来我是给你们做傀儡的，那么我倒要试问妈，究竟是给你儿子娶妻子呢，还是给妈娶妻子？"

冷云这两句话问得厉害，把倩萍说得开口不得，她叫了两声"好，好"，便呜呜咽咽地哭起来了。古栋见事情闹大了，方才向冷云说道：

"孩子，你怎么这样冲撞妈起来了？你妈可也是为的你好呀！"

冷云听爸爸这两句话显然是意犹未尽，至少在后面还有一层缘故，但倩萍这时却又眼泪鼻涕地说道：

"我从小儿把你辛辛苦苦抚养到这么大，好处一些没有，现在竟这么抢白我起来，叫我不是太失望了吗？唉！我是命苦呀……"

说着话，一面呜呜咽咽地哭个不了。这时，暖香匆匆地走进房中来，突然见了这一副情景，这就停住了步，向妈问道：

"妈，你干吗好好儿的伤心呢？为了什么事情，不是大家都可以商量吗？"

冷云见了妹妹，遂站起身子来，拉了暖香的手，说道：

"妹妹，我告诉你，去年要把马小姐介绍给我，原是妈的主意，现在这半年多的日子来，马小姐待我根本没有一些错，妈又叫我和马小姐断绝往来。妹妹，这到底算什么意思？我太不明白，你恐怕也很奇怪吧？"

暖香听了这些话，果然也是目定口呆地愕住了一会子。这时，古栋也忍熬不住了，向冷云告诉道：

"事情当然是有原因的，我告诉你们吧。前月我和你妈到大新公司买东西，遇见了一个多年不会的朋友贯晓岚，他现任华兴洋行经理，大约有一百多万的家产，膝下只有一个女儿，今年十八岁。因为他知道你任了厂长兼技师的职位，所以很羡慕，当时就称赞你一回，在前星期他忽然给我电话，请我吃饭，并且谈及你的婚事，颇有结成秦晋之好的意思。你妈和我心中暗想，贯晓岚是个有财产的人，你若做了他的女婿，那么将来你只要发明一件东西，对于资本问题可以不必忧愁，所以这对于你的前途是大有希望。你妈和我的意思，还不是为了你好吗？"

冷云、暖香听了爸爸这一篇话，心中才算明白了。他放下妹妹的手，在沙发上又坐下了，微叹了一口气，用了低沉的口吻说道：

"爸爸和妈妈这一番意思，当然是为了我的好，我心中也很明白，而且也未始不表示深深的感激。不过话又得说了回来，当初妈把马小姐介绍给我，虽然没有言明给我做妻子，但如果合意的话，彼此确实已有这一种存心了。此后我和马小姐的往来和普通的朋友已有不同。因为我到她家后，就像自己家中一样，要拿什么就什么，要吃什么就什么，根本不做一些客气的样子。这是为什么缘故呢？

因为我的存心，马小姐仿佛已经是我的未婚妻一样了。就是在马小姐的心中，也把我认为是她的未婚夫一样。现在我若为了自己的前途有希望起见，而突然地和马小姐绝交，这于情于理根本说不过去。而且马小姐心中也要受到失恋的痛苦，因为她认为社会上竟真有如此狠心的负情男子，她在万分心灰之余，必定要有消极的思想，万一因此闹成人间的惨剧，叫我良心如何一日能安呢？为了我自己的幸福，使人家一个姑娘陷入悲惨的境地，这是一个有思想、有血肉、有心肝的少年所不取。何况我有的是技能，将来的前途也未必会黯淡啊！爸爸、妈妈，请你们原谅我、同情我，就成全了我吧！"

冷云一口气说到这里，最后，他话声有些央求的成分，同时他的眼眶子里已含满晶莹莹的热泪了。暖香听了哥哥的话，她的芳心是表示无限的同情，但倩萍这时却又停止了哭泣，向冷云瞟了一眼，说道：

"这才是笑话，既没有下过聘礼，又没有订过婚，你们如何可以就自认是一对未婚夫妻呢？老实对你说，马小姐是个没爹的女儿，和我们门户也不相称，我是始终不赞成她做我家媳妇的。"

古栋听倩萍语气还是一味强硬，他觉得这不是一个道理，因为他知道儿子的脾气也是吃软不吃硬的，所以立刻也说道：

"你也不要和他像吵嘴一般地说话了，你要他答应，你是应该把利害关系向他婉言陈说的。"

说到这里，吸了一口雪茄，回头又对冷云说道：

"孩子，你有的是技能，这话虽然不错，但若没有资本家给你放资本，那你虽有天大的本领也不是用不出来吗？现在贯老伯自己看中了你，这样的机会哪里去求？不是说一句笑话，女婿有半子之分，他是只有一个女儿，那么这一百多万的家产，待他百年之后，还不是你的所有了吗？"

冷云对于爸爸会向自己说出这些话来，觉得这真是做梦也意想不到的事情。他只会笑了起来，低头默然了一会儿，却是并不作答。

古栋以为儿子被自己说得心动了，遂打了一个哈哈，笑道：

"孩子，你仔细地想想，觉得我们的意思是不是为了你的好呢？"

冷云这才抬起头来，不禁冷笑了一声，说道：

"多谢，太好了，爸爸，我冷云活了二十三年，可以说是从来也没有冲撞过你老人家，但今日我在不能忍耐之下，我要跟你说几句话。冷云是个性气高傲的个性，平日没有一些卑鄙可耻、令人笑骂的举动，我以为一个堂堂七尺之躯的男子，绝不希望靠裙带的福去享受人家这一份家产。同时我以为一个人生长在世界上，并非纯粹是为了金钱，至少还要能够得一些比金钱更要有意义的名誉。所以我并不希望将来成为一位社会上的大富翁，我却希望能够成为一个社会上的战斗员，至于为了金钱而叫我成个不情的人，这是我所更不情愿的。爸爸，请你原谅我……"

古栋听到这里，两颊一阵绯红，不禁恼羞成怒，猛可站起身子，把脚一顿，喝道：

"放屁，你这么说，我是个无耻的人吗？……我……我……是个卑鄙的人吗？"

他气得几乎有些说不上口来。冷云在这个情势之下，他不再声辩，就一骨碌翻身，向房外直奔了。暖香连喊了两声"哥哥"，但冷云却没有答应，头也不回地奔到厂里去了。晚上，冷云睡在床，厂中同事来说，家中有电话打来，叫厂长听电话。冷云道：

"你跟他们说，我睡了，明天再打来吧！"

同事听了，好不奇怪，也只得去回绝了。其实打电话的是暖香，因为哥哥赌气走后，不知到哪儿去，所以打电话来问一声，今听已经睡了，便也放下了心。

次日午后，雨霖打电话来，叫冷云在大明茶室会谈，冷云不知何事，遂匆匆地赶去。两人见面，雨霖问他道：

"你爸今天上午打电话给我，说昨天你在家中和他吵了嘴，是因为婚姻问题，叫我劝劝你。我因为在电话里听不清楚，所以叫你来谈谈，这到底是怎么的一回事呀？"

冷云听了，不免叹了一口气，含泪说道：

"雨哥，你听了我的话，天下哪有这么的理由吗？假使你再同情爸妈来劝我的话，那么我就自杀。"

说到"自杀"这两字，他把泪水真的落了下来。雨霖微笑道：

"你别说这些傻话，我根本还不知道是这么的一回事呢，那么你且先告诉我吧。"

冷云这才又收束泪痕，遂把昨天的事向雨霖告诉了一遍，并说道：

"雨哥，你想，我能否接受爸妈的意思跟马小姐绝交呢？你说，你说！"

雨霖听了这话，不觉默然，一会儿，把他手握了握，笑赞道：

"云弟，你真不愧是个有情有义、有思想、有理智的青年，我不仅同情你，而且我敬佩你。人生在世，为的是什么？就是为了一个知心着意的伴侣。你瞧，我自从纫英生了病，我无论办一件什么事的精神都没有，所以我敢相信地说，事业的成功还是建筑在男女正轨爱情成功的后面，你说是不是？"

冷云听了这话，把雨霖的手紧握了一阵，点了点头，含了满面的笑容，说道：

"对对对！你这话是太不错了！雨哥，我问你，大嫂今天怎么样？醒后的情形良好吗？"

雨霖微笑道：

"这是上帝的恩典，情形十分良好。"

冷云笑道：

"你也信教了。"

雨霖笑道：

"纫英早晨对我这么说，我觉得这两句话印象很深，所以我也情不自禁地对你这么说。"

冷云见他说这几句话的时候，脸上有得意的颜色，心里自然也代为欢喜了一阵，遂说道：

"我想此刻去见见她，你和我一同去好吗？"

"我因为还有别的事情，回头来得及就赶了来吧。"

雨霖低低地回答，于是两人付了茶账，一同走出大明茶室，各自分手作别。冷云匆匆到了广仁医院，在医院门口却遇见翠云缓缓地踱出来，于是含笑叫道：

"翠云，你怎么走了吗？"

翠云抬头见了冷云，便含笑迎上两步，说道：

"我因为见姊姊大有倦意，所以叫她静养一会儿，我便走了。"

"既这么说，那么我也不进去打扰她了。翠云，我们一同到这儿附近公园去散一会儿步好吗？"

冷云听了，遂点了点头，含笑向她低低地说。翠云答应，两人坐车到兆丰公园，拣了一块清静的境地，在一丛修竹前的长椅上并肩坐下。冷云望着她粉脸白里透红，仿佛是朵四月里的蔷薇，真令人感到有阵说不出的可爱，这就抿了嘴只管微笑。

"你老望着我笑干吗？"

翠云被他这一阵子目不转睛地呆瞧，心中有些难为情，粉脸益发像玫瑰花朵那么娇红起来，掀着笑窝，秋波却逗给他一个妩媚的娇嗔。

"因为我觉得你美丽。"

冷云有些情不自禁，脸上浮了涎皮嬉脸的笑。翠云却噘了噘小嘴，啐了他一口，低头微微地笑了。两人又静默了一会儿，翠云斜乜了他一眼，方才又低低地问道：

"昨天你和我分手后，你是回家中去的吗？"

"是的。"

冷云听她这么问，心中当然明白她是探问母亲为什么讨厌她的意思，所以他有些怨恨的颜色，低低地回答两个字。翠云见他说话的意思，芳心有些奇怪，遂颦锁蛾眉，继续问道：

"那么你妈不知对你可曾说些什么话吗？"

"话是说了许多，不过我觉得生气。"

冷云脸上犹浮现了愤愤的颜色，冷笑了一声，怨恨地回答。

"冷云，你……你莫非为了我和你妈吵过嘴吗？"

翠云心头别别地一跳，纤手扳住了他的肩胛，微侧了粉脸，明眸脉脉含情地逗了他一瞥哀怨的目光，话声是包含了一些焦急的成分。但冷云听了，却又冷笑了一声，叹道：

"唉！这就是没有亲娘的苦，否则她是绝不肯专为了她自己的权利，而不顾儿子一些终身幸福的！"

"什么？她……她不是你的亲娘吗？"

这两句话听到翠云的耳中，一颗芳心益发感到了无限的惊异，遂又急急地问他。

"是的，我的亲娘是在我幼年时而不幸早逝了。"

冷云低低地说，他的眼角旁已展现了亮晶晶的一颗了。翠云见他淌泪，她的芳心里也被悲哀渗入了，眼皮一红，几乎也要掉下泪来。良久，方低低地安慰他道：

"冷云，别伤心，那么你妈对你说些什么呢？"

冷云拭了眼泪，向她望了一会儿，说道：

"我告诉你吧，但你听了千万不要伤心。"

说着，遂把爸妈昨天的意思向翠云老实地告诉了一遍。翠云在听到了这些话后，她的一颗芳心是粉碎的了，这就把她满眶子里忍熬的眼泪再也熬不住地滚了下来。但她忽然又有了一个什么感觉之后，立刻又收束了泪痕，点头道：

"也好，为了你的幸福，我总可以牺牲我的一切。"

冷云听她这么说，遂猛可地把她身子抱住了，哭出声音来道：

"翠云，你太不应该了，你为什么要这样地刺痛我？你难道还不知道我的心吗？我为了你，昨天我和爸妈翻了脸，赌气走出了家里，

135

不料你还给我听这些话，那不是叫我太心痛了吗?"

翠云被他这么一来，她感动极了，而且又悲酸极了，这就倒入他的怀内，呜呜咽咽地哭了起来。幸亏这一角地方冷僻，游人没有，所以两人相抱哭了一会儿，也没有什么人发觉。好一会儿后，冷云才收束了泪痕，拿帕儿给她拭去泪水，扶起她的身子安慰她道：

"翠云，你不要伤心，我绝不是一个负心的少年，我也绝不是一个见钱眼开的少年。记得去年我们瞧一场《碎月影》的电影，你当时就感慨着自叹命苦，我不是早已跟你说过吗? 假使我不爱你的话，我在大东茶室见过你一次面之后，以后我绝不会再跟你走动。不过我既然爱上了你，我就始终爱你到底，不要说一百万的家产不能动摇我的心，就是刀斧加头，我也不能改变我爱你的方针。翠云，你应该相信我，相信我不久的将来便是你忠实的丈夫。"

翠云听了他这一篇真挚多情的话，她芳心中真是说不出的甜蜜、喜悦、悲酸、感激，她只觉甜酸苦辣塞满在心头，红晕了娇靥，心中暗想：是的，纫英姊在当初也曾经向我说过这些话，冷云是个爱情专一的青年呀! 她把秋波向他脸上逗了一瞥感激的目光之后，她的眼泪又像雨点一般地直抛了下来。

"翠云，为什么还老是伤心? 你难道还信不过我这些话吗? 快不要哭了，你再哭，我的心也被你哭碎了。"

冷云见她听了自己的话并没显出欢喜的样子，只管扑簌簌地落眼泪，于是半环抱了她的腰肢，又向她柔情蜜意地安慰。

"不，我并不是伤心，我实在感到太喜欢太感动的了。冷云，你这样情义深重，真不知叫我如何来报答你才好!"

翠云趁势又靠到他的怀里，抬了满颊是泪的娇容，明眸脉脉含情地凝望着他，低低地说。

"翠云，你别说那些孩子话了，我们的心和身子都已将合在一块儿了，还用得到'报答'两个字吗? 你不要再淌泪，我们应该喜欢。因了这一个波折，使我们更坚固了爱的基础。翠云，你应该对我笑一笑吧!"

冷云说到这里,却把手捧了她的粉脸,要她向自己微笑。一层一层的甜蜜,带了一层一层的喜悦,慢慢地渗入了她处女善感的心房,把她原有的悲哀和辛酸都渐渐地消失了。她红晕了娇容,挂着亮晶晶的眼泪水,掀着酒窝,终于嫣然地笑了。在海棠带雨那么的娇靥上,突然浮现了这一丝娇笑,这在冷云的眼中瞧来,只觉千娇百媚,真有说不出的好看。因为离翠云那两片四月里樱桃的嘴唇太近了的缘故,冷云在闻到一阵一阵吹气如兰的幽香之后,他有些想入非非,这就情不自禁地低下头去,终于和她接了一个甜蜜的热吻。良久,良久,翠云慢慢推开了他的脸,秋波在斜阳余晖下绕过无限媚意的目光,向他羞涩地逗了那么一瞥,忍不住嫣然地笑了。在这一笑之中,是包含了多少温情蜜意啊!冷云那颗心的荡漾,真仿佛是春风在吹动柳丝那么轻飘。两人低了头,彼此又默然了一会儿。四周是静悄悄的,好像孩子沉睡在他慈母怀中的模样。忽然,翠云又微微地叹了一口气,虽然是十分轻微,但是因为空气寂静的缘故,所以冷云却也感觉得到,这就又把她手握了握,低低地问道:

"翠云,干吗你又忧愁了?"

"我心里想,你虽然是这么爱情专一地爱上了我,但你爸妈不喜欢我,这总是一件令人感到遗憾的事。所以我觉得你我之间恐怕还有许多的阻碍吧。唉!我太贫寒了,假使我爸爸也留下一百万家产的话,那么我不是也可以得到你爸妈的欢心了吗?"

翠云秋波逗了他一瞥哀怨的目光,低低地说。

"翠云,你不要这么说,爸妈只能管束我的身子,可是却不能管束我的心。我这一颗心此刻就交给了你,永远地不变,到死都不变。翠妹,我今生若不能得你为妻,我必定是不活在这个人世上了。你现在总可以放心的了。"

冷云听她又这么忧虑着,遂把她手紧握了一阵,向她十二分恳切地说,表示他已下了决心的样子。翠云听了他这么说,心中感动得又落下眼泪来了，向他低叫了一声"哥哥"，她把粉脸靠向冷云的肩头，又抽噎地泣了起来。冷云知道她是感激自己的表示，遂偎了她身子，两人默默地又温存了一会儿。

灰褐的云堆里已涌现出一钩镰刀似的新月，暮色已进袭了整个的宇宙，晚风扑送到冷云和翠云的身上，各人的心头都感到了一阵凄凉的意味。于是他们站起身子携着手，在黑魆魆的树梢蓬中，消失了他们两个苍茫的影子。

第九回

滔滔不绝说服了两人

是秋的季节了，早晨和晚上的气候是包含了一些肃杀的意味。睡在医院里的纫英，屈指计算，已有四个月的光景。有了四个月的休养和调理，她确实是白多了、胖多了。

这天早晨，太阳暖和和地从窗外照临在她的床边，她拿了一本《圣经》，细细地念着，忽然一阵轻微的步声惊醒了她的知觉。回头去望，原来是富医生，于是各自说了一声"早"，富医生含了慈祥的笑，把她腹部又细察了一会儿，然后低低地说道：

"马小姐，待我们谢谢上帝，你是完全地复原了。今天或者明天，你是可以出院的了。"

"哦！真的吗？谢谢上帝，谢谢富医生赐给我再生的生命！"

纫英听了这个消息，惊喜渗入她善感的心房，低垂了眼皮，轻轻地说，在她这几句话中，是近乎祈祷的口吻。富医生欣慰地笑了笑，在她觉得生命中又完成了一件使命，点了点头，悄悄地走了。纫英读完了一页《圣经》，依然放在枕边，偶然回头望到窗外树枝上有一个鸟窠，窠中有三五只小鸟仰首吱吱喳喳地低鸣着。一会儿，有一个母雀从半空飞下，似乎找了食物来给它们吃了，小雀们欢跃的样子真是难以形容。纫英睹此情景，使她心中不免又想到了爱儿小霖，整整地有四个月不见了吧，这孩子一定是长得怪可爱的了。但明天我是可以出院的了，想到四个月前来医院在门口瞧到奶妈手

139

中抱着小霖时的一幕情形，我曾经有过这么的感觉："苦命的孩子，不知你还有没有投入亲娘怀抱的日子？"谢谢上帝，我们娘儿有团圆的一天了。不过在她心中因为是太欢喜的缘故，所以不免也有些悲哀的意味，她的眼角旁会涌出一颗自己也说不出所以然的泪水来。

"二姊。"

就在这个当儿，忽然一阵轻微的唤声又把纫英惊回过头去。只见弟弟手里捧了一束桂花，含笑已走到了床边。他见纫英眼角沾着泪水，倒又吃了一惊，忙问道：

"二姊，怎么啦？你又淌泪来了？"

"弟弟，我告诉你，我明天可以出院了。"

纫英摇了摇头，表示并非伤心的意思，她破涕微微地笑了，轻声向一士告诉着。

"这真是叫我太欢喜了，二姊，雨哥知道了没有？"

一士听了，满脸堆了笑容，也向她低低地问。纫英摇了摇头，说道：

"他还没有来，弟弟，你这些桂花哪儿来的？真是芬芳得幽香，快请看护陈小姐拿只瓶来吧。"

一士向陈小姐要了一只玻瓶，盛了水，把桂花插在瓶内，放在床边的小方桌上。纫英很得意地笑道：

"桂花的香比什么都清芬，弟弟，你折一小枝给我玩玩。"

一士听了，遂折一枝花球最多的给她。这时，右边两张病床的那个患心脏病的妇人和一个也剖割小腹的少妇都向纫英讨取桂花。纫英因叫一士分给她们各一枝，一士这就感到病人对于那些花朵感到可爱了，遂给她们各分了一枝。那个少妇还是大前天刚剖割过，她是患了一个血瘤，不是肌肉瘤，据陈小姐说，那血瘤割下后，已经有些溃烂，所以十分臭味。少妇接过桂枝，向纫英望了一眼，很羡慕的样子说道：

"马小姐，你可以出院了，我不知什么时候可以出院呢？"

纫英安慰她道：

"沈小姐，你不要忧愁，我想上帝一定也会保佑你早日健康的。"

那个少妇苦笑了一下，用了感激纫英的目光望了她一眼，却没有作答。这个患心脏病的妇人听她们谈着出院的日子，她感伤地叹了一口气，说道：

"我这一个病，也许是永远没有出院的日子吧。"

大家听了她这话，心中都有些黯然，静悄悄的，空气至少是流动了一些悲哀的成分。过了一会儿，一士望着纫英微笑道：

"二姊，你现在可以把割瘤时的情形告诉给我听听吗？"

纫英把吻在鼻子上的桂花拿了下来，点了点头，说道：

"可以的。那一天早晨八时十分，我知道今天是我割瘤的日子。我虽然感到害怕，但我信仰上帝，信仰富医生，把黄洁之太太给我的一个小小的十字架悬在我的颈项上，所以他们把我抬到割症室的时候，我并不一些感到害怕，我仿佛有一种深深的安慰。"

纫英说到这里，脸上还浮现了一丝微笑。但一士心中却感到相当紧张，点头微蹙了眉尖，听她又继续说下去道：

"我躺在割症室的病床上，见富医生和助手们在室中忙碌了一阵子后，方才有人拿一块药水棉花放到我的鼻子上来。当时我闻到了一阵难嗅的气味，心中就糊涂起来，仿佛要熟睡了的样子，起初还听到她们医生喁喁的细语，后来连细语的声音都没有了。只有耳朵的旁边，好像是钟走的声音，嘀嗒嘀嗒很调匀地响着。不过我现在细细地想，这声音绝不是钟走的声音，一定是我那颗心在跳跃吧。这样一直到醒转后，其间已经过一整天的时间，我却一些也没有知道呢！"

一士暗想，这真是一件危险的事情，心头不免暗暗地庆幸。正在这时，雨霖也来了，纫英遂把出院的话又向他告诉。雨霖心中自然也欢喜万分，因说：

"明天早晨我把你旗袍鞋袜都带来。"

三人谈了一会儿，雨霖和一士便向纫英作别，各自办公事去了。雨霖和一士分手后，匆匆上发行所里去办事，万不料在半途上却碰见了冷云，冷云手里提了一只皮箱，神情十分颓丧，这就迎上去叫道：

　　"云弟，你到哪儿去？"

　　冷云抬头一见了雨霖，便显出很伤心、很愤怨的样子，说道：

　　"雨哥，昨晚我和家里闹得决裂了，所以我想暂时离开上海到外面流浪去。"

　　说到这里，眼皮一红，大有凄然泪下的神气。雨霖听了这话，心中倒是吃了一惊，忙把他手拉住了，说道：

　　"云弟，你这算什么话？你不是发了神经病吗？你这一走后，爸妈固然要痛伤，还有翠云怎么办？更有厂中的事情叫谁负责下去？你……你……太糊涂了，快跟我到什么地方去坐一会儿谈谈。"

　　雨霖一面说着话，一面把他拉进了一家小型的咖啡馆，来了两杯咖啡茶。这时，雨霖望了他一眼，又问道：

　　"你且不用难受，昨晚的事情先告诉了我再作道理。"

　　冷云恨得把手在桌上一拍，说道：

　　"天下哪有这么强迫的婚姻？我可不是三岁的孩子，让他们来把我的自由剥夺了去。"

　　"那么你爸妈是不是一定要娶贯家的女儿做媳妇？"

　　雨霖见他愤怒得这个模样，遂沉着脸，向他低声地问。

　　"还不是吗！昨晚是闹得太厉害了，爸妈竟叫我滚、叫我死。雨哥，老实说，叫我滚倒可以，叫我死我就不犯着，所以我是决定预备出亡了。雨哥，这是你自己说的吧，事业的成就，还是建筑于正轨恋爱成功的后面。现在我的恋爱是失败了，所以我已无意于事业，对于厂长一职，也只好放弃的了。"

　　冷云在说到这里的时候，他心头感到悲酸的滋味，眼角上忍不住展现了晶莹的一颗了。

"不，你别决定得这么快，事情当然还有挽回的余地。你若这么一走，我想也不是个根本的解决，那么你难道眼瞧着马小姐在上海孤零零地漂泊着吗？她现在可知道你要出走的一回事吗？"

雨霖听他这么说，心头有些同情的悲哀，遂向他低低地安慰。

冷云听他后面这两句话，心中真又委决不下起来了，遂说道：

"我没有告诉她，因为她这几天在家里正生着病。我预备到了外埠，再写信给她。"

雨霖忙道：

"原来马小姐还生着病，那你是更不能走的了。你若一走，不是反而增加她病体吗？我想你爸妈叫你滚，这也无非一时气头上的话，父子到底是父子，我想此刻他们一定也在深深地懊悔了。我的意思，你此刻且回到厂中去，我料你爸必定有电话给我，又得叫我从中作为调解，到那时候我便以利害说之，那么他们自然也会成全你和马小姐一对了。"

冷云被他这么一说，果然把出走的意思打消了，遂沉吟了一会儿，说道：

"厂中我是不回去了，事情在没有解决之前，我总不能回厂。现在我到大华饭店去，回头你有消息，给我电话好了，大华账房和我认识，所以你一问便可以知道的。"

雨霖点头说好，遂付了茶资和他分手别去。雨霖到了发行所，茶役就告诉他，厂长的父亲刚才打电话来找管先生。雨霖暗想：果然不出我之所料。遂故意又打个电话给古栋，问他找自己有什么事情。古栋听了，连连说道：

"你是雨霖吗？请你立刻抽空到舍间来一次，我有要紧的事情跟你说话。"

雨霖答应，遂办好了几件公务，向会计员吩咐了几句，方才坐车到冷云的家里。一脚跨进上房，只见古栋嘴里衔了雪茄，在室中团团地打着圈了。倩萍坐在沙发上，却暗暗地淌泪。古栋一见雨霖，便先连声喊着"岂有此理"，倩萍早已呜呜咽咽地哭泣起来。雨霖被他们这么地一来，倒是怔怔地愕住了一会子，遂慢慢地坐到沙发上去，搓了搓手，故意不解似的神气，皱眉问道：

"爸，到底又发生了什么事情了？"

倩萍是边哭边诉说道：

"雨霖，养儿子真是白辛苦了一场。冷云这孩子昨晚竟和我们大闹，便蛮不讲理地出走了。早晨打电话到厂里，说一早就提了皮箱出去了……他……他不是有意抛掉父母走了吗……"

说到这里，哭个不停地呜咽着。雨霖听了，意欲把早晨遇见冷云的话向他们安慰，但仔细一想，且慢慢告诉，遂又低低地问道：

"到底为了什么事情？我想总有一个原因的。"

古栋喷了一口雪茄烟，望了雨霖一眼，说道：

"上次不是为了贯家婚事又吵过吗？这次是第三次的了，他一定不要贯小姐，我说贯小姐并没丑恶，为什么一定倔强如此？不料他就大闹起来。我气愤头上说了一句滚，他心狠便真走了。"

雨霖窥测他的神情，大有伤感的样子，心中这就由不得好笑，暗想：他走就心狠，你叫他滚倒不心狠？心中虽这么想，不过嘴里是没有说出来，蹙了眉头，沉吟了一会儿，方才低低地说道：

"对于这个婚姻的事情，云弟对我也诉说过好多次，他的意思，并非为了贯小姐容貌丑恶，他很明白，贯小姐的容貌比马小姐好，家境那更不必说。不过他为什么一定要娶马小姐呢？喏，因为马小姐是比贯小姐先介绍。他又告诉我，马小姐曾经对冷云说，假使冷云抛了她，她只有自杀这一条路。就是第一次爸爸叫我劝劝云弟的时候，云弟也含泪对我说，假使我同情爸爸去劝他的话，他也情愿自杀。我见他们情分深到这一份程度，所以我就再也劝不上去……"

雨霖说到这里，喝了一口茶，继续地又说道：

"不过在我第三者立场说句公正话，觉得这件家庭纠纷案其错在爸妈，而不在云弟的身上。并非我老气横秋地来派爸妈的错，我得先问你们一句，在去年你们把马小姐介绍给云弟的时候，你们心中是存的什么本意？"

这句话把古栋和倩萍就问得目定口呆，面面相觑，再也说不出一句话来。雨霖于是又说道：

"在云弟当初原是反对的，他反对的理由也很仁厚，意思是怕云弟心中不欢喜，叫人家姑娘心中多留了一个痕迹。现在居然能够情投意合，心心相印，这也未始不是注定了一个缘；在已经心心相印之后，你们又叫他们分离，这……如何可能？一个人不是一件东西，人的构造有血肉、有情感、有理智，并不是墨水瓶、钢笔、砚台、书本。若是以上那么的东西，你尽可以把墨水瓶和钢笔放在一起，明天换个样子，再把墨水瓶和砚台放在一起，因为它们是没有情感和理智的，当然可以随人们的所欲。现在你们把有情感、有理智的人也玩起这么的一套，那怎么行？所以我的意思，这是怨不了云弟的。你们若一味地和他拗执，万一他真的出亡了，那你们又有什么办法？"

古栋、倩萍被雨霖这一番近乎教训的话说得两颊都红起来。雨霖暗想：其实我说的还留一些地步，因为照他们行为，欺贫重富，这种思想可说是社会上再龌龊卑鄙也没有的了。

经过好一会儿的沉默，古栋方才说道：

"我们也并非要一定把贯小姐给他做妻子，也无非大家商量，不过这孩子也不应该就愤然出走，算他翅膀长成了，就不认识他的父母了吗？"

雨霖听他这两句话似乎缓和了许多，觉得他也是暴露了自己的弱点。可见一班世上做父母的也都是纸老虎，其实过分的管束、无理的强迫，真叫人可恼的。遂又说道：

"爸、妈，并非我又给云弟辩护，无论一件什么事情都要瞧情形而说的。云弟今日若是热恋一个浪漫的妓女，这当然是他的错。现在他爱的姑娘正是你们父母介绍给他的，这如何能说他的错吗？假使他听从爸妈的话和贯小姐结婚，那么马小姐一气成疯，或者真自杀

145

了，我想这消息传到你们耳中来的时候，你们的良心上做何感想？"

古栋再也想不到自己把雨霖喊了来还受他这么一顿的教训，虽然心中有些不受用，但这不受用中是没有愤怒的意思，他只有感到羞惭的，吸了雪茄，默不作声。雨霖知道他们自知理缺了，于是也得给他们一个下场，遂又低低地道：

"爸、妈，你们应该原谅我的苦衷，千万不要生气。我有什么话得罪你的地方，因为我也是为了你们家庭大致有分裂的惨变，所以我才不顾冒昧地向爸妈说了许多不应该说的话。我的意思，冷云不是一个不孝顺的儿子，他是一个难得的好青年，你们应该为自己庆幸有个这么思想纯正的好儿子，千万不要怨恨他这次是冲撞了你们，所以你们快快答应成全了他和马小姐一对，否则把他真的会逼走的。事情是很巧的，爸、妈，我告诉你们，早晨我从医院望了纫英出来，在路上竟会碰见了云弟，他提了皮箱，告诉我决定出走，要到火车站上去，若不是我劝住了他，恐怕此刻云弟已不在上海的了。"

古栋和倩萍听到这里，方才焦急起来，不约而同地急问道：

"那么冷云这孩子现在人在什么地方呢？唉！"

问着，又一同叹了一口气。雨霖低低地道：

"我劝他回到厂里去，他不答应，说这事情在没有得到解决之前，他是不回厂的，假使爸妈一味地拗执，他还是要到外埠流浪去。现在他在大华饭店等我的回音，爸、妈，现在考虑一下，究竟决定怎么一个主意？"

雨霖倒也刁得可恶，在后面还故意向他们这么问了一句。古栋和倩萍暗想：冷云是个会挣钱的儿子，我们把他活活地逼走了，那不是跟我们自己在捣蛋吗？于是也只好说道：

"既然他专心爱上了马小姐，那么我们当然也可以成全他的。你对冷云说，快些回厂中去办事，为了我们家庭的纠纷而出走事小，误了厂中公务事大哩！"

雨霖听了，虽知他是美其名的话，但既已答应，心里也欢喜，遂又告诉纫英明天可以出院的话，古栋、倩萍也称贺了一回。雨霖这就站起身子，欲作别走了，倩萍道：

"已经十二点了，这就吃了饭走吧。"

雨霖笑道：

"早些给他一个回音，好叫他心里欢喜，否则他可要等得不耐烦了呢。"

说着，身子已向房外走，古栋、倩萍听了，也觉不错，于是不再留他。雨霖坐了车子，匆匆到大华饭店，往账房间一问，知道冷云开的四百十四号房间，遂乘电梯上楼，找到四百十四号门口，推了推门，却是关得很紧，遂敲了几下，却不听有人答应。正欲找茶役细问，忽见一个茶役走来问道：

"先生找几号房间？"

雨霖道：

"四百十四号，里面有人吗？"

"四百十四号里武先生刚出去，说是吃饭去的。"

茶役低低地回答，两眼向雨霖身上打量。

"你知道他到什么地方去吃饭的？"

雨霖微微蹙了眉尖，心中有个不巧的遗憾。

"这个倒没有知道，你先生有什么事情可以留张字条，或者过一会儿再来瞧他。本来可以给你到房中去坐一会儿，但他放了一只皮箱。"

茶役向他告诉着。雨霖暗想：那还是留一张字条给他的好。于是问茶役取过纸笔，簌簌写了几行字道：

　　　刻来奉访，不遇，怅甚。见字速来发行所一谈。此致
　　云弟台鉴。

　　　　　　　　　　　　　　　　　　　　霖留字
　　　　　　　　　　　　　　　　　　　　即日

写毕，交给茶役，雨霖遂在外面吃了午饭，回到发行所继续办公。这样直到四时敲过，冷云却没有到来。雨霖好不奇怪，因为自己预备回家了，所以忙又打个电话到大华饭店，叫四百十四号听电话，不料那边回答，客人还没有回来。雨霖听了，倒暗暗焦急了一会子，心想：他这人到什么地方去了？遂放下听筒，又等了他半个多钟点，还不见他到来，于是向茶役阿根关照，说厂里厂长若来找我，你叫他到我家中来好了。茶役答应，雨霖遂匆匆回家了。

雨霖今天回家，是踏着轻松的步伐，口里还吹着华尔兹的调子，神情十二分欢喜，一脚跨进房中，就嚷着"妈妈"。偏管老太在厨房里烧点心，所以雨霖一面叫着妈，一面也直找到厨房里。管老太似乎早已听见一连串的喊声了，遂步出厨房门口来，笑问道：

"你回来了，怎么没上医院里去吗？"

"妈，我对你说，纫英明天可以出院了。"

雨霖轻快地告诉，颊上的笑容没有平复过。

"真吗？那真是谢天谢地！阿弥陀佛！"

管老太听了，满面印着深深的皱纹，也笑起来念佛。母子两人回到房中，奶妈抱着小霖进来。雨霖伸手抱过，在他小脸上吻了一个香，笑叫道：

"小霖，你的娘明天可以回家了，你的娘真是第二世做人的呀！"

正在这个当儿，阿英走来报告道：

"武少爷来了。"

雨霖一听，慌忙把小霖交还奶妈，站起身子，到会客室来见冷云，向他埋怨道：

"云弟，你这一下午在什么地方？叫我为你担了一下午的心事，发行所里可曾去过没有？"

"雨哥，太对不住你，太对不住你，累你东奔西跑地忙了一阵子。我因为心头烦恼，所以在舞厅里坐了一会子，回来已四时半，

148

见了字条，到发行所一问，阿根告诉我，说你回家去了。雨哥，爸妈对你怎么说？他真有电话给你吗？"

冷云向他连连地鞠躬，赔了笑脸，从实地告诉了他，一面拉着他手，又低低地问。雨霖暗想：你倒舒服，竟在舞厅里跳舞了。不过他当然是为了找刺激的缘故，一时倒也表示同情，遂不再责怪他。一面和他在沙发上坐下，一面笑了一阵子，方才说道：

"云弟，不是我夸口，我早就算到，和你分手，到发行所，你爸已来过电话了，于是我假意还打了个去，问找我有什么事，你爸叫我立刻就去。我到了你家，只见你爸叹气、你妈哭泣，看他们神情表示很焦急的样子，于是凭我三寸不烂之舌，把他们说得服服帖帖、哑口无言，终于答应你和马小姐结成一对夫妇。云弟你说，你该怎么谢谢我？"

冷云听了他这一番的告诉，心里这一欢喜，真是把心花都乐得朵朵地开起来了，拉开了嘴，只是笑，却一句话也回答不出。良久，方才笑道：

"雨哥，你别焦急，我心里感激着你是了。"

雨霖听他这么说，遂把他手紧握了一阵，恳切地道：

"云弟，纫英明天可以出院了，她这次的生命，我以为也是你的大力，我心中又何尝不感激着你哩！"

冷云听了这个消息，心中愈加欢喜，遂望了他一眼，说道：

"那么你今日在爸妈面前的给我一番出力，也可说是报之以李的了。"

两人正在欢喜，阿英把点心拿出，于是大家用了一些。吃毕点心，冷云匆匆便即告别。雨霖猜他也许要上翠云家中去报喜讯，所以没有留他吃晚饭。

晚上，雨霖拉开衣橱的门，只见里面挂着纫英许多的旗袍，他望了良久，方才伸手去拿下一件玫瑰红洒银花的丝绒旗袍。记得这还是新婚那夜在酒楼中穿过一次后，以后就没有再穿。因为她嫌这件旗袍太鲜丽一些了，穿了会惹人叫新娘娘的。明天纫英是出院了，这值得纪念的一天，正和我们新婚那夜一样欢喜和甜蜜，当然她还是该穿这一件旗袍的。雨霖想着，嘴角旁含了笑意，把旗袍放到床上，轻轻地折好，又在五斗橱内取了她的一套府绸衬衫裤，并一双粉红色的丝袜和宽紧带，用一只纸盒是新新公司拿大衣来的，把旗袍和衣裤等都放入盒内。忽然又想，还少了一双鞋子，于是他又走到五斗橱旁，拉开下一格抽斗，只见里面全是四寸跟的皮鞋。纫英现在剖割小腹后才好的人，这些高跟鞋当然不能穿，于是他就取了一双绣花鞋，一并放入盒内。全舒齐了后，他方才很欣慰地上床入睡去了。

次日一早，雨霖拿了盒儿，兴冲冲地到了医院。纫英见了雨霖，自然很喜欢，遂含笑问道：

"你给我拿来一件怎么样的旗袍？"

"我给你瞧。"

雨霖一面回答，一面把盒盖儿打开，拿给她瞧。纫英见了这件玫瑰红的旗袍，她粉颊由不得也像玫瑰花朵那么娇红起来，秋波逗给他一个妩媚的俏眼，抿嘴嫣然地笑起来。

"纫英，我觉得你今天又做一次新娘了，所以你是该穿这一件旗袍的。你说是不是？"

雨霖见她不胜娇羞的意态，他心里荡漾一下，望着她含笑着说。纫英听了，一颗芳心在无限喜悦之余，只觉甜蜜无比，频频地点了一下头，默默地报之以微笑。正在这时，大姊秋秾、二弟一士都也来了。秋秾带来一个纸袋，纫英问道：

"姊姊，这是什么？"

"我给你看。"

秋秾笑着说。把纸袋内东西拿出来，这是梳子，这是香粉，这是胭脂。

"这些亏大姊想到，雨霖就不理会了。"

纫英掀起了笑容，得意地说。

"但香粉、胭脂一敷，这就益发像新娘了。"

雨霖这两句话有些乐而忘形的，秋秾、一士都笑了，纫英却逗给他一个妩媚的娇嗔。这里秋秾给纫英梳着四个月不曾好好儿理的头发，当然是愈加拖得很长的了。雨霖和一士到账房间里去结清账款，然后打电话喊了一辆汽车，待他们回到病房，只见纫英已穿了那件玫瑰红洒银花的丝绒旗袍，因为脚下配了一双绣花鞋，自然更像新嫁娘了。纫英见一士、雨霖望着自己老是笑，遂瞟了他们一眼，问道：

"弟弟，你们笑什么？"

一士摇了摇头，没有作答，但秋秾、雨霖却又笑起来了。这时，雨霖见三张病床上，当中一张那个姓沈的少妇却空着，遂奇怪地问道：

"那个姓沈的少妇怎么不见了？"

纫英听问，眼皮又红了起来，叹了一口气，低声回答道：

"在昨夜十一时十分……完了……"

她话声是颤抖着，不免带有些哽咽的成分。一士对于那个姓沈的少妇印象比较深一些，因为昨天早晨自己曾经递给她一枝桂花的。记得她还向二姊这么说："马小姐，你可以出院了，我不知什么时候可以出院呢。"在这样思忖之下，一士望着那张空床，眼前仿佛还显现了她苍白色的脸容，这就惊异地问道：

"二姊，昨天早晨我见她不是好好儿的吗？如何就这么快呀？"

纫英眼泪已从眼角旁淌了下来，摇了摇头，叹道：

"唉！她羡慕我可以出院了，她又忧愁着自己不知什么时候可以出院，当时我还安慰她，谁料到她竟比我更先出院了，只不过她是永远地安息着出院罢了……"

说到这里，泪如雨下。秋秾含了悲哀的口吻，低低地道：

"昨天下午我见医生在给她注射盐水针的时候，我见她的神色就

151

不十分好，不过我没有料到她这样快。"

纫英伸手拭了拭泪，继续地道：

"在黄昏的时候，病势就剧变，陈小姐量她热度一百零六度。陈小姐含泪告诉我，因为她的血瘤已经溃烂，内部有了损伤，所以恐怕不中用了。那夜，沈小姐喊了一夜的妈和孩子，在十一时十分的时候，就完了她最后的一口气。我曾经为她哭得很厉害，我又为她祈祷，上帝会接引她的灵魂，永远地在天国得到快乐。"

雨霖见她泪眼盈盈的意态，遂安慰她道：

"纫英，你别自寻烦恼了，大姊才给你洗过脸呢。"

纫英不作答，接着又道：

"今日我虽然是痊愈了，不过我在昨夜十一时之前，我的心还糊涂着，以为剖割肚子也没有什么危险，因为我现在不是好了吗？但亲眼见到沈小姐的脱离人世，我这才有些惊醒，能够复原，实在不是一件容易的事。所以，我今日活在世上，真是第二世做人。因为在我的和沈小姐一样，这也是极可能的事情。我想象着假使自己喊了一夜孩子和妈的时候，在你们心中又是多么悲惨的一回事呀！"

雨霖、一士、秋秾三人听她说出了这一番话，心中有些悲酸，因此也被她引逗得落下几点泪来。就在这时候，院役来报告道：

"汽车来了。"

秋秾、雨霖于是扶了纫英的身子，慢慢地走出病房外面去。在经过那个患心脏病的妇人床前，纫英瞥见到她的眼角旁涌现了一颗晶莹莹的泪水，她这就又停止了步，用了极温和的口吻向她叫道：

"李太太，别难受，我相信上帝是慈爱的，他一定会可怜我们这班痛苦的病人，所以保佑你会早日健康的。"

那个李太太没有回答什么，只点了点头，但她的眼泪却愈加地像雨点儿般滚下来。纫英觉得再也站不下去，含了满眶子的热泪，从哽咽声中挣出"再见"两个字来，她的身子已被秋秾、雨霖扶出了四十八号的病房。

汽车到了家后，大家的脸上才浮现了喜悦的笑。奶妈和阿英向纫英"少奶，少奶"地叫，真是怪亲热的。纫英躺在床上，抱着小霖，望了他的小脸儿像苹果那么的一个，白多了，胖多了，她笑得嘴也合不拢来了。雨霖见爱妻和爱儿这一幕情景，心里自然也甜蜜蜜的，遂笑着向一士、秋秾道：

　　"大姊和二弟伴纫英谈一会儿，吃了午饭走，我要到办公室去了。"

　　两人点头答应，雨霖遂匆匆地走了。雨霖到了发行所，接洽了一会儿公务，忽然冷云来了电话，他说话的声音带有些哽咽的成分，说翠云病得很危险，叫雨霖到人和医院来一次。雨霖今日纫英出院，心头才感到喜悦一些，冷不防此刻又得了这个凶讯，一时心头的跳跃又像小鹿般地乱撞起来了。

第十回

草长莺飞又是春的季节了

翠云的病怎么会厉害起来呢？其中当然有个原因的。暖香因为哥哥愤然出走之后，第二天早晨打电话到厂里一问，又说提了皮箱走出去了。因为哥哥昨晚曾经有过这么一句话："你们不用强迫地要我娶贯小姐，我决定不在上海站足了，一辈子也不结婚的了。"所以她想哥哥也许真的出亡了吗？她当然很忧愁，因此这天虽然在学校里上课，心里却只管想着哥哥是到什么地方去的了。

中午放学的时候，忽然被暖香想到一个地方了。因为她明白哥哥是爱马小姐的，那么他在离开上海之前，必定先要到马小姐那儿去告别的，说不定此刻正在马小姐那儿也未可知的。我快快地赶了去，假使哥哥真的还在马小姐家里，我可以鼓动着马小姐把哥哥劝留住了。哥哥既然爱上马小姐的，被马小姐一劝留，他当然舍不得离开马小姐了。暖香在这样思忖之下，她就三脚两步地奔出了学校的大门，坐车急急地到翠云家里去。暖香在翠云家中也来过了好多次，所以和马太太也颇熟悉的。马太太这时在外面一间房中正烧菜煮饭，突然见暖香到来，便含笑问道：

"武小姐，你今天怎么有空到我家来玩？快请里面坐吧。"

一面说，一面扬着脸叫道：

"翠云，武小姐来了。"

"香妹，你请进来吧，我正闷得慌哩。"

翠云在里面笑着叫。暖香听了，遂和马太太一点头，她笑盈盈地走进里面房中，只见翠云云发蓬松、容貌憔悴地靠在床栏旁边，仿佛有些不舒服的样子，遂惊讶地问道：

"翠姊，你怎么啦？有些不舒服吗？"

"香妹，我是病了已有五天光景，昨天晚上全身还发着烧呢，早晨才算热度退尽了。你到床边来坐，今天不读书吗？"

翠云两手拢了拢披在脑后的长发，乌圆眸珠一转，向她招了招手，低低地问着。暖香平日和她感情很好，所以就在她床边坐下了。且先不回答她，握住她纤手，试了一会儿热，虽然热度是没有了，但明眸望着她淡黄色的脸容，那种病西施的意态，令人感到了楚楚可怜，遂很关心地道：

"姊姊，你瘦削多了，为什么不请个大夫瞧瞧呢？"

"母亲也这么说，但我却怕喝药，反正又不是什么大病，睡几天也就完了。"翠云含了微微的笑容，抚摸着暖香的手，表示无限亲热的样子。

"翠姊，那你就和我一样的脾气，我也是最怕喝药。"

暖香究竟还带有孩子气，她听翠云这么说，心中表示同情，这就抿着嘴咻咻地笑，把她这次来的本意却忘记的了。

"香妹，你是听了哥哥的告诉，所以才来望我的病吗？"

翠云见她那副有趣的神情，多少带有些天真的成分，不免感到她的可爱，遂把秋波瞟了她一眼，低低地问。

暖香听她提起了哥哥，这才记得自己来的目的了，于是连忙急急地问道：

"姊姊，我问你，哥哥今天可曾来过没有啦？我是特地找哥哥来的呀！"

翠云听她这么说，觉得其中必定有些事故，这就颦锁了翠眉，也低低地还问道：

"你哥哥今天可没有来过呀。怎么啦？难道他在家里又和爸妈吵了嘴吗？"

暖香年轻无知，她还以为和哥哥、翠云表示同情，所以叹了一口气，从实告诉道：

"可不是嘛，昨晚哥哥和爸妈吵得更厉害，爸妈一定要哥哥答应娶贯小姐做妻子，哥哥无论如何也不答应，他说爸妈若一味地强迫，他要脱离上海，到外埠流浪去。爸爸气愤头上，遂叫哥哥滚出去。哥哥心中一气，便真的走了。我以为哥哥总是到厂里去的，因为上次和爸妈吵嘴，他也回厂中去睡觉，不料今天早晨我打电话到厂里一问，说哥哥提了一只皮箱，很早地就走出去了。我想哥哥若真的离开上海，他必定也先要到姊姊那儿来告别的，所以我就急急地奔来了，想请姊姊劝劝哥哥，叫他别走了，因为哥哥是很听从你话的。谁知哥哥并没有到来过，那么他到什么地方去了？难道他真的已不在上海了吗？"

暖香絮絮地告诉到这里，她心头有些伤悲，眼皮儿一红，几乎欲盈盈泪下的神气，可是她却没有想到翠云的心中真比她更要惨痛万分。她想冷云这次负气出走，完全是为了我的缘故，他提了皮箱，难道真的已流亡到他乡去了吗？唉！为了我，牺牲他的一切事业和幸福，到异乡客地去流浪，这叫我心中如何地对得住他？想到这里，心里气恨悲怨交迸，额角上的汗就像蒸气水似的冒上来。因为她原是有病的人，所以经不得这一个凶信的刺激，她手脚一阵子冰阴，两眼一闭，竟是倒在床上昏厥过去了。暖香冷不防睹此情景，心中又惊又怕，这就连叫两声"姊姊"，便哇的一声哭了起来。暖香这一哭不打紧，把个正在外面煮菜的马太太倒是吓了一跳，遂三脚两步奔进房中，只见翠云昏厥在床上，暖香推着她的身子，一面哭一面叫。因为不知是什么缘故，所以她也不免焦急得手慌脚乱起来了。

"武小姐，她……她是为了什么啦？"

马太太一面倒着白开水，一面向暖香急急地问。暖香一时也回答不出什么话来，回身拿过马太太手中的茶杯，意欲给翠云喝两口，但翠云嘴闭得很紧，脸白如纸，晕厥得很厉害。马太太还道女儿患了什么急性的病症，心里一阵痛伤，由不得哇的一声哭了起来。暖香见马太太哭，一时更加惊怕，暗想：这可是我害她的了。于是她放下茶杯就向房外直奔出去了。马太太也管不得暖香是奔到什么地方去的，她抱着翠云的身子只管哭喊着。也不知经过多少的时候，翠云还没有醒来，暖香却气喘吁吁地奔进房中问道：

"伯母，姊姊醒回来了没有？我汽车已叫了来，还是给她马上送医院吧！"

马太太一则翠云还没有醒转，一则真的已急得没有了主意，为了要救女儿的性命，所以也不管一切地和暖香把翠云带扶带抱地出房去了。暖香抱翠云到车厢里，马太太又回房来取钞票，关上了房门，方才又急急奔出去了。

在人和医院里，经过医生的诊视之后，向马太太告诉说，这位小姐是受了极度的刺激，所以气闭过去了，而且她的心脏很衰弱，最好在医院里住几天。暖香听她也患了心脏病，使她想到纫英同住病房中这个四十多岁脸白如纸的妇人，她急得泪水在眼眶子内又贮满了，先急急地说道：

"好的，好的，那么医生请你快把她救醒回来呀！"

医生在翠云臂膀上注射了一枚针，又给她喝了一杯药水。暖香见她虽未十分清醒，不过她嘴已能喝药水，显然比刚才是好许多了，这才放心了大半，遂伴翠云睡到三等病房里去。翠云躺在病床上，依然合眼睡着。马太太俯了身子向她低低叫了一声"孩子"，说道：

"你现在可有好过一些吗？"

翠云似乎没有理会，所以并不作答。马太太这就蹙了眉尖，回眸向暖香望了一眼，低低地问道：

"武小姐，刚才医生说她受了极度的刺激，不知你对她说过什么话吗？"

暖香被她这么一问，心中既忧愁着哥哥不知出奔何处，同时又

157

伤心着翠云的病不知会不会发生危险的，所以她满眶子里的眼泪再也熬不住滚了下来，哽咽着道：

"我哥哥昨晚和爸妈吵了嘴，今天不知走到什么地方去了，不料姊姊听了我的告诉，她就昏过去了。唉！这是我害了姊姊的……"

告诉到这里，便抽抽噎噎地哭了起来。马太太是知道冷云是爱我的翠儿，因为他爸妈近来有了好的对象，所以嫌我们穷，就阻止他的儿子不要和我们翠儿亲热。偏他们两小口子像前生冤家似的，生生世世地不肯分开。那么昨天冷云和家中吵闹，自然又是为了翠儿的缘故了。大概翠儿心中又痛又急，兼之本来病体虚弱的，所以便气闭过去了。唉！这真是前生的冤孽啊！马太太心里是慈和的，她不怨冷云爸妈势利，她只怨他们两小口子是冤孽。因为她见暖香哭泣，所以拉了她的手，反而安慰她道：

"武小姐，你别伤心，这如何能怪得了你？那么你哥哥究竟到什么地方去了呢？"

"我早晨打电话到厂里去问，他们说哥哥拿了一只皮箱走了。我想……哥哥和爸妈吵得很决裂，他曾经恨恨地说，他要流浪到外埠去了……"

暖香拭了拭眼泪，但当她告诉到这里的时候，她不免又伤起心来。马太太在听到这几句话的时候，她心中也焦急得了不得，遂慌张地说道：

"那么……他难道真的流亡到他乡去了吗？"

因为在她那颗慈祥的心灵，情感激动得太厉害的缘故，所以在她凹进去的眼眶子里也贮满了许多的眼泪。暖香默默地回答不出一句话，摇了摇头，表示并没知道的意思。两人暗暗地伤感了一会子，马太太忽然想到了什么似的，抬头问道：

"几点钟了？"

暖香撩起手腕一瞧，这就"哟"了一声，说道：

"两点钟了。"

马太太道：

"那么你也饿了，怎么办？我想给翠云安静地睡一会儿，我们回家去吃了饭再来瞧她好吗？"

"我不到府上去了，因为我校中还有功课，明天再来望姊姊。伯母劝劝她，叫她千万别伤心，自己身子保重要紧。"

暖香摇了摇头，一面低低地说，一面已向病房外面走了。她一路回校，一路心想：哥哥既没有找到，而且又累翠姊急得昏厥过去，这叫我心中如何地说得过去？所以她非常地伤心，连饿也忘记了，就赶到校中上课去。下午四时回家，到了上房，倩萍见她精神颓丧，眼皮微红，心中奇怪，遂问道：

"为什么显得懒洋洋的？有些不舒服吗？"

暖香摇了摇头，放下肋中挟着的书本，秋波向母亲逗了一瞥哀怨的目光，说道：

"妈，我的意思，你就成全了哥哥和翠姊一对了吧！因为马家姊姊也是痴心得怪可怜的，她听了哥哥出走的消息，她就急得昏厥过去了呢！"

倩萍听了这话，心中好生惊讶，遂问道：

"你怎么知道？你今天到她家中去过了吗？"

暖香点了点头，叹了一口气，说道：

"是的，我想哥哥也许在她的家里，所以赶了去找哥哥，本意是请翠姊劝留哥哥的。不料哥哥没有在那里，姊姊却生着病，听了我的告诉后，就气闭过去了。我和马太太急得了没有办法，所以只好把她送到人和医院去救治，在我两点钟离院的时候，可怜姊姊还没有醒回来呢！"

倩萍听了她这一番告诉之后，她的良心似乎有些激动，皱了眉尖，也叹了一口气，说道：

"这是我的错了！"

说了这一句话，泪水也在眼角旁展现了，接着又道：

"香儿，我告诉你，上午雨霖来过了，他在路上遇见你的哥哥，想不到这孩子真有这么心硬，他真要离开上海去。幸亏被雨霖劝住了，现在我和你爸都已答应他娶马小姐了，叫雨霖已经去对你哥哥告诉了。"

暖香听了这话，不禁破涕为笑，乐得跳了两跳脚，问道：

"真的吗？妈，那么哥哥现在什么地方？我可以打电话给他，叫他立刻去瞧姊姊，也好叫姊姊那颗空虚的心灵得到现实的安慰。"

"雨霖说在大华饭店等他回音，此刻不知在不在，你倒不妨打电话去问一问。"

倩萍点了点头，向她低低地告诉。暖香于是匆匆地奔到电话间，先打电话到大华饭店账房处一问，方知哥哥开的是四百十四号房间，于是叫他接线到楼上。不料那边茶役回答，还没有回来。暖香暗想：他到什么地方去了？于是又打到厂里一问，也说没有回来。暖香没有办法，也只好等待明天再告诉他的了。

冷云从雨霖家中走出，果然被雨霖猜中，他匆匆赶到翠云的家中，预备告诉她爸妈已经答应我俩婚姻的事情。谁知到了翠云的家，门上却加了一把锁，心中倒是一惊，暗想：她们到什么地方去了？翠云是有病的人，说是出去玩了，这当然不会的；说是马太太陪着她去瞧大夫，时候也不合。心中猜疑了一会儿，却是想不出一个什么理由来。因为不知道她们什么时候可以回家，在房门外呆等总也不是一个道理，所以他懒懒地退了出来，也只好先回大华饭店，把账结清，拿了皮箱回到厂中去了。

第二天早晨，冷云在厂里忽然接到妹妹的电话，说翠云因为听到哥哥出走的消息，她急得昏厥过去，现在人和医院里医治，昨天找了你一整天的人，却没有找到，此刻快上人和医院去瞧瞧翠姊吧！冷云得此消息，方知昨天她家上了锁的原因，一时又恨又急，又疼又爱，遂放下听筒，三脚两步地奔出了厂门，坐车到人和医院里去。冷云跨进三等病房，只见第八张的病床旁边坐着马太太，正在暗暗地拭眼泪，于是走了上去，向她低低叫声："伯母，马小姐怎么的了？"马太太见了冷云，显出惊喜的神情，但眼泪却扑簌簌地滚了下来，说道：

"武少爷，你没有走吗？唉！翠云这孩子痴得可怜，她昨天听你妹子告诉，说你和家里吵了嘴，愤愤欲离开上海的消息，她竟昏过去了。看护小姐告诉我，她昨夜哭了一夜，口喊着'我害了他'，仿佛变成心病了的样子。此刻我来瞧她，叫她好一会儿，她却又很昏沉的样子。"

冷云听了这些话，才知妹妹昨天来告诉过她，她是有病的人，如何受得了这个刺激呢？一时心中疼痛十分，也由不得落下泪来。因为三等病房太复杂，冷云所以把翠云换到二等病房去，这里只有四张病床，所以比较清静得多。这时，翠云又嘤嘤地哭起来，马太太推了推她身子，低低唤道：

"孩子，你别伤心啦，武少爷没有离开上海，他来望你了。"

"妈，你不用骗我，我知道他是真的走了。唉！我们太贫穷，我害了他了。"

翠云侧着身子低低地说，她又呜呜咽咽地哭个不停。冷云心中是感动到了极点，而且又悲伤到了极点，遂忍不住俯下身子去，伸手扳回她的肩胛，淌泪叫道：

"翠云，妈没有骗你，我是真的没有走呀！你不信，你回头瞧，我不是伴在你的身旁吗？"

翠云回过粉脸来，泪眼盈盈地向冷云望了一眼，怔怔地问道：

"你……你……是冷云吗……不是的，你是雨霖哥呀！唉！你和冷云不是很知己吗？那么你也该劝劝他别出走呀！我情愿牺牲自己，不再跟冷云亲热，希望他听从爸妈的话，就答应去娶贾小姐吧！"

翠云边说边哭，神情至惨。冷云听了她这几句话，心不禁为之粉碎矣，他也忍不住哭出声音来，觉得翠云对我的情痴已非笔墨所能形容其万一。因为她把自己认作了雨霖，可见她心里还是十分糊

161

涂，确实她已患了心病了。我将如何是好呢？在沉吟了一会子后，他便匆匆去打电话给雨霖，意思是给翠云见了两人，可以使她证实自己的确是她的冷云。雨霖在发行所里突然又听到翠云病危的消息，他心中不免又像小鹿般地惊跳起来，于是急急地坐车到人和医院，三脚两步地走进了病房，只见翠云还在带哭带泣地说着，冷云站在床边，又像泪人似的，这就忙问道：

"云弟，翠妹患的什么病症呀？"

冷云一见雨霖，遂把翠云昏厥的经过向他告诉了一遍，并且说道：

"她的神志很糊涂，她把我竟认作了你，现在我们两个人站在她的面前，我想她一定会清楚过来了。"

一面说，一面拉了雨霖的身子，已走到床边去，向翠云低声地叫道：

"翠云，你瞧吧，这是雨哥，我是冷云呀！你怎么不认识我了吗？"

翠云听了他这些话，遂把粉脸向两人仰望了一会儿，瞧了瞧雨霖，瞧了瞧冷云，暗想：冷云真没有走吗？但她还有些糊涂着，用手背在眼皮上来回地擦了一阵，明眸望着两人，又怔怔地愣住了一会子。

"翠妹，我是雨霖。"

雨霖见她这神情，仿佛有些明白过来的样子，于是又向她低低地声明着。

"翠妹，我是你的冷云。"

冷云这时已管不得人家笑他，他情不自禁地伏下身子，捧了翠云的手，轻轻地抚摸着，表示十二分的亲热。翠云经过两人这么声明，她方才清楚过来了，向冷云说道：

"你是雨霖哥追回来的吗？唉！我害了你，你不要走吧！"

说着，便呜呜咽咽地哭起来了。冷云对于她这一回哭，虽然伤

162

心，但还是欢喜的成分占多，所以他挂着泪水反而笑了。雨霖、马太太站在旁边，见翠云已是清醒过来，心中也这才落下了一块大石，非常欢喜。过了一会儿，雨霖望着翠云的粉脸，笑道：

"翠妹，你说得一些也不错，冷云确实是我给你追回来的。而且他的爸妈给我一番话说服了，也决定答应你们成全一对，所以你现在千万不要伤心了，因为不久你们是要给我喝喜酒的了。还有我再告诉你一个欢喜的消息，你的纫英姊在今天早晨已经出院的了。"

雨霖这话不但使翠云心头感到了无限的惊喜，就是马太太心中也欢喜得了不得。不过翠云在欢喜的成分中，又感到无限的羞涩，这就绯红了两颊，破涕嫣然地笑了。但她乌圆眸珠一转，立刻又说道：

"姊姊出院了吗？那真是谢谢上帝，叫我太欢喜了。"

雨霖笑道：

"有情人终能成眷属，我也代你们谢谢上帝。"

冷云听了，也好笑起来，说道：

"现在大嫂一定更信教了，可是你们两人也被同化了。"

说着，大家都笑。雨霖窥测他们意态，尚有许多话要谈，于是他便作别走了。马太太也很识趣，故意送着雨霖出去。这时，两人相对凝望了一会儿，却都微微地笑了。翠云问道：

"你爸妈怎么答应了吗？"

冷云于是把昨天雨霖向爸妈谈话经过告诉了一遍，翠云方才明白过来，但想到自己是受了多少的委屈才有今天这么的日子，所以不住又落下泪来。

"妹妹，如今你应该欢喜才是呀，怎么又伤心了？你的深情、你的痴心，我已尽知。觉海水虽深，总及不来你，觉天空虽高，也高不过你。妹妹，我俩从今以后，愿同年同月同日同时死，永远不再分离。"

冷云见她淌泪，遂伸手去抹她粉脸上的泪水，含了笑容，抚摸着她白嫩的纤手，柔情蜜意地安慰。翠云频频地点了一下头，秋波逗了他一瞥感激的目光，在早晨太阳光笼映下的粉脸，虽然她是在病中，但因为有了喜悦和羞涩的成分，所以使她娇靥也更红晕得好看了。

流光如驶，一年容易，早又到了鸟语花香、草长莺飞第二年春天的季节了。纫英的身子是健康得和昔日一样，冷云和翠云也早在去冬结了婚，新婚之乐，已度过四度蟾圆了。这是一个星期假日，纫英抱了牙牙学语的爱儿小霖，和雨霖一同到冷云家中去游玩。下午吃过饭，冷云提议上兆丰公园去玩，雨霖赞成，于是夫妇四人带了小霖坐车前往。在公园中，红男绿女，游人如云，十分热闹。大家各处走了一遍，正欲找个坐处休息，纫英忽然瞥见前面走来一男一女，男的是弟弟一士，女的是个年轻的姑娘，这就"咦"了一声，笑起来。一士似乎也瞧见了二姊，遂含笑步了上来，给身旁的姑娘介绍道：

"这是我二姊，这是我二姊夫。这是武冷云先生，这是武先生夫人马翠云小姐。"

说着，又指了指那姑娘，说道：

"这是我朋友王珊珍小姐。"

经过他这一阵子介绍后，大家便弯了腰，点头一一招呼了。纫英见珊珍身材娇小，容貌美丽，虽然不施脂粉，却愈显清丽脱俗，这就呆望着她，出了一会子神。王珊珍经她这一阵子呆瞧，似乎有些难为情，红了两颊，低了头去。纫英心中好笑，遂向一士道：

"我们到那边去了，你明天有空到我家里来吧。"

一士明白二姊心中的意思，遂含笑点了点头，大家作别分开。这里一士和珊珍慢慢地踱到湖水旁边去，两人望着湖水中自己的人影子出了一会子神。过了一会儿，一士拉了珊珍的手，笑道：

"珊珍，我告诉你，说起我二姊的过去一段事迹，真是可歌可泣，缠绵悱恻，实在可以作一部小说。"

"真吗？你告诉我，是怎么的一番经过呢？"

珊珍绕过媚意的俏眼，向他逗了一个倾人的娇笑。一士把纫英生孩子剖腹割瘤的事情向她告诉了一遍，同时又把冷云和翠云生死同心的事也悄悄地诉说了，并且笑道：

"有情人终能成眷属，所以他们现在是多美满的两对。珊珍，我们的往后不知怎样呢？"

珊珍听他这么说，由不得红了两颊，微微地一笑，但忽然她又叹了一口气，抬头望了天空，低低地道：

"我的环境太恶劣了。"

"是的，你的环境太恶劣了，不过，我总希望将来也和他们一样，在这鸟语花香、草长莺飞大好的春光中，携了爱儿，在乐园里沉醉……"

一士心里有些同情的悲哀，但他立刻又转变了话锋，向她很热诚地说出了这几句话。珊珍听了，很快地又回眸过来，向他脉脉含情地望了一眼，握着一士的手，紧紧地摇撼了一阵。她浮现了玫瑰色彩的粉脸上，也不禁又妩媚地嫣然娇笑了。

故 剑 泪

第一回

匹马探亲不期逢老友
安城访艳勾起旧相思

　　一带绿茵茵的甬道两旁遍植榆柳杨槐，碧油油的树叶儿疏疏密密，参差不匀。温和的春阳，筛着那叶子搭成了一个翡翠似的华盖，使太阳的光不得不委委屈屈地只能从疏密树叶的小隙里透露那么一点点光线下来，映在那平坦的泥土地上，印有无数圆圆的小花纹。老远地望去，倒是含有诗情并画意。

　　一抹斜阳是已向西山脚下慢慢地沉沦了，在它向宇宙间作告别的时候，犹显出娇媚多情的样子。红桃和绿柳在它柔媚手腕的吮吻下，更照映出绿的娇嫩、红的鲜艳。四周的一切是静悄悄的，仿佛是一个顽皮的孩子在他慈母的怀里正鼾鼾地熟睡着一样了。

　　就在这个当儿，忽听得一阵嗒嗒的马蹄声音震碎了寂静的空气，这就见那甬道尽头的万绿丛中转出两匹高头白马来。马上骑着两个少年军官，按辔徐徐地行着。英武气概，逼人眉宇，两人相与而谈，滔滔不绝，唾沫横飞，论古今英雄成败兴亡，孰得孰失，真有不可一世之概。忽然，那个身穿草绿军服、胸间挂满五色徽章的军官长叹了一声，好像非常愤激和扼腕，大有天地虽阔犹嫌其窄，日月虽长犹嫌其短的神气。

　　"弃疾，你为什么叹气呀？"

　　那个短小精悍、腰佩指挥刀的军官见他这样感慨的情景，便回

169

头向他望了一眼，忍不住含了笑容问他。弃疾把马鞭用两手折得弯弯的，弹了一弹，说道：

"我叹息着历代的英雄名将，他们在着的时候出入在百万军中，多么威风，可是到了几百年后的现在，连一副白骨都没处找寻。《赤壁赋》中，东坡叹息曹孟德'固一世之雄'，后面说一句'而今安在哉'真令人感慨系之。"

"那就是一个时代一个英雄。假使历代英雄都还存在的话，现在世界不还要更不太平了吗？"

弃疾听他这样说，忍不住扑哧的一声笑了出来，但仔细想了想，觉得倒也是个实话，不禁连连地点了一下头，回眸望他一眼，笑道：

"你这两句话说得很中听，再过一百年后，我想世界上一定又有一个新局面了。"

"可不是？现在是科学昌明的世界，也许再一百年后，每个人都要生两只翅膀，像鸟儿一样，也可以在空中很自然地飞着哩！"

弃疾见他说得这样有趣，忍不住又哈哈地大笑了一阵。虽然觉得这话未免说得有些海阔天空，但是现代科学发达的世界，说不定将来真会有这一种事情的实现，便又笑着道：

"你这话不错，时代的巨轮是不停地前进着，人能够和鸟儿一样会飞，也并不是一件难事，不过我们谈着这些渺茫的话，显然是有些无聊。"

"还不是为了无聊，所以大家才瞎七搭八地解一会儿闷吗？"

那短小精悍的军官说完了这两句话，把他眼睛望了弃疾一下，竟是拍掌狂笑起来。弃疾瞧了他这样兴奋的神情，显然他内心是很得意，一时也被他引起无限的得意和喜悦，不禁哈哈地又笑起来了。

"弃疾，你不是说这城里有一份亲戚住着吗？假使你欲趁此机会去探望一次的话，那我就和你在这儿分手了。"

两人笑了一阵，那个短小精悍的忽然停马不前，又向他这样问着。弃疾听了，正中下怀，遂点头含笑，说声再见，策动马鞭，只听"哗啦啦"的一阵马蹄声，见那绿杨荫里，一鞭残照，那骑马匹四蹄腾空，早已绝尘而去。只剩下飞起的尘沙在阳光的笼映中纷纷地飘舞。

这个绝尘而去的少年军官原来就是当今赫赫有名戈将军部下白师长的参谋长辛弃疾。那个佩指挥刀的是他同僚孙伯奇，现任旅长职，与辛弃疾十分相得。弃疾原籍北平，家有老母，父亲早亡。幸颇有积蓄，所以生活尚称富裕。弃疾自中学毕业，便将老母嘱托族兄仲民照顾，自己入黄埔军校肄业，成绩优异，胆大心细，做事绝无畏缩犹疑的态度，所以早被上峰器重，毕业后即入戈将军部下效劳。那时清政府虽已推翻，但是有些军人多以"革命"两字为名义，实际上各守地盘，都想发展势力。因此国内情形更弄得四分五裂，不是你打我，就是我打你，一会儿我和你结盟，一会儿枪口又掉了头。这样地闹着，几年以来，战事差不多没有结束过。戈将军是真正为革命而奋斗的一个急进先锋，所以他部下的军官都是有志气的青年。军队纪律非常严厉，所以地方上民间什物丝毫不动，因此颇得民心，又因戈将军完全崇拜"三民主义"，遵照先烈遗言进行，毫无私心，所以人民也很信仰。弃疾自入国民军以后，屡建奇功，今已升为师部的参谋长。白师长贤明过人，知弃疾乃是个国家将材，所以言听计从，认他为自己一条臂膀一样。

弃疾少年得意，自然十分喜悦。虽然离别家乡五年，颇欲回去一探慈亲，但连年奔走，哪里有暇，也只好记挂而已。这次白师长统领大军进抵广西省隆安县，县长本是联合军的一个旅副兼任，自知不能抵敌，所以开城投了降。白师长进了县政府，一面出榜安民，一面细问这儿财政情形，预备另派一人接任，自己仍向联合军阵地前进。那时弃疾忽然想起隆安县内自己姑妈嫁于江连城后，即移居在此，虽然隔别已近十年，也许依稀尚能相识，既到这里，所以便前去探望了。

弃疾别了孙伯奇，出了县政府的大门，直向街上走去。这儿天气一年四季本来都很温和，南国之春自然一切景物更显热情了。因为国民军深得百姓所信仰，所以虽然县城被占，街上情形依然十分镇静，并无惊慌紊乱现象。各商店照常营业，仍是十分热闹。弃疾骑了马匹，慢步地正在走着，忽见斜路里有三五个女学生，肋下挟着厚厚的书籍，莺莺燕燕，笑语盈盈地走来。弃疾瞧到这几个女学生，一时心里不免想起了五年前的燕卿。燕卿也是一个女学生，不但容貌、才学都好，而且性情更是温柔。自己虽然不曾和她订有什么嫁娶的婚约，不过我俩心心相印，确实早已认为一对未来的夫妻了。可是我为了感到国家前途的暗淡，所以不管一切，毅然和她分手，投入黄埔军校去读书了。到现在一别五年，音信全无，恐怕旧时的恋人也许早已做了人家的贤妻良母了吧？辛弃疾想到这里，自然颇觉感触，因为自己已是一个二十四岁的青年了，虽然正是献身国家的时候，对于"结婚"两字，当然无从谈起。不过个人枯燥的生活是太单调一些，也希望有个年轻的姑娘来给自己一些安慰。假使燕卿此刻在我身边的话，我相信自己的精神一定会更振奋一些。弃疾这时心里倒又想着燕卿了，因为想到了燕卿，他那两眼的视线不知不觉地就会注视到这一群女学生的身上去。

大概是为了一个年轻的军官骑了马在街上走着，自然也能引起人家的注意，所以这一群女学生也都回眸过来向弃疾脉脉地凝望。就在这彼此一望中，弃疾发觉其中一个女生却有些像自己的燕卿，心里倒是呆了一呆，不免把她暗暗地打量。只见她不长不矮的身材，穿着一件淡青的土林布旗袍，因为是恰合她腰身的缘故，所以愈觉得她的身子是具有曲线的美妙。袖子是短短的，从她这两条白胖圆润挺结实的臂膀看来，显然她是一个健美的姑娘。头发是梳得光溜溜的，虽然没有烫成弯曲的波浪形，但是她在鬓边自己做成了一个螺旋形的发结，那确实已增加她的妩媚。两条眉毛并不怎样的细，却是弯弯地拖得很长，下面覆着那双滴溜乌圆的眼珠，因为那睫毛梢是长而黑的缘故，所以秋波是更显出聪明灵活的样子。弃疾暗暗

172

说了一句好个整齐的模样儿，我若赠她"修短合度，秾纤得衷"八个字，她实可当之无愧的了。说也好笑，弃疾这时的情景差不多已忘记自己是一位参谋长，简直是个看相的先生了。

辛弃疾这样目不转睛地呆瞧人家，那么在一个姑娘的心中，当然是感到十分难为情。不过那个姑娘在羞涩的成分中，似乎还掺和了有趣和好笑，因此情不自禁地对弃疾睃了一眼，竟是露齿嫣然地笑了。不过既笑了出来，倒又感觉十分不好意思，红晕了两颊，很快地别转脸，拉了她的同伴们急急向前走了。

弃疾被她临去秋波一瞟，已经有些神往，怎禁得住她嫣然的娇笑，这就忍不住呆呆地怔住了，心里暗想：这位姑娘奇怪，难道她是认得我的吗？不然，她怎么向我很多情地一笑呢？但是我并不曾认识她呀，也许她就是燕卿吧？不是的，既然是真的燕卿，她为什么又不上来招呼？显然是陌生的了。想不到一个年轻的姑娘对于一个军人却并不曾有什么畏惧的心理，显然现代的军人是会博得任何人的可亲了。弃疾想到这里，虽然自己是并不曾和那个姑娘交谈过一句话，但心里实在已感到十分得意了。

"辛老哥，你近来可得意啦？不晓得还认得你的老朋友吗？"

正在这个时候，忽然见对面一家商店里奔出一个二十四五岁的少年，身披灰哔叽的长衫，笑嘻嘻地凝望着弃疾。弃疾连忙回眸瞧去，这就"哟"了一声，原来不是别人，正是自己中学时候的同学曹子丹，遂慌忙翻身滚下马鞍，和子丹紧紧握了一阵手，笑着叫道：

"为什么不认识？你……可不是叫作曹子丹吗？啊！我们是整整有五个年头不见了吧？"

"可不是？光阴真过得快极了。一转眼之间，不觉已有了五年哩！昨天你们军队进城，我早已打听得你在白师长跟前做参谋长。原想来晋谒你，奈落拓如此，可有些不好意思来见故人呢！"

子丹望着弃疾军服上满挂了五色的徽章，脸上是浮现了笑容。弃疾见他这情形，显然是十分地羡慕自己，遂瞅了他一眼，带了嗔怪他的口吻，笑道：

"你这话就该打嘴，他乡遇故知，这是一件极难得的事情，你怎么倒说出这种话来呢？在大街上说话像什么，我们且找个坐处谈怎么样？"

"承蒙你不弃，小店就在前面，请里面去坐会儿喝杯茶，不知您老兄可有什么公务在身吗？"

子丹听弃疾这样说，是一些没有骄傲的态度，心中大喜，一手代拉了他的马缰，一面满含笑容地问着。弃疾暗想：我虽然要去探望姑妈，但既遇到了老朋友，姑妈家里就明天去也不要紧，便点头说了一声："原是出来玩玩的。"于是两人便向前面一家商店里走过去。到了门口，子丹向里喊了一声"阿青"，就有个茶役出来，子丹遂把马匹交他牵去喂料，一面请弃疾进会客室坐下，另有学生意的倒上两杯清茶。弃疾望着子丹的脸，虽然依旧很清白，但颊上是已失却了青春时期的红晕。从这一点看来，显然在这五年中也并不十分得意，遂问他说道：

"我们在北平分手后，你一向在哪儿办事？怎么现在却到这儿来做买卖了？"

"说起来话很长，自从和你分手以后，我就由舅父介绍，到上海大新银行去做会计员。但是命运不好，做了一年半就和经理闹了意见，所以我便辞职了。后来承蒙一个朋友介绍，方才到这儿来做一个司账，也无非是权作糊口之计。我在报纸上虽然也常发觉你的大名，但是又无从找处，因为你一会儿东，一会儿西，也没有固定的生活地址。昨天我知道国民军进了城，我心里喜欢得什么似的，本想就来拜见，但又觉得怪不好意思，所以一时竟没有勇气。不料今天我在街上偶然站望一会儿，竟就瞧到了你，那真叫我喜欢得跳起来了。唉！商界的饭也吃厌了，而且也永久不会有出路的。"

子丹说到末了，又长长地叹了一口气。弃疾虽然不见他向自己开口讨差使，但从他末了两句听来，显然已有这个意思，遂拿起杯子，先喝了一口茶，望着他说道：

"像你这样怀才不遇，那是很可惜的，假使你有意过军队生活的话，我倒可以给你竭力介绍。因为现在我们是正需要干练有用的人才，大家共同来负一些责任。"

"辛老哥，你若果能提拔我，那真使我感激不尽了。"

子丹不等他说完，心中这一喜欢，早已猛可从椅上站起，向弃疾深深地鞠了一个躬。因为这是突然之间，所以倒把弃疾吓了一跳，慌忙也站起身子，握住了他的手，笑起来道：

"我可还不曾实行哩，你这份儿郑重模样干什么？再说我们多年同窗，稍尽了一些互助的义务，那原算不了什么，你这样客气，倒反使我心中感到不安了。"

子丹听他这样说，心中愈加感激，把他手儿连连摇撼了一阵，明眸凝望着弃疾的脸颊，诚恳地道：

"不是那样说，你肯这样提携，到底使我感激涕零，倘果能得一枝之栖，绝不敢有忘你的大德。"

"我以为彼此意气相投，就不必说这些虚伪的话，将来我们互助的地方可多着啦。国家既得一有用的人才，在我又可多一臂的力量。为国为民，岂非两全其美吗？"

弃疾见他这个情形，便正着脸色地说。在他的意思，完全是爱你的才干，可以替国家民族负一些责任，我们军队里多一个人才也就是增一份力量，并不是为了感情作用，所以才提携你的。子丹听了，似乎也懂得他这一层意思，便点头不已，于是两人又在桌边坐了下来。

弃疾为什么这样看重子丹呢？因为在中学里的时候，什么学生自治会里一切的事情，子丹都能负责办理，确实是个精明干练的人才。所以弃疾觉得埋没有用的人才是一件可惜的事，因此毅然答应他代为介绍。不过子丹这个人是否像弃疾理想中那样有用呢？这当然还是一个问题。看书的固然不知道，就是作书的也不晓得哩。但是子丹告诉在五年中自己的环境，他显然是说了谎。他这个谎话，当然是非作书的来揭穿他不可了。

原来，上海本是繁华之地，都市中的生活朝朝寒食、夜夜元宵，真仿佛是人间天堂一样。爵士音乐中，奏出荡人心魂的歌曲，霓虹灯光下，显现了钗光鬓影的姑娘。女人的媚眼，女人的樱口，女人的大腿，没有一件不是富于肉感性的引诱。像这种灯红酒绿的场所，固然能使每一个年轻的男子意也消、魂也飘，但是有时候也会往往使你哭不出笑不出，所以意志薄弱、理智不健全的青年，就会失足堕入苦海中了。子丹处身在这种环境中，他既不是上智，又不是下愚，自然不免随俗浮沉，因此今天和舞女发生恋爱，明天又和向导女子发生关系。不过一个人不但金钱有限，而且精力也是有穷的。公款花了，人儿也病了，银行经理为了和他舅父是个换帖兄弟，所以不好意思追究，只写了一封歇生意的信给子丹，子丹从此便流落在上海了。

子丹既失了业，自然想找些事情做，但是社会上的人物，是酒肉朋友多，患难朋友少，你穷了的时候他们老远地就会避开你。子丹心里自然气愤得很，同时又瞧到报上弃疾得意的消息，因此他更加有了一个猛省，觉得这样醉生梦死地一辈子下去，总不能算是青年终身的事业，至少有像弃疾那样一番最后的挣扎不可。子丹既存了这个决心，便准定改过自新。齐巧那时有个友人叫他到广西隆安县去做事，子丹心里喜欢得了不得，乘此便脱离了纸醉金迷的繁华都市。

为了商业上的关系，子丹在隆安县，对于一般娱乐场所自然免不得意思也去应酬应酬，但是他已吃过了一回苦，对于"女色"两字自然是看淡许多了。今天在无意中遇到了弃疾，同时弃疾这样器重自己，心中这一喜欢，不免受宠若惊，所以也决定脱离商界，预备替国家去尽一份责任。子丹能够改过自新，他的行为实在还不失是个悬崖勒马的好青年。不过环境是刻刻在更变，思想也时时在转移，阅者不要性急，因了两人这一相遇，在下面便又引出许多曲曲折折、可歌可泣的故事来。

两人坐下来后，子丹在桌上烟罐子里急忙又抽出一支烟卷，递到弃疾手里。弃疾燃了火柴，吸了一口，望着子丹的脸，微笑道：

"你的尊夫人可也在这里一同住着吗？"

"这个年头儿，也就用不到谈及这些了。"

子丹听他这样问，不免轻轻地叹了一口气。弃疾听了，方知子丹是还不曾结过婚，两眼望着嘴里喷出来的烟雾，出了一会子神，忍不住又笑道：

"你这个话也未免太气馁了，这个年头儿结婚的人难道就没有了吗？"

"可是我并不指点大众而说，在我个人立场上似乎还够不到这个资格。"

弃疾听他说结婚还够不到资格，这句话出在一个二十五岁的青年口中，未免是太可怜了一些，不觉也叹了一声。子丹见他大有扼腕的神气，心里似乎感到有些惭愧，不过表面上总不能显出惶恐的样子，遂含了笑容，向他望了一眼，说道：

"那么你可曾结过婚没有？"

"我吗？频年奔波，要想回家去探望一次妈妈，也没有这个机会，对于这些事情，是无暇去想到的了。"

"我离开北平的时候，是曾经到你家里去过一次，你的妈很清健，仲民哥也很孝顺，所以对于家庭，你倒不必忧愁的。"

弃疾听他这样说，心中倒是一动，几次要想问他到我家时可曾瞧见一个姑娘的话，已经塞到了喉咙边头，但却始终没有问出来。心中暗想：遥长的有五年日子不通音信了，燕卿还会守着我去和她结婚吗？这绝没有那样好耐心，恐怕她是早已嫁人了吧？因此不免又想起刚才遇见的那个女学生，她真像我的燕卿。子丹见他昂了头，手指上夹着烟卷，尽让它烧着，好像沉思的样子，遂又搭讪道：

"你们军队大概在这儿有几天的耽搁?"

"说不定,假使联合军来进攻的话,我们也许在这儿要暂时作为根据地了。这儿隆安县不知有没有什么好玩的地方,你在这里是有几年的历史了,当然有些知道吧?"

子丹听他这样问,心中暗想:他在军队里过了悠久五年的枯燥生活,想来是要找些温柔调剂调剂了,这真是给自己奉承的一个绝好机会。于是便满脸含笑地说道:

"这个我当然很熟悉,隆安县虽然是很小的县分,但玩的地方倒也很多。不过都是极平常的,只有一个神秘的地方却与众不同,身入其境,仿佛是置身在大观园里一样了。你假使有兴趣的话,我此刻就可以陪你一块儿去见识见识。"

弃疾听他说像大观园里一样,想来一定是人家的一个私人花园了,一时便也含笑说好。子丹听弃疾答应,心里很是喜欢,便即站起身子,笑道:

"离这儿不远,我们就步行过去便了。"

于是两人便携手出了店门,慢步地到他们目的地去了。离开了热闹的市街,转入一条很清静的街弄,这里好像是人家的住宅区。弃疾见有一堵矮矮的围墙,沿着一个很大的院子,里面也有绿绿的柳丝、红红的桃枝,探出头来。微风轻轻地吹拂着大地,那柳丝犹像绿波那样地翻动,好像一个年轻的姑娘,正在不胜娇媚地飞舞。

子丹走到在一家黑漆大门的面前,便停止了步。弃疾见门前左右植着两枝很高大的槐树,叶子颇为茂盛,嫩绿的新叶,领着碧绿绿的旧叶,在阳光的反映下,更觉得绿油油的可爱。因为子丹在这儿停步了,遂抬头向大门上望去,只见门上面有一块铜牌,书着"王第"两个字,便望了子丹一眼,问道:

"这儿就是吗?但是人家的私人花园,怎么倒可以给任何人进内去玩玩呢?"

"不要紧,因为我有些认识的。"

子丹听他这样问，倒是一怔，仔细想了想，方知弃疾还不知道自己是伴他到什么地方来，心里忍不住好笑，但他既不明白，遂也索性含糊地答应着。弃疾听他认识的，遂也不说什么。子丹便走上一步，伸手在电铃上按了按。不多一会儿，就听有人问了一声："谁呀？"同时门响一声，里面开出一个老妈子来，见了子丹，便忙说道：

"喔哟，曹大爷，这样兵荒马乱的，你怎么倒有空呀？快请里面……"

她口中一个"坐"字还不曾说出来，突然瞧见了子丹后面穿军服的弃疾，心中大吃一惊，竟是吓得脸无人色，目瞪口呆地怔住了。子丹忙说道：

"陈妈，你别害怕，国民军是救你们百姓的一支军队，他们绝不会有什么野蛮的行动加害于百姓的。你到大街上去瞧瞧，就晓得没有兵荒马乱的一句话了。这位是国民军的参谋长，我特地伴他来玩玩的。"

陈妈听了，脸色这才渐渐转和，含笑请两人进内。弃疾听子丹的话，后面一句似乎有些不像对一个公馆里仆妇的口吻，一时心中好生纳闷，但又不好意思就在人家跟前问他，也只好随着陈妈穿过了几重碧廊朱槛，到了一个小院子里。陈妈请两人坐下，一面向子丹笑道：

"两位爷请坐会儿，我进内去通报一声。"

说了这句话，便转身跨出院子，狗颠屁股般地向里面进去了。

弃疾见室中摆设古色古香，幽雅脱俗，窗明几净，不染微尘。上面有匾一方，横书"晚香院"三字，笔意在颜柳之间。弃疾瞧了这一方横匾，凝眸沉思一会儿，心中愈加不解，遂望了子丹一眼，问道：

"这儿究竟是什么地方？你别让我闷着，还是直爽地告诉了我，免得回头闹笑话。"

"我不是早告诉你这儿是个神秘的地方吗？原来是一个艳窟哩。"

子丹听弃疾话中的意思，也有些疑心这儿是个妓院的变相，所以含了笑容，便索性直接地告诉了他。弃疾听了，心中颇觉不乐，暗想：怎么你就伴我到这种地方来呢？便正了脸色，瞅他一眼，说道：

"什么？这儿是妓院吗？那你就不该伴我进来了。"

子丹见他脸有不悦颜色，心里吃了一惊，慌忙低声儿说道：

"坐会儿原不要紧，因为这种地方是没有几个人知道的，所以来玩一次也是难得的事情。你不晓得这儿的历史，我告诉了你，你就会觉得神秘极了。"

"究竟有怎样的神秘？你倒说出来给我听听。"

弃疾虽然有些不快，但究竟他是自己的老同学，所以也不好意思过分地显形于色，今听他又这样说，被好奇心所激动，遂也情不自禁地向他问了。子丹这才放下了心，微微地一笑，说道：

"据说这里的住宅原是前清遗老的一个私人花园，拥着美妾，在这儿度逍遥自在温柔的生活。不料没有两年，那遗老就死了。美妾沈美贞正当花信年华，自然不惯独宿，就勾引了一个绍兴师爷，作为入幕之宾。那个绍兴师爷异想天开，竟怂恿沈大娘收罗美貌姑娘，把这里作为神秘艳窟，勾引富家少爷前来游玩，沈大娘从中也沾雨露。这几句话离现在已有八个年头了。如今沈大娘年已三十开外，索性竟做这个勾当了。那还是去年秋天里的时候，我曾随了一个茶商来玩过一次，所以才知道个中的神秘。我因为这是一件很有趣神秘的事，所以伴你来见识一下。不过要看中这一个姑娘，原很不容易，因为在这儿花费一掷万金，那是不算一回稀奇的事。"

弃疾听了这一段趣闻，心中这才恍然。怪不得外面没有挂牌子，仍书"王第"，外界不明真相的还以为是一个很好的公馆，谁晓得其中的内容是这个样儿的呢？觉得社会上的黑幕真是异想天开，无奇不有。单这一件事情，也可谓是创见创闻的了，忍不住叹了一声，摇了摇头。回眸向室外院子中望去，那一片景物果然点缀得十分幽雅清静，遂踱步走了出去。子丹见他这个情景，心里十分忧虑，懊悔不该领他到这儿来。万一他对于我心中存了"不满意"三个字，那我叫他介绍的希望不是要成泡影了吗？因此身不由己地也随着他跨出室去。

外面院子里的走廊上有一埭凹字形的金漆栏杆，弃疾凭着栏杆凝眸下视，有一个圆圆的池塘，池水是澄清的，上面浮着一瓣瓣的落红和那一堆堆的浮萍，和风微微地吹动着池水，浮萍和落红就混合在一起，点缀得非常美丽。水底和水面又游着无数圆眼长尾的金鱼，活泼异常。因为它们是在吞饵的缘故，所以水面上不住地吹起了一个个的水泡，但不到三秒钟之间，那水泡散开，平静的水面又荡起鱼鳞点点的波纹。

落日的余晖已将奄奄一息，但它独留恋着宇宙之间反映过来娇媚的光彩，笼罩在池边几株伞形的柳絮顶盖上，那绿绿的柳枝条是更显出弱不禁风柔媚的意态。远望那院子里的亭台楼阁，有的树梢蓬中露出一隅，有的在几丛修竹里显出一角，尤其在黄昏暮色的笼罩下，更觉依稀可爱，仿佛真已置身在大观园里一样了。弃疾对此景物，心头不免也有些依依，回眸过来，齐巧和子丹打个照面，便点头笑道：

"这儿景致可真不错，假使将来战事平靖，国家统一，能够在这种地方悠闲地过一生，倒也未始不是一件乐事。"

子丹站在他的身后，见他出神的样子，以为他心头一定十分不乐，所以颇有些不安，万不料他却会回过头来向自己这样说着。心里正苦无从插嘴，这就满面含笑地走上一步，点头笑道：

"可不是？这种清静幽雅的地方，使人把功名富贵会全都忘了的。不过对于我们年轻的人，总有些不相宜吧。"

"所以我才说要到全国统一以后，总有一个日子，可以给我们达上了这一个阶段。"

子丹听他这样说，点头微微地一笑。弃疾被他一笑，猛可理会这几句话，自己是不应该说的。怎么国家还是这一份儿不太平，倒先享乐了呢？一时不免红晕了脸儿，立刻别转头去，又去注意那池面上的浮萍了。就在这个当儿，忽听一阵嬉笑声，从里面走出一个半老徐娘的妇人，身穿花青绸的旗袍，一见两人，便眉开眼笑地招呼道：

"曹大爷，你为什么好久不来玩呀？这位想是参谋长了。哟！承您的大驾降临敝地，实在叫人喜欢。但是我没有出来远迎你们，那可要请你们两位爷原谅的哩！"

"这就是沈大娘了，为人是非常和气的。"

弃疾听子丹这样介绍，又听沈大娘十分客气地向自己奉承着，遂也含笑向她点了点头，同时又向她望了一眼。只见沈大娘的脸依然很白嫩，虽然三十开外的人，却是风韵犹存，不过眉目间显露风流的骚气。沈大娘见弃疾脸儿英俊，体魄魁梧，虽然是个少年军人，却是生得令人可爱，见他对自己含笑，心里不住地荡漾，把俏眼儿瞟他一眼，笑道：

"你瞧我这人糊涂吗？连参谋长的贵姓还没问一声呢，快里面请坐吧！"

沈大娘说着话，把手向里面一摆，意思是请两人里面坐，于是三人步入室内，子丹代弃疾代为答道：

"参谋长姓辛，来的时候我原没和他说明，所以辛爷还埋怨着我呢。"

"这个埋怨什么啦？那辛爷真不愧是个现代军人了。其实像辛爷为国为民地血战沙场，现在打了胜仗，真应该游玩游玩散散心呢。所谓拼命的时候拼命，快乐的时候快乐，那也没有什么对不住国家和良心的。我听说欧美军队，他们在战壕里的时候还合奏着音乐消遣呢。辛爷真难得来的，快抽支烟。"

沈大娘满面春风地絮絮地说了这一套话，笑盈盈亲自递过一支烟卷。弃疾听她挺会说话，可见她原不是普通的鸨儿所并论的，真不愧是个姨太太的身份，心里忍不住好笑，遂接过烟卷。沈大娘还亲自给他燃了火，方才又去递给子丹吸烟，子丹笑道：

"沈大娘，你招待是应该特别周到一些才对的。"

"这个当然啦！像辛爷能够下降贱地，真使我们不知增了多少光荣呢！"

沈大娘听了这话，回眸又向弃疾盈盈瞟了一眼。弃疾本来是怪子丹不该领自己到这儿来，今见沈大娘这样亲热的情形，一时也就忘其所以，脸上掀起笑容，却是没有平复过了。这时，陈妈端上两杯热气腾腾的玫瑰茶放在两人的面前，叫声"大爷用茶"。子丹见弃疾含了笑容，显然他内心也很喜悦，一时十分得意，向沈大娘问道：

"小紫兰可在家里吗？我和她差不多四个月没见了。"

"小紫兰是已被一个珠宝客人赎身出去了，花了一万二千元钱，我因为碍着情面，心里实在很舍不得呢！现在我把那个花也香叫出来，陪伴两位谈谈好吗？那个花也香说得一口极好的北平话，而且容貌美丽，要比小紫兰更好得多哩！"

"那个花也香吗？四个月前，我听你说她闹着不肯接客呀，不过我却没见她是怎等模样儿，你就喊出来瞧瞧吧。"

沈大娘听子丹这样说，便扭转屁股，逗给了两人一个媚眼，便笑盈盈地跑进里面去了。约莫五分钟后，忽听一阵细碎的脚步声，只见沈大娘在前，后面随着一个姑娘，体态轻盈，姗姗进来。因为她是含羞的缘故，所以垂下了粉颊儿，两眼只管望着自己的脚尖，一步挨一步地走着。弃疾虽然未窥全豹，但单瞧了侧面半个粉颊，已经是觉得清秀脱俗，艳丽无比。这时，沈大娘早把也香拉来，指着两人介绍道：

"这位是参谋长辛爷，这位是曹大爷，你快上前见个礼。"

花也香听了，这就不得不微昂起了粉脸来，秋波盈盈的俏眼向两人望了过去。弃疾是穿着军服的人，自然是受人注意一些，所以花也香的视线先掠过弃疾的脸上。两人齐巧成个四目相对，顿时都觉一怔，不约而同地"哟"了一声，花也香两颊涨得绯红，忽然一个转身，便急急地奔进卧房里去了。弃疾瞧那个姑娘，哪里是什么花也香，却是自己五年前的情人柳燕卿，于是他目定口呆，在眼前不觉又现出了已往的一幕。

第二回

三叠阳关长亭唱离别
一声何满燕子落风尘

　　"燕卿，你不要难受，我们虽然暂时分离，但往后见面的日子可多着啦！"

　　这是北平火车站上，那停着的火车二等车厢里，靠窗的旁边，坐着青年男女两个人。男的瞧着他女伴垂了粉颊，似乎有些依依惜别之神情，便悄悄地伸过手去，把她白嫩的纤手握来，对她很温柔地安慰着。

　　"这是一件喜欢的事情，我倒并不怎样感到难受，不过我心里虽然是很喜欢，但总觉得有阵说不出的不舒服，好像空洞洞地失却了一件什么似的，那真也是个怪事了。"

　　燕卿听他这样说，遂微微地抬起头来，乌圆的眸珠在长睫毛里一转，秋波脉脉含情地说出了这几句话。但既说了出来，她又感到万分难为情，粉嫩的两颊上添了两圈的红晕。本来她已经是涂上了一些胭脂，加上了羞涩意态，那自然是愈显得妩媚可爱了。

　　"这就是叫作英雄气短，儿女情长呀。现在我们应该换一句说，英雄气勿短，儿女情勿长，这才是正理呢。我们青年似乎应该有一番努力的挣扎，所以我之此行，晓得是必定能够博得你的同情。不过你是一个富有情感的人，尝不惯那别离的滋味，这也就怪不得你有此番的情景了。虽然我对你这一番依恋之情，是深深地表示感激，

185

不过我想，只要我们的心坎里彼此有着你我的两个人，那么将来总有长聚在一起的日子。燕卿，你说对不对？"

他听燕卿说出这两句有趣尴尬的话，显然是前后带有些矛盾，心里又好笑又得意，遂滔滔不绝地说出这一套利害关系的话来，又向燕卿劝慰着。因为燕卿的脸儿是向胸前下垂，所以他又凑过脸儿去，从斜面望她粉颊，似乎很恳切地要求她一个表示。燕卿听他这样前进思想，当然很感动，遂频频地点了一下头，秋波脉脉地也从斜面偷瞟了他一眼。不料齐巧和他瞧个正着，因此两人的脸上忍不住都又浮现了一丝会心的微笑。

这一对情侣，一个就是五年前动身赴黄埔军校的辛弃疾，一个便是弃疾现在念念不忘的柳燕卿。燕卿得知弃疾要入黄埔军校的消息，心里虽然很是赞成，但自己一个心爱的少年突然要远离了，当然未免有些恋恋不舍。

"燕，你快下去吧，不然，你是要和我一同被火车开走了。"

火车的汽笛长鸣了，惊醒了这一对情侣絮絮的谈话。弃疾回头见送行的人们都纷纷地跳下车厢了，这才意识到火车已将开去，急忙把燕卿的身子推了推，催着她下车。

"我倒很喜欢跟你一块儿走，但是……"

燕卿被他催促着，只得委委屈屈地站起身子，望了他一眼，雪白的牙齿微咬着殷红的嘴唇皮子，脸上含了一种哀怨的神色。但是说到这里，却又顿了一顿，轻轻地叹了一口气，那眼皮儿竟有些红晕了。弃疾见她颦锁眉尖，这一种哀怨的意态，无论自己的理智是怎样坚强，到此也不得不无动于衷，情不自禁地也叹了一声。一颗心灵觉得歧路分袂，别离的滋味竟有如此难堪，一时也不禁为之黯然魂销，眼瞧着燕卿的身子跳下了车厢，呆呆地出了一会子神，但立刻又回进车厢，从车窗里探出头去。只见燕卿站在月台的旁边，脸上兀是装出一副倾人的娇笑。

"那么你在外面一切冷热总要小心才是。至于你的妈妈，我有空的时候总会过去陪伴的，你倒不用分心记挂。"

"难得你这样高情厚谊，要如我有扬眉吐气的一日，总不会忘记你的。"

弃疾对于燕卿这几句体贴多情的话自然是感到心头，猛可地从窗口伸出手去，和她的纤手紧紧握住了。燕卿对于他这一个热狂的举动是并不感到怎样的喜欢，而且脸上反显现了失望的表情，瞅他一眼，叹了一声，说道：

"你忘记我也好，你不忘记我也好，我总是这样对待着你是了。"

弃疾听她这样说，也觉得自己这话未免有些不讨好，这就无怪她要生气了，急欲拿话来向她解释，但一时里又不知说什么才好，心中一急，几乎要淌下泪来。这时，车身已向前冲动了，弃疾和燕卿握住的手在无形中分开了，弃疾这才挣出一句话来说道：

"燕卿，我原说错了，不过你要谅解我的才好。"

从黄昏的空气中传送来这两句话，听进燕卿的耳里，虽然是非常安慰，但又恐引起了弃疾的误会，意欲和他再说几句知心着意的话，可是火车并不像她那样多情，呜呜地长鸣了一声，车身是轧隆轧隆地早已远去了，只剩下枕木上架着黑漆漆的铁轨发出了火车轮盘过去后嗡嗡的一阵细碎的回音。

燕卿眼瞧着长蛇般的火车在远处暮色苍茫中消逝了，方才轻轻地叹了一口气，懒洋洋地踱出了火车站，低了头，一步一步向着归家的途上走。一颗芳心却暗暗地只管想着自己站在月台上和弃疾的对话，觉得弃疾这"不忘记你"四个字是多说的，在他的意思，好像假使没有我这两句话，他还未必真心地肯记得我，这不是使我要生气吗？但是瞧了他惊愕的神情，并最后向我解释的几句话中想来，显然他是出于无心的。这当然是我太多心的不好，所以要抢白他了。在已经分别的时候，我还要和他闹气，此刻想来，实在是太不应该了。唉！当他听到我这些话的时候，不知他的心里将感到如何难受哩！但是，他要我谅解，我自然也要他谅解，我既能够谅解他，难道他就不能谅解我吗？燕卿一路上暗暗地想，自己也不知道为了什么缘故，那心头总感到了无限的酸楚。含有些寒意的秋风，一阵一阵地吹送到身上，顿时瑟瑟地抖了两抖，不自然地打了一个寒噤。

燕卿在归家的途上，经过了弃疾家的门口，遂顺便去望望弃疾的妈。仆妇林妈来开了门，迎着进内，笑嘻嘻地喊道：

"柳小姐，我家少爷还只有刚才动身到车站去，你可迟来一步了。"

燕卿不好意思说我在车站上是早已遇见过了，遂微微地笑了笑，含糊地答道：

"我是来望望老太太的，老太太可在家里吗？"

"刚才替少爷整理了一些行李，想是乏力了，歪在床上休息着。怪冷清的，柳小姐来和老太太聊一会儿天正好，我去厨下烧开水做饭，柳小姐晚餐这儿用了去吧。"

林妈一连串地说了这几句话，身子已是向厨下走去的。燕卿于是悄悄地从客堂里转入了厢房，只见房中静寂得一些声息都没有。斜阳淡淡地从窗外透射进房中，照映到躺在床上辛老太瘦黄的脸颊上，显然还沾着几点亮晶晶的眼泪。燕卿心中倒是一怔，但立刻又点了点头，当然一个年老慈母对于爱儿突然的远离，总感到有些伤心的吧。遂慢步地走近床边，轻声儿叫道：

"辛伯母，你歪在床上睡午觉吗？"

辛老太忽然瞧见了燕卿，便很快地拭去了颊上的泪痕，坐起身来，拉了燕卿的纤手，温和地抚了一会儿，勉强装出笑容说道：

"柳小姐，弃疾已动身了，你知道吗？他说你会在车站上等着他，不知道你此刻是打从车站里回来的吗？"

燕卿想不到她竟知道这样详细，遂也不用隐瞒，微红了脸，频频地点了一下头，含笑说道：

"不错，我正从车站送他回来，弃疾叫我劝劝伯母，切不要因他的远离而感到伤心。且待将来得意的一天回来见妈妈的时候，那是多么快乐的一件事呢!"

燕卿也许是说顺了嘴，脱口单说了一个"他"字，但既说出了口，倒又猛可理会，觉得在一个异性朋友的母亲面前，和她儿子表示这一种亲热，那究竟是件难为情的事，这就顿了一顿，很快地又把那"弃疾"两个字来代替。辛老太瞧了她这样不胜娇羞的意态，心中似乎也有些理会了，两眼凝望着她的娇靥，很有趣地笑了一笑。

"孩子有这样的壮志和雄心，我做妈的也并不是不喜欢，只不过十九年来，一向依在我的身边，从不曾离开过一日，今天忽然要老远地离去，那我的心头好像会失掉一件什么似的。虽然我也知道这又不是永远没有见面的日子了，但这也许是母子天性吧。"

辛老太这几句话听进在燕卿的耳鼓，一颗芳心不免荡漾了一下，暗自想道：记得刚才我也曾向弃疾这样说，心头空洞洞地好像失却一件什么似的，不料辛老太的心里，也有这一个感觉，那他们到底是个母子关系，我和弃疾算是个什么呢？可见得自然的流露，我和弃疾感情也已到了母子一样密切。想到这里，自己忍不住又觉得好笑，这个比方到底是罪过的。那么除了母子之情最密切外，是只有夫妻……燕卿想到此，觉得再也想不下去，而且是越想越不好意思。虽然自己腹中的事情是只有自己知道，其实也可以不必感到难为情，不过这是一件有趣神秘的事，燕卿的两颊她自然而然地会怪热燥起来。

辛老太见她听了自己的话仿佛是并不理会的样子，凝眸呆呆地出了一会子神，好像又在作沉思的神气。虽然不晓得她心中是在想些什么，但单从她颊上掀起的笑窝儿看来，显然她总是在想那得意的事了。这也奇怪，对于那位柳小姐，自己好像是感到特别亲热。有时候我心里不快乐，看见了任何人总也会连带地觉得憎恨，不过一见那位柳小姐来，自己脸上的笑容不知不觉地会浮现了。柳小姐和我既然是这样相合，我自然希望将来娶个媳妇也有像柳小姐那样的人才，不过这也绝非是偶然能够找得到的事。所以在辛老太的心里，倒很有待弃疾毕业后给两人订个婚的意思。不料这个意思还不曾宣布出来，那弃疾却已动身赴黄埔军校求学去，因此辛老太这一层意思，也只好暂时作罢了。

两人静悄悄地各自想着心事，那室中的空气显然是十分沉寂。就在这个当儿，从房外又走进一个年约二十二三岁的男子，身穿华达呢的夹长衫，头戴兔子呢的呢帽，见了燕卿，便脱了帽子，满脸含笑地招呼道：

"柳小姐，你多早晚来的？弃疾弟今天动身，你可知道吗？"

"我才来了不多一会儿，辛先生打从行里回来的吗？"

燕卿回眸瞧去，认得是弃疾的堂兄仲民，遂离了辛老太的身旁，向他含笑点了点头。仲民一面说"不错，正从行里回来"，一面把呢帽挂到衣钩上去。辛老太说道：

"仲民本来是住在行里的，因为弃疾怕我一个人没有照料，所以叫他住在这儿来做伴，以便晚上代为照顾照顾。我想白天里柳小姐倘使没有什么事，只管到我这儿来玩玩，我实在是很欢迎的哩！"

"假使伯母不讨厌我这个人的话，那我自然很情愿来和你老人家做伴的。"

燕卿听辛老太这样喜欢自己，心里这一快乐，扬着眉毛，那两颊上的笑窝这就掀了起来。辛老太听她说话刁得厉害，便瞅了她一眼，却是捱着嘴笑。仲民瞧了两人的情景，他也知道柳小姐和弃疾是个心心相印的情人，忍不住也插嘴笑道：

"柳小姐这话就不应该，你不听见我伯母已说很欢迎你了吗？你再要加上'假使不讨厌我这个人的'一句话，那就无怪要遭我伯母的白眼了。在我伯母的意思，最好柳小姐肯代我疾弟的职务，一辈子来跟我伯母做伴呢！"

仲民说完了这几句话，竟是望着燕卿哈哈地大笑起来。燕卿被

190

他这个样子一来，真羞得连耳根子都通红起来了，恨恨地啐了他一口，忍不住也抿着嘴儿低头笑。辛老太见燕卿的意态，在羞涩的成分中是掺和了喜悦，并没显出嗔愤的样子，似乎她也很情愿给我做一个媳妇，心里真有说不出的喜欢和得意，因此望着燕卿娇小的身材，拉开了嘴儿，也是笑得合不拢来。

燕卿站在梳妆台旁，觉得尽让他们这样笑下去，那是越笑越不好意思的，遂勉强绷住了脸，装出毫不介意的样子，回眸望了自己手腕上那只长方白金手表一眼，"哟"了一声，说道：

"不知不觉竟已有五点多了，我还有些事，伯母，明儿见吧。"

燕卿说着话，身子已是向后转，好像立刻就要走的模样。辛老太虽然不晓得她是否真的有事，但她这个举动是突然而来的，从这一点着想，显然她是害着难为情，所以说有事，无非是推托之词。既然她是避着嫌疑，那我倒也不便留着她了，遂站起身子，送着出来，说道：

"已是晚餐的时候了，没有什么要紧事的话，那么就用了晚饭走怎么样？"

燕卿见她的行动是已经在送客了，但口里却又是这样说，那似乎有些矛盾，不过她所以要这样矛盾着，当然也有她的困难处，遂也索性圆了一个谎道：

"同学约我五点半有事商量，所以我是不好失约的。否则在伯母府上，我还会客气吗？"

"那是我的不好，其实柳小姐是一个二十世纪的学生子，也就不用这样怕难为情了。"

"啐！我怕什么难为情？别叫你信着嘴儿胡说吧，狗嘴里哪长得出象牙！伯母，我走了，再见，再见！"

燕卿见仲民搓了搓手，向自己笑嘻嘻地这样叮了一句，一时那两颊愈加娇红了，秋波恨恨地白了他一眼，抿着嘴儿好像是竭力地忍着笑，匆匆地已是跨出院子去了。辛老太见她走路还带着跳的姿势，忍不住也笑着赶出来，到客堂的门口站住，说道：

"柳小姐，你明天来吧，在这儿中饭，我等着你。"

燕卿已是走出了大门，听了辛老太这个话，立刻又回进一只脚，扬着手儿，老远地向她招了一招，便笑盈盈地走回家里去了。

燕卿在火车站送弃疾动身回来，心头是充满着辛酸，但从辛老太家里走出，心头却又充满了喜悦。走在路上，脚步是相当轻松，满面春风地回到家里，怎晓得立刻又要叫她愁锁眉尖了呢？

"燕卿，自从你走出不多一会儿，谁知你爸爸从行里回来，口里只说头痛，我心中急得了不得，连忙给他请个大夫诊治，说是流行性感冒。此刻喝了药后，倒安静了一些，想是睡着了。你想，这不是叫妈的心中着急吗？"

燕卿一脚跨进了上房，不料她妈向她摇了摇手，意思是叫她轻声些，一面伸手把她拉到后间，忧形于色地向她轻轻地告诉。

"好好儿的，爸爸怎么会病了？想是年纪老了，每天早出晚归太辛苦了一些……"

骤然来的这个惊人消息，仿佛是晴天中一个霹雳，顿时把燕卿满脸春色又消失尽了，两条柳眉是颦蹙得紧紧的。说到这里，忍不住又叹了一口气。老父的辛苦，为了生活的鞭策，一阵无限的悲哀渗入了她善感处女的心房，她几乎又要淌下泪来。

"总是受了一些寒，喝了药后，大概就会好了。燕卿，弃疾这孩子真的动身入黄埔军校去了吗？"

柳老太见女儿盈盈欲泣的意态，便反而安慰着她，同时对她又轻轻地问。燕卿听妈这样说，把她一颗紧张的芳心又松弛了许多，乌圆的眸珠一转，点了点头，很认真地回答道：

"那有说谎的吗？昨天他来和妈辞行，这可不是玩的事。"

"这孩子就真有勇气，我自从见了他的模样儿，我就晓得他是一个有作为的青年。但愿他一路顺风，那么将来的前途可不错。"

燕卿听妈这样赞美弃疾，同时又这样地祝颂着他，心里的喜欢

192

真比赞美自己还要高兴十倍。因此她那玫瑰花朵儿般的两颊上，笑容又掀起来了。

　　事情是很不幸的，燕卿爸的病，以为医治得早，总过两天会好的，但是，哪里晓得淹滞床褥，竟有了一个多月，还是未见起色。大夫说：

　　"起病是一些感冒，因为体质单薄的缘故，现在已成了下痢，单怕转到伤寒，那年老的人就恐怕要受不住了。"

　　燕卿母女听了大夫的话，心里自然是十分忧愁，整日陪伴在床边，没有离开，因此弃疾的家里，燕卿也就无暇去看望了。时候是已到了深秋的季节，燕卿的爸爸却想吃蜜橘，显然他的嘴里是感到了干燥的缘故。燕卿听爸要吃橘子，遂到大街上买了一小篮，回家的途上，经过了弃疾的家门口，因为有好久不曾去，遂走进去转了一转。辛老太见了燕卿，拉住了她的手儿，表示非常亲热，含笑问道：

　　"柳小姐，你什么贵忙啦？怎的这许多日子不来玩呀？哦，前天听说你的爸有些不舒服，现在可大好了吗？"

　　"可不是为了爸的病，累得忙不过来吗！今天他想橘子吃，我在大街上买了，想起了伯母，所以顺便来望望你，伯母倒很清健吧？"

　　燕卿听她这样说，微皱了眉儿，把手中那篮橘子提了一提，脸上显出十分忧愁的神气。辛老太听了，十分惊讶地又急急地问道：

　　"这许多日子难道还不曾好吗？到底是什么病症呢？"

　　"大夫说病症已成了下痢，单怕转到伤寒，那年老人就要受不住。伯母你想，痢转伤寒，还当了得吗？"

　　辛老太见燕卿眼皮儿有些红晕，话声也带有些哽咽，显然她的内心是十分悲哀，方才明白燕卿所以这许多日子没来的原因，是为了她爸已病得这样厉害。一时心中也颇为着急，这个病症叫作漏底伤寒，哪里还有命吗？想到这里，竟也急得一句话也说不出来。良久，方才轻声儿地安慰道：

"但愿吉人天相，你爸的病总没要紧的。柳小姐，别伤心，自己身子也应该保重，几天不见，瞧你的脸儿不是清瘦得多了吗？"

辛老太见她盈盈欲泣的意态，似乎是引起了无限的爱怜，柔和的目光凝望着燕卿的两颊，只是温和地抚摩着她的纤手，表示十分关心。燕卿对于她这些举动，心灵上是稍许得了一些安慰，频频地点了一下头，无限柔情而带有哀怨的目光向辛老太也望了一会儿，便告别要走了。辛老太见她欲语还停的神气，满面愁容，仿佛有无限情意欲倾吐，而又不好意思告诉的模样，遂说道：

"你爸病着，我也不留你了。假使你感到烦闷的话，只管过来和我聊天吧。"

燕卿来的本意，原想问一声弃疾可有信来，但是自己的爸病得这样厉害，怎好意思再问这些的事情，所以呆站了一会子的道理，还希望辛老太能够自己告诉她。但是辛老太却并没谈及，这样延迟下去，爸到底还等着橘子吃呢，于是她便一点头，叫声"伯母再见"便回身走了。今又听辛老太这样叮嘱自己，遂又回过头来，脸上勉强装出了一丝笑容，答应了一声，方才很快地急急步出了大门。

回到家里，只见爸在咳嗽，妈扶着爸正在给他喝药汁。燕卿把纤手在眼皮儿上擦了一擦，依然装出笑盈盈的样子，移步走近床边，叫道：

"爸爸，蜜橘买来了，你可等得心焦了吧，我来剥给你吃。"

她爸瞧了自己仅有的一个爱女，痛苦的脸上也会浮现了微笑，但他好像连说话的气力都没有，只点了一下头，攀着柳老太的手臂，长叹了一声，身子倒向床上去了。燕卿瞧了这个情景，心头自然是很难受，一面坐到床边，一面把剥好的橘子送到她爸的口边。但是他吃不了多少，又摇了一下头，不要吃了。燕卿望着爸爸毫无血色的脸颊，默默地站起身子，移着沉重的步子，跨出了房门，再也忍不住那满眶子里的眼泪，让它扑簌簌地滚下了两颊。

晚上十二点钟了，燕卿睡在床上，兀是不能合眼。听着对面上房里时时有爸咳嗽的声音，同时又听妈在房中移步走动的响声，显然是妈在服侍着爸。自己的心头是感到了极度的不安，很想也起来过去服侍，但妈屡次催我自去安睡，妈是这样疼爱着女儿，女儿总也不能不疼爱她慈祥的妈妈吧。燕卿这样想着，那身后仿佛有人在鞭策，再也忍不住，披衣下床，蹑手蹑脚地走进了上房里。在一盏微弱淡蓝颜色的灯光下，瞧着妈妈扶了爸爸坐在便桶上，想是又在泻了，心里就觉得一阵难受，蹙了眉尖，低声儿问道：

"又泻了吗？最好熬熬他……"

爸妈都没有回答，爸的脸颊是靠在妈的肩头上，妈低下了头，显然是偷偷地在垂泪。燕卿的眼皮也有些润湿了，但她竭力又忍住了悲哀，走近过来，轻轻地道：

"妈，你息一息，让我给爸来扶一会儿。"

柳老太似乎生怕自己的淌泪给女儿、丈夫瞧见了，是要引起他们的伤心，她没有回答，悄悄地避到后房去了。但不多一会儿，她又装作毫没事儿般地出来，对爸说道：

"好了吧？多坐不吃力吗？反正泻在床上也不要紧，我可以给你洗换的。"

燕卿的爸似乎也觉得没有气力再能支撑了，点了点头，于是母女俩人又把他扶到床上去。四周是静寂得十分，除了壁上钟走的声音，是只有爸经过一度挣扎劳力后的吁气声了。良久，良久，爸又慢慢地回过脸儿来，暗淡的目光，凝望着燕卿，有气没力地说道：

"去睡了吧。你们放心，不会……就……死……"

他的"死"字说得很轻，似乎催动了他无限的伤心，他那眼角旁也涌上一颗晶莹莹的泪水来。燕卿和柳老太都已别转头去，无限的悲酸在两人微弱的心灵上激起了无限的沉痛，默默地都没说话，各人的脸颊上都已被眼泪所整个地占据了。燕卿回过头去的时候，瞧着窗旁这只炭炉子上的火光，虽然还是融融地很旺，但不久终于到幻灭，这仿佛是象征着爸的生命。她想到这里，已是不忍再想。柳老太恐女儿的伤心更要引起病人的难受，于是又催她去睡，燕卿没法，这才委委屈屈地回到卧房里去了。

时候真的不早了，也许是疲劳过了度，燕卿这一睡下去，竟像死过去了那样沉熟，蒙蒙眬眬地在睡梦之中，也是和白天里一样不安宁。谁知就在这个时候，忽听耳边有人大声地叫喊道：

"小姐，不好了，太太的房中火烧了，你快起来呀！"

"什么？爸爸死了吗？"

燕卿从睡梦中惊醒，睁眼见床前站着仆妇赵妈焦急的神情，一心地还只道是爸爸不中用了，立刻翻身披衣坐起，眼泪已从眼眶子里涌上来。

"太太房中火烧了，小姐再不走，怕也烧进在内了。"

赵妈见她缠夹二先生似的，心中真急得了不得，一面说着话，一面把燕卿的手儿拉着向房外直奔。燕卿也不及听她的话，就在一脚跨出房门之间，只见对面上房里火光从房门口冒出，连中间那个客堂都被火光蔓延了，果然已烧到自己的卧房。燕卿这时心中的焦急几乎把她那一颗心要从口腔里跳出来，想着爸爸还在病中，妈妈因疲乏一定也和我睡得同样熟的，那么两人是将葬身火窟里了，心中一阵剧痛，身子便要向火光耀眼的上房里蹿进去。赵妈见了，哪里肯放，死命地将她拖出大门。

这时，天已微明，东方的朝阳已将从地平线上探首升起。街坊众人也都纷纷逃出，有的早已报告救火会，虽经救火员竭力扑灭，但燕卿的家里已变成一片瓦砾场了。这时候，可怜的燕卿完全已发了狂，虽然警士是拦住了她，但她几次要向火堆里奔进去。

"姑娘，你可是不要活命了吗？"

"我找爸妈去呀！因为爸妈是被烧进在火堆里了！唉！我还要活什么命？"

围在街上的人们瞧着燕卿这样惨痛的情形，各人的心头激起了无限的辛酸和同情，有的叹息，有的也落泪水了。

"啊呀！柳小姐，你……你这是怎么的一回事呀？"

正在这个时候，忽然人丛中挤进一个中服男子来。燕卿回眸一瞧，见是辛仲民，这就仿佛见了亲人一样，拉住了他的衣袖，号啕痛哭。路人有爱管闲事的，便向仲民告诉。仲民听了，大吃一惊，但这不是人力所能挽回的事，也只好拉了她的手，安慰她道：

"事到如此，还有什么办法？柳小姐，你此刻就先到我们家里去吧。对于你爸妈的尸骨，我再设法给你拣出来成殓。"

燕卿听他这样说，心中自然万分地感激，只得跟他先行回家。辛老太突然见燕卿披头散发、两眼红肿地跟着仲民进来，不知何事，心中这一惊，竟是呆得说不出一句话来。燕卿见了辛老太，仿佛是见了亲娘一样，猛可投到她的怀里，忍不住又呜呜咽咽地哭了。辛老太抱着燕卿的身子，弄得茫无头绪。仲民这时方才把燕卿爸妈都被火烧死的话向辛老太告诉了一遍，并说道：

"我到行里去，经过那里，不料齐巧遇到柳小姐呢！"

"这是哪儿说起？昨天你不是好好儿地还到我家里来过吗？谁晓得当夜就会发生这个惨剧，这真是不幸极了！可怜的柳小姐，你也别伤心了，就住在我家里和我做伴吧。"

辛老太听了这个消息，仿佛是晴天中起了一个霹雳，"啊哟"了一声，忍不住也淌下泪来，抚着燕卿的头发，向她这样安慰。燕卿听辛老太这样说，又伤心又感激，跪在地上，向她就拜。慌得辛老太连忙把她扶起，拉着她手，诚恳地道：

"我俩像娘儿俩一样，你就别客气。不知你家到底是怎样起火的？"

"我想起火的原因，定是那只炭炉子里的火头引上的。唉！可怜爸妈竟会遭到这样的惨死！"

燕卿说到这里，忍不住又呜咽而泣。辛老太一面安慰她，一面吩咐仲民去收殓燕卿爸妈的尸骨。燕卿因为这是别人的家里，究竟不能过分地痛哭，也只好含悲忍泪，点头答应。

这天仲民在行里请了假，替燕卿爸妈收殓尸骨，暂时停枢会馆里，直到日落西山，方才一切舒齐。燕卿在会馆里哭得死去活来，经仲民再三苦劝，方才一同回家。

从此以后，燕卿便在辛家住下，代为料理家事。因为心感仲民热心收殓爸妈之情，所以对于仲民的衣服鞋袜等事，有时也代为照顾。在燕卿原不过是报答他的热心，谁知仲民倒存了一个意思。

光阴流水般地逝去，秋去冬来，冬去春来，匆匆之间，燕卿寄居辛家已有半年多的日子了。这是一个热情的春天夜里，燕卿在自己的卧房里坐着，手托香腮，对灯呆呆地出了一会子神，想起亡故的爸妈，忍不住又淌了一会儿泪。正在脱衣就寝之间，忽听笃笃的有人敲门之声送入耳中，便低低地问道：

"是谁敲门？林妈妈？"

"不是，柳小姐，是我。"

这口吻分明是仲民的声音，燕卿倒是吃了一惊，芳心怔了一怔，暗想：如此夜深，他做什么来？因此凝眸含嚬，雪白的牙齿微咬着鲜红的嘴唇皮子，对着房门却是呆呆地出了一会子神。

"柳小姐，你开门，我有话跟你说哩！"

门外的仲民听里面好一会儿并不答应，虽不曾见她是在做什么，但猜想过去，显然是在出神，遂把嘴儿凑到门缝中，又轻轻地说了一句。听进在燕卿的耳鼓，那一颗芳心是跳得愈加厉害，同时身子有些颤抖，仿佛是遇到一件极危险的事情一样害怕，低低地答道：

"是辛先生吗？有什么事情明儿说吧。"

"这事情很要紧，柳小姐，你只管开门是了。"

燕卿听他这样说，暗想：那还有个好事吗？平日我稍会给他关心了一些，不料他竟起歹意了，那可怎么办？燕卿想到这里，急

得什么似的,一面扣上纽襻,一面用手在额角上轻轻拍着。一会儿,眸珠一转,这就有了主意,立刻退到床边,装出很低的声音说道:

"辛先生,我已睡在床上了,你有甚事,你就说吧。不然,明儿见面时说也行。"

燕卿说完了这两句话,却也好一会儿不听见仲民的答应,想来他也在出神。经过了良久的时间,这仿佛是敌人在进攻城池那样紧急,燕卿全身的血液觉得是流动得快速,静悄悄地正在沉思应付退敌之计,忽听仲民又在门外悄声地说道:

"柳小姐,你睡在床上不能起来的吗?"

燕卿听了这个话,心里当然是很生气,遂作个不理睬,索性熄灭了电灯。大约有了十分辰光,只听仲民又连喊了两声"柳小姐",燕卿也就假装熟睡,鼻息鼾鼾地过去了。这样又过了半个钟点,仿佛有阵细碎的脚步声慢慢地远去了,燕卿这才深深地透了一口气,一时又哪里睡得着,心中只是暗暗地细想:这样下去,终究不是一个道理,虽然我原不是住在仲民的家里,但是他要使起野心来,又叫我拿什么方法去抵御呢?他今天会贪夜到此,将来说不定就有更难堪的事情会发生。那么若闹开了,大家不是都很难为情吗?我不是早些离开了这里来得妥当吗?况且我在这里已住了半年多的日子,辛老太虽然待我不错,但弃疾直到如今又不曾给过我一封信,我到底算他家里什么人?难道就这样地住一辈子吗?这究竟也不是我的终身结局。也许弃疾将来发达了,外面娶了亲,那叫我不是更感到伤心吗?我总得力求奋斗,自己去打开一条血路来才对。燕卿整整想了一夜的心事,于是开始决定她出亡的动机。

第二天早晨直到九时敲过才起身,知道仲民此刻是到行里去了,遂理了一只皮箱,到辛老太的房中。辛老太见她这个模样,倒是一怔,忙说道:

"柳小姐，你预备到哪儿去呀？我可没有得罪你，你干吗好好儿的要走了？"

"伯母，你怎么说这个话？我想久住在此，伯母虽不会多着我，但我总觉得有些不好意思，所以我想到上海去一次，那边有我的姑母住着，预备托姑爸给我找个事情做做。至于伯母待我这一份儿恩德，我到死都忘不了你。假使我有得意的一日，我再来叩望你老人家吧！"

燕卿听辛老太这样说，心中一阵辛酸，眼泪几乎夺眶而出，猛可走上来，拉住了辛老太的手，恳切真性地说着。辛老太对于她这突然的举动，心里自然十分地怀疑，在上海有她姑母的话，更有些靠不住，假使真的话，为什么却一向不曾听她说起呢？遂温和地抚着她手，凝眸望着她的粉颊，柔声地说道：

"老远地到上海去，一个单身女子，在路上是多么不便。柳小姐，假使你不厌憎这儿地方小，你就别去了吧。"

燕卿听她这样说，真是感到心头，眼皮一红，涌上一颗泪水来，说道：

"伯母这个话叫我听了难过，像伯母爱我若女儿，我究竟不是草木，难道会一些不晓得吗？不过我想，这样住下去也不是个道理，我可年轻啦，在社会上我也许还可以干些事呢！"

辛老太听她这样说，心中不免也沉思了一会儿。自己虽然愿意她给我做个媳妇，但到底不知道人家姑娘心中怎样，我也不能太一厢情愿。前几天我原想和她说明了，因为她在北平既无亲戚朋友，我就不妨和她自己说一说，假使她答应了，那么定了名分，她住着也好安心。不料她今天突然地要走了，我幸亏不曾和她说呢，因为瞧她现在的话，是去奋斗她的前途，那我总不能为了看中人家姑娘做媳妇，而碍了姑娘的前程。因此也不便强留，对她说道：

"柳小姐，你既然去志已决，我当然不好意思强留你，那么你难道此刻就要走了吗？"

燕卿见她呆了半晌，方才说出这几句话，心里自然也有一个感觉。人家老太太是个重情面的人，总不能够向我直说是憎厌我了，其实自己在她家里住了这许多的日子，究竟非亲非故，的确已经很难为了人家。即使没有昨夜的事，我也应该自找出路了，岂可以终身地依靠人家吗？燕卿原是个很聪敏细心的姑娘，就为了太细心的缘故，往往会发生一种误会。她既感觉到辛老太有些厌憎自己，于是更坚决了她出走的意志，点头说道：

"不错，我此刻就动身了。伯母，我实在很感激你，但我也不说什么虚伪的话，我心里总记惦着你是了。"

燕卿说完了这两句话，竟毅然回身地走了。辛老太这就感到究竟是别人家的女孩儿，所以有好的地方去，便忍心抛弃了我。就是要走，也何必这样要紧？唉！想到这里，叹了一声，心里也是非常地难受。眼瞧着她移了步子，一步挨一步地走着，猛可想着到上海去是要一笔盘费的，她身边又没有钱，如何去法？这就情不自禁地又把燕卿叫了回来，从上房内拿出五十元钱，交到燕卿的手中，说道：

"柳小姐，你别客气，这些算我送你的一些些路费，你给我收着，也不枉我俩结识了一场。"

燕卿再也想不到辛老太还有此一举，觉得自己未免有些误会了，单从她这一份儿依恋不舍的情形看来，她会憎厌我吗？一时倒又舍不得走了。但刚才自己说了这样坚决的话，到底不是儿戏的事，岂能闹着玩的吗？因此拿了五十元钞票，望着辛老太慈祥的脸，竟感动得呆住了，良久，方才轻声儿地说道：

"伯母，此恩此德，真叫我刻骨难忘，倘今生无法报答，来生我总也得……"

"柳小姐，我不希望听你这些话，我总希望你能再回到我这儿来。"

辛老太的眼皮儿有些红晕，抚着她的纤手，拦住她再说下去。

燕卿没有说什么，呆了一会子，似乎尚在考虑着，但她终究向辛老太深深地鞠躬，说声"伯母再见"，便忍心回身跨出了大门。当她一脚步出大门的框子时候，再也制不住她无数悲酸的眼泪，让它痛痛快快地淌了下来。

　　燕卿姑娘的遭遇既然这样不幸，满想在辛老太身边安闲地过着日子，将来弃疾回家，当然也有圆满的日子。不料偏仲民又起了不良的存心，因此使一个孤弱的燕卿又堕入了另一个阶段里去生活了。

第三回

金尽床头术穷催租客
名驰海上鬻艺飞燕团

在晚香院里的小客厅内，沈大娘和子丹见弃疾和花也香碰面后的情景，大家都不胜奇怪。沈大娘待要把她拉住，那花也香早已逃进卧房里去了。沈大娘望着呆若木鸡似的弃疾，微微地笑了一笑，问道：

"辛爷，你和花也香怕是认识的吗？"

"不错，我不但认识她，而且她还是我五年前的旧同学，奇怪得很，她怎么会堕落到这种地方来了？沈大娘，不晓得也香进这儿有多少日子了？"

弃疾自见了燕卿后，心中又惊又喜，正在不胜诧异，呆呆地出神，忽听沈大娘向自己发问，便忙回过头去，也望着沈大娘的脸颊问着。沈大娘一听也香是辛参谋长的旧同学，一颗芳心顿时又忧愁又喜悦。忧愁的是单怕军人不讲道理，他假使说要把也香带了去，那我能反抗的吗？喜悦的是也香既是他的旧同学，他在这儿当然要常常来，假使他肯从正路上走，我便可以得到他许多的钱。沈大娘心中虽然是这样沉思着，但表面上不得不装出眉开眼笑的神情告诉道：

"啊哟！这真是个巧事了，不料我的也香就是辛爷的旧同学吗？她到这里统共不到一年，是一个山西客人带来卖给我，说也香是他的外甥女儿，因为家里爸妈死了，无钱成殓，所以情愿卖身葬亲。我因怜她是个孝女，倒花了一千元钱的代价把她留下。因为也香这孩子实在生得动人可爱，讨人喜欢，所以我把她疼爱得像亲生的女儿一样宝贝。谁知也香她却不肯接客，说是被骗了来的。我听了这消息，真急死了人，怪她为什么不早些说，现在一千元钱已被取去，且卖身契也写好了。不料也香总是哭哭啼啼地闹着，我瞧了她真怪可怜的，遂安慰她千万别伤心，我俩就真结了娘儿的缘分，我总不会待亏你的。她听我这样说，总算放心地住下了。"

沈大娘所以絮絮地说了这许多的话，她原有深刻的意思。就是也香这个人，我是花了一千元钱买来的，你不能以武力把她脱籍出去，同时又有这一层意思，也香虽不肯接客，我并不曾虐待她，而且还待她亲生女儿一样地疼爱。假使你要把她娶去，也不能忘记她的娘。弃疾对于沈大娘这一篇话是否是讨好，抑是真实情形，却并没有去加以考虑。他心中只在奇怪：燕卿是北平人，哪里来个山西的舅父？况且燕卿家庭环境也并非十分贫苦，何至于到卖身葬亲的地步呢？显然她是被那个山西客人骗来的了。但燕卿又不是个三岁的小孩子，怎么会被人拐骗？况且她又是个精细的姑娘，绝不会上人家的圈套，这事情的确透着有些奇怪哩！

"想不到花也香便是你的旧同学，可见人生的聚散，真有些不可捉摸。老辛，你既到这里，当然是应该和她叙一叙旧情了。"

子丹站在一旁，瞧着弃疾和也香的情景，很显明两人在过去还是一对情侣的阶段，心中自然很欢喜，假使他们能够重温旧好，这不是全靠我的陪伴吗？弃疾若感我的好处，他自然会更加热心地提拔我了。子丹心中既然存了这一种火热的希望，便把弃疾的衣袖轻轻地一扯，悄声儿又故装正经地说着。弃疾的脑海里是一幕一幕地只管搬演着过去的往事，因为自己和燕卿在生命过程中的确有了一个不可磨灭的印象。刚才自己还念念不忘地想着她，不料在半小时之后，竟会真的遇见了。既然遇见了她，那么我总得向她问一个仔细。不管她是否还是一个处子，我绝不能袖手旁观，让一个心爱的姑娘陷身在这一种的地方里受苦。今听子丹这样对自己说，便点了点头，为了避免被人取笑起见，只得又说了一个谎，道：

"她不但是我的同学，而且还是我的亲戚，所以我既碰到了她，当然也要问她一问，究竟怎样地会受骗呢？"

"这个原是情理之中的事情，沈大娘，那么你就伴辛爷进里面去吧。"

沈大娘见子丹向自己连连丢了两个眼风，自然不敢违拗，遂叫声"辛爷请随我来"，便走在前面引路了。弃疾跟着她穿过几重院子，到了一个院落，里面一座房屋，四围植着花木，十分幽静雅致。淡淡的斜阳从天半照到廊檐下一个铜圈上停着的鹦鹉身上，铜圈发射着耀人眼睛的光彩，那鹦鹉的羽毛也更显得翠绿可爱。四周是静悄悄得很，鹦鹉见了人来，便把翅膀括了一括，学着人音叫道：

"阿梅，客来了。"

弃疾抬头望那屋子上面，有"疑云馆"三字，心中正在暗想：谁知里面还有这样幽静的地方，真仿佛是大观园中的潇湘馆了。以多愁善感的燕卿身世，住此境地，也真像是个潇湘妃子，只可惜这里的地位是太低贱一些了。随了鹦鹉一声叫喊，那垂下的湘帘掀起，这就见屋子里笑盈盈奔出一个雏鬟来，见了沈大娘和弃疾，便很快地说道：

"太太，怎么啦？花小姐心中又不如意了吗？"

沈大娘并没回答，把手一摆，请弃疾进内。弃疾似乎欲叫子丹先进去，回眸瞧去，却并不见有子丹的人，心里这才有些理会了，暗想：子丹倒是个识趣的人。于是遂一脚跨入室内，突然鼻中先闻到一阵细香。弃疾自毕业军校，终年在沙场上闻着血腥的气味，今日忽而置身在此温柔乡中，仿佛已步入仙宫，心里不免荡漾了一下。这时，沈大娘也跟进房内，见也香躺在床上，脸儿是朝着里面，遂走到她的身边，用手轻轻拍着她的腰肢，含笑叫道：

"孩子，你别发傻劲了，既然遇见了旧同学，那你应该喜欢才对，怎么倒反而不快乐起来了？快起来，辛爷已到房中来瞧你了，你该好好儿地招待呀！"

燕卿在床上是早已听到皮靴的声音响进了房中，但自己又拿什么脸来去见旧日的情人呢？所以沈大娘虽然叫她起来，她却藏着脸，只作不理会。沈大娘也不相强，回眸对弃疾斜瞟了一眼，便抿嘴嫣然一笑，站起来到弃疾身旁，把他身子轻轻一推，便拉了阿梅的手，笑嘻嘻地退出房外去了。

弃疾见房中只剩了自己一个人，不免望着床上的燕卿呆呆地出了一会子神，方才慢步地走近床旁，俯了身子，轻轻喊了一声。燕卿本来还是藏着脸默默地淌泪，现在被弃疾柔声地一喊，一颗芳心更觉悲酸万分，忍不住吞声而泣。弃疾见她并不答应，两肩一耸一耸地不住地颤抖，虽然没有听到她哭出来的声音，但已很显明她是伤心得这一份儿的了。想着过去的种种，心里亦甚难受，便又说道：

"燕卿，你别伤心呀，好歹坐起来也给我说一个明白，你怎么会被人骗到这种地方来了？我明白你当然是被环境的相逼，但你得告诉我，你爸妈呢？我们有五年不见啦，难道你为了我不给你一封信，所以心中恨我吗？但是我也为了环境关系，你也总得原谅我才好。"

"我也不敢怨恨你，总是我的命太苦。唉！今生我们是无缘的了，今天能够再给我们见一面，我实在已很安慰了。你是一个前途光明的人，况且是在军队里生活，怎么一进城就到这个地方来？我劝你快些回营去，努力你的工作，只要你心中有着我一个人，那我虽死亦已很瞑目了。"

燕卿听他这样说，便躺在床上哭着回答。待她说完了这几句话，眼泪把那条妃色的绸被早已沾得湿透了。弃疾听了她的话，心中愈加感动，情不自禁地坐到床边，伸手去拉她玉臂，凄然道：

"燕卿，你这是什么话？你不给我说一个明白，不是叫我心里闷得太苦了吗？你快坐起来，我们有五年不见了，你难道忍心不肯给

206

我瞧上一会子吗?"

燕卿想不到弃疾过了几年杀人不眨眼的军队生活,今天在我的面前依然和从前那样柔情蜜意,一时心头早又软了下来,暗自想道:真的我们是有五年不见了,在这五年的日子中,我是没有一天不在想念着他。但今天既和他相遇了,怎么倒又叫他快走呢?这未免太自相矛盾了。想到这里,随了弃疾的一拉,身子趁势地便坐了起来。

两人四目相对,齐巧望了一个正着,燕卿又感到十分难为情,两颊顿时添上了一个红晕。弃疾见她满颊挂了眼泪,更显出万分娇羞的意态,那是更令人觉得楚楚爱怜,不免呆呆地向她望了一阵。燕卿所以会情不自禁地坐起来,便是给他末后一句话深深地打动了心。谁知现在坐起身子了,他真的会目不转睛呆望过去,可见在这五年中的日子,他的渴念我,真和我的渴念他一样呢!芳心又喜又羞、又悲又酸,秋波脉脉含情地遂也向他脸儿打量一会儿,觉得弃疾的两颊是已失掉过去的嫩白和红晕,皮肤已变成了挺结实的棕色,两条浓眉间是隐现了杀气,真有些威严逼人。想起过去似女孩儿家一样娇柔妩媚的体质,自然是不胜今昔之感,显然悠久五年的军队生活,是把他磨炼得苍老多了。

"燕卿,你告诉我吧,怎么你会堕身到此地来?唉!想起车站送别那幕情景,宛然犹在眼前,不料竟已过去五个年头了。"

经过了良久的凝望,弃疾轻轻地抚着她纤手,终于先开口了。但是这两句话听进在燕卿的耳中,那是更增加她心头的隐痛,眼泪不断地滚滚落了下来,叹息道:

"过去的好像是一个梦,总之,环境太恶劣了,因此造成我眼前活地狱的命运。唉!弃疾,人生的滋味,总是辛酸的多。"

"但是我们不能给恶劣的环境征服着,我们要生存在这个世界上做个平等自由的人,我们终非起来奋斗不可。燕卿,你别太灰心,我不遇见你倒也罢了,既遇见了,我绝不忍心让你在这里受委屈的。"

燕卿听他这样真挚诚恳的话，心里自然非常安慰，但她不知心中又有了一个什么感觉，忽然摇了摇头，明眸含了无限柔和的目光，向他凝望着，说道：

　　"因为你是负着重大的使命，所以我绝不愿你为了一个平庸的女子而分了你奋斗前进的心思。所以你只管努力你的工作，千万不必为我而操心。你们的军队不还是昨天方进城的吗？不料今天你就来玩这种地方，那真叫我失望。"

　　弃疾再也想不到她会说出这样的话来，一时好生羞惭，同时也愈信燕卿是个不平凡的女子，不禁对她点了点头，望着她微蹙了眉尖的粉脸，说道：

　　"你这话责备得是，但我原是去探望亲戚的，因为路上遇到了一个旧友，他竟陪我到这儿来玩了。在未到这儿以前，我还并不晓得哩。"

　　"那么像这一类的朋友，你就应该和他离开得远一些，总是不交为宜。"

　　"不过假使没有他陪我到这儿来玩，那么你我又怎能够会相遇呢？所以我们倒不能不向他表示谢意。"

　　弃疾见她凝眸含颦的神气，忍不住微微地笑着说。燕卿听了，垂了粉颊，却是默不作答。弃疾见她忽作沉思的模样，一时忍不住又开口问道：

　　"燕卿，你为什么不肯告诉我五年中的遭遇呀？自从那年车站分手以后，你环境怎样地会转变得这样快啊？你快告诉我，我可要闷死了。"

　　"说起了过去的事，也无非使你我徒然多感到伤心罢了。唉！我的命真苦。"

　　燕卿慢慢地又抬起了粉颊，晶莹莹的眼泪水在眼角旁又涌了上来，脉脉地凝望着弃疾，方才把爸妈如何被火烧死，自己又如何在你家住了半年，因了仲民的存心不良，所以忍痛离开你家的话，从头至尾、老实地详细告诉了一遍。

弃疾听到这里，甜酸苦辣各种不同的滋味充满了心头，觉得燕卿的遭遇实在是太可怜了。爸爸病入膏肓，谁知又遭回禄之灾，连妈妈都葬身火窟，这是多么伤心，因此那同情的眼泪也会扑簌簌地掉了下来。后来既住在我家，妈妈待她像女儿一样，在妈的心中当然是含有深刻的意思，否则那是再好也没有了。不料仲民又会起了歹意，竟不顾廉耻地夜半会去敲门，这又是多么可恨啊！因此忍不住急急地说道：

"燕卿，你这人真也太老实了，仲民这样无礼，你为什么不直接地告诉我妈呢？我妈有了你做伴，那根本再用不到仲民来去麻烦了。唉！燕卿，燕卿，当你离开我妈的时候，她老人家的心中不是要感到万分的伤心吗？"

燕卿听他这样说，一颗芳心陡然忆起四年前和辛老太别离的一幕。可怜辛老太这样依恋不舍的神情，自己还要疑惑她讨厌自己，那实在是太不应该了。在我刚步出大门的时候，辛老太还喊住我，交给我五十元盘费。这样深情厚谊，真使人铭入心版。今听弃疾的埋怨，也觉得自己太以不情，无限悲酸陡上心头，猛可地投入弃疾的怀里，忍不住呜呜咽咽地哭起来了。弃疾把手默默地抚着她的云发，也挥泪不已。

"你们到底是自己族中的弟兄啦，我总不好意思为了自己，因此伤了你们的感情。况且你又不曾来一封信，你的心中不晓得有什么意思，那我一个孤弱的女子，长住在你的家里，究竟也不是一个结局吧。所以我想了又想，总还是离开你家，到外面去奋发一下，比较妥当。谁又知道更劣的环境会一步一步地进逼我到这一个阶段里来呢？"

两人哭了一会儿，燕卿方才又坐正了身子，泪眼模糊地凝望着弃疾，无限哀怨地说出了这几句话。弃疾听了，也深悔自己没写一封信到家里来探问探问。今听燕卿的话，明明怪我在这五年中把她是遗忘了，便握住了她的纤手，叹了一口气，说道：

"燕卿，你这人吃亏的地方就是在太多心的缘故。我妈是对待你这样亲热，她难道还会多着你吗？就是我吧，虽然没有一封信寄来，但以我俩的情分而说，我能忘记你吗？所以我怪你不应该离开我家。你说仲民和我是个族中兄弟，但你明白地想，你和我是个什么关系？假使你心中有我弃疾这一个人，你实在不应该说这些话……"

弃疾说到这里，眼泪又在眼帘下润湿了。燕卿对于弃疾说自己吃亏是在太多心的缘故，觉得这一句话真是说到自己的心坎里。想起辛老太的情义，实在也深悔不该离开他家，不离开北平，自然也不会遭到不幸。想起来伤心万分，明眸中的眼泪大颗地掉了下来，忽然把脸颊靠在弃疾的肩胛上，忍不住又抽抽噎噎地哭起来。

"燕卿，别哭了，那么你自从出了我家以后，到底又怎样地受骗呢？你告诉我吧。"

燕卿听了，遂收束泪痕，站起身子，在热水瓶里泡了一杯玫瑰茶放在桌上，回头向他望了一眼，弃疾理会她的意思，便坐到桌边的椅子上。燕卿却倚在梳妆台的面前，两眼是包含了辛酸的泪水，叙述出她过去悲痛的遭遇。

燕卿别了辛老太，遂匆匆地到火车站，买了三等车票，到了上海。上海虽然是个繁华之地，但原是有钱人的天堂，穷人在上海，就会像地狱那样地受苦。燕卿先在一家小客栈里住下，每天买了一份报纸，在招请栏内总得细细瞧了一遍，满希望有个适当的职业让自己去应试，但是看来看去，不是才学上够不到，就是个性上合不来。不过日子一天一天地过去，燕卿身边的盘费却已花尽了，在那时候，她一颗芳心的焦急，真非一支秃笔所能形容其万一的了。

那是一个黄昏的时候，燕卿坐在房内，两眼望着斜阳的影子已在壁角里消沉，心中想着了弃疾，想着了往后的生活，那无限悲痛的眼泪，就会扑簌簌像断线珍珠一般地滚下来。

正在万分伤心的时候，忽听一声门响，从外面推进两个人来。

一个是茶役，一个是年约三十左右的中年男子，手里还拿了一本账簿。燕卿不知什么缘故，慌忙站起身子，纤手揉擦了一下眼皮，向他们呆呆地出神。

"柳小姐，你只付了五天的房金，现在已住了十二天了。还有七天的房金，请你付一付吧。"

账房拿了账簿，微含笑意，一本正经地向燕卿说着。燕卿这才理会他是来催付租金的，便"哦哦"连响了两声，同时她的两颊一阵一阵地通红起来，支吾了一会儿，方才搓着手，满堆着笑容，带了央求的口吻说道：

"对不起得很，七天房金一共多少？我明天一共付给你吧。"

"这个可不行吧！你住了十二天，却只付了五天的钱，今天我才来催取，那我已经特别客情了。瞧你的人样，听你的口音，好像不是这儿本地人，那么明天你倒一走了事，这个干系我做个小职员的可担当不起呀！"

燕卿听他这些说，那两颊愈加红晕了，急得全身是怪热燥的，几乎眼泪和汗滴也要淌下来了，只好勉强镇静了态度，柔和地说道：

"那你请放心，我绝不会连累先生的。再说我还有一只皮箱放在这儿呢。且到了明天，我准定设法全可以付清的。"

账房听她还有一只皮箱的话，他的视线便向床旁注视过去，果然有一只皮箱放在那边，于是老实不客气地叫侍役把皮箱拿到桌上，开了箱盖，检点一会儿，只见除了几件衣服和袜子以外，其他一无值钱的东西。那账房心中有些急了，似乎恐怕燕卿就要逃走的模样，拦到燕卿的面前，望着她红白分明的颊儿，心中暗想：倒是一个挺好的模样儿，假使她真是个无依无靠的女子，那我情愿给她代付了七天房金，把她收作一个外室，倒也不错。因为自己的黄脸婆子远远地搁在乡下，平日自己的生活真闹着单调的恐慌。要想到脂粉场中去找些安慰，一面固然怕出毛病，一面以一个小职员的收入，怎能够有意外的金钱去花费呢？现在能够不出一个铜钿，稳稳得到一个美丽的姑娘，这不是一件极便宜的事情吗？想到这里，满心欢喜，便故意板起了面孔，说道：

"你这只皮箱值什么钱？每天房金一元二角，七天就是八元四角，外加茶房酒资，总要十元钱。假使把你皮箱连衣服一起都到典当里去典质，也值不到三四元钱。这可不行，这可不行！"

燕卿听他这样说，同时又瞧了他这一个情景，心中又急又羞，两颊一阵血红，那泪水忍不住夺眶而出了。账房见她这样楚楚可怜的意态，心里又爱又喜，但表面上却仍显出铁面无私的样子，说道：

"咦！你不能假装哑巴不说话呀！假使我们客栈里住的都是像你这一类客人，那我们客栈不是立刻就要关门了吗？喂！你今天总得给我一个解决，不然，你这时候就快走！"

账房所以这样说，原是威胁的手段，目的是希望燕卿能够向自己哀求，那么自己便可以进行假仁假义的计划了。不料燕卿这个人原是个性气高傲的姑娘，她觉得自己到此地步，直所谓已经山穷水尽，再也没有生活下去的希望了。与其是活着受苦，倒不如死了干净，所以她是决心存了一个"死"字，听账房这样说，便毅然地回身走了。这一下子，倒是出乎账房的意料之外，慌忙又抢步把燕卿的人拉住，说道：

"你想这样地走了吗？那可没有如此便当吧！你得凑足这十块钱，否则难道叫我吃赔账吗？那我和你无亲无戚，到底不能无缘无故受这笔损失呀！"

"谁听你损失什么呀？我那只皮箱和里面这许多衣服，不是已给你抵作房金了吗？"

"我早已说过，只能值三四元钱，余下的怎么办呢？"

"那我身边真的没有了钱，你难道要我的性命吗？老实对你说，现在的社会是没有穷人活命的资格，穷人的性命根本瞧得很轻。连性命都不稀罕了，你想，还怕其他一切了吗？所以你认为要办的话，随便你的意思是了。"

燕卿听那账房这样说，觉得社会上的人真是太黑良心了，那只皮箱至少要值十元钱，而且里面还有这许多衣服哩。无限的不平激起了心头无限的愤怒，倒竖了柳眉，恨恨地瞅住了他，鼻子里是发出了抑郁的冷笑。账房想不到她会如此倔强，便对她微微地笑了一笑，说道：

"天无绝人之路，穷人不一定会没有活命的资格，譬如像你这样漂亮的姑娘，在现代社会中就很值几个钱。柳小姐，假使你愿意跟我的话，我倒可以负担你以后的生活。"

大概欺侮燕卿是个柔弱的姑娘，那账房涎皮嬉脸地走上一步，伸手便欲去拉她的肩头。燕卿突然听他说出这话，心中这一气，顿时把两颊由红转变了铁青的颜色，圆睁了杏眼，大骂了一声"放屁"，同时她的右手撩上来，在他的颊上啪的一声，早已着了一个耳刮子去。

"啊哟！反了，反了，拖欠了房金，怎么还敢动手行凶吗？好，好，不叫你去尝尝铁窗的风味，你真也不晓得社会上做人的难哩！阿根，你快报捕去，说我们客栈里住了一个女拆白党哩！"

那账房再也防不到燕卿会给他吃五支雪茄烟，一时恼羞成怒，便拖住燕卿的衣襟，恶狠狠地早已变换了一副鬼相。阿根不敢违拗，答应一声，正欲匆匆走出，不料房门外面走进一人，齐巧撞个满怀，几乎跌了一跤。阿根定睛一瞧，认得是开隔壁房间的钱三爷。钱三爷见账房扭住了一个姑娘，恶狠狠的神气，同时又见那姑娘柳眉倒竖、满脸怒容的样子，两人几乎要打起架来，便忙走上前去，把账房拉开，说道：

"有道理大家可以讲的，何必拉住了人家，那成个什么样儿？你不能欺侮一个柔弱的姑娘呀！谁不晓得开旅馆的是个吃白相人饭的，但你得去打听，我钱耀堂也不是好惹的呢！"

账房见横路里突然走出一个程咬金来，心里倒是吓了一跳。原来这个账房也是个土头土脑的"曲死"，他癞蛤蟆想吃天鹅肉，满想把燕卿作为自己的外室，不料目的未达，却挨了一记耳光，此刻又听耀堂这样说，便涨红了脸，说道：

"天下的事情原讲理的，她在这里住了十二天，却只有付了五天房金。问她要钱，谁知还要动手打人，那不是岂有此理吗？"

"放你的臭屁，事情就是这样简单吗？付不出房金，原是我的错，但我已把皮箱和里面衣服给他做了抵押，难道这些衣服和皮箱就值不到八元四角钱了吗？谁知这人面兽性的奴才却趁此有意调笑，你以为贫穷的女子是应该给你侮辱的吗？给你一记耳光，就是给你一些教训，到捕房去怕什么？去大家只管一块儿去好了！"

耀堂听了两人的话，遂冷笑了一声，向账房愤愤地瞪着，说道：

"听这位小姐说了没有？你是个好人，人家便会给你耳光吃呢！该死的东西，欺侮女界的同胞，真是杀不可赦！很好，你要到捕房去，我就依你一块儿去，南到北，哪个不晓得我'钱耀堂'三个字？不叫你去坐几天洋牢，你也不知道我钱三爷的厉害呢！"

耀堂说完了这几句话，便猛可抢步上前，一把扭住了账房的衣襟，立刻就要走的模样。那账房听他口气，显然是有些倚势的人，一时也吓得面红耳赤，目定口呆。茶役阿根瞧此情景，连忙上前，赔着笑容，替账房打圆场，说道：

"钱三爷，你是个很四海的人，就马虎一些算了吧！事情原是大家不好，这位小姐既付不出房金，那住什么栈房呢？我们做账房的，究竟要负一些责任。现在这样吧，皮箱衣服我们也不要，情愿她自己去典质，只要付清八元四角房金，什么事情不是都没有了吗？大家若一定要闹到捕房里去，这里老板你也是朋友，情面上不是很不好意思吗？"

耀堂的眼睛是多么尖锐，他瞧出这个账房是"阿曲死"，所以故意来一个下马威，上海人所谓"三吓头"，今听阿根这样说，也就乐得顺水推舟，放了那账房的衣襟，冷笑一声，瞪着账房的脸，说道：

"若不是瞧在这老板大家是个好朋友，真不能放你过门，现在就便宜了你这个'曲死'。你要知道，调戏人家姑娘，是个刑事犯啊！八元四角房金弄不了什么，我这里付给你十元钱，余下的就赏了你们做酒资。"

阿根接过钞票，弯着腰，只好连连道谢。那账房铁青了两颊，好像是头丧家之犬，垂头丧气地早已悄悄地溜出房去了。阿根见账房走出，便拿了钞票也到账房间里去。

"这种'曲死'真不是人养的，投井落石，简直是杀不可赦。这位小姐，可没有过分地受他亏吧？"

燕卿站在一旁，瞧了他这样热心相助的情形，心里真是感激得无可形容。今听他又向自己问着，遂走上一步，对他深深地鞠了一个躬，抬起头来的时候，齐巧和他打个照面。只见他微含笑容地把身子让过一旁，望着燕卿的粉脸，说道：

"别客气，别客气，这位小姐贵姓？你恐怕是初到上海吧？"

"姓柳，我是从北平到上海的，钱先生，你这样慷慨仗义，真不知叫我如何地感激呢！"

燕卿说到这里，又向他深深地鞠下躬去。耀堂见她竟喊出自己的姓字，从这一点看起来，可知柳小姐真是个聪敏而细心的姑娘。一时满心欢喜，便摇了摇手，说道：

"柳小姐，这些小事，你且不要放在心上，请问你从北平到上海就是只有一个人吗？那么你到上海是找谁来的呢？要知道上海地方乃是寸金之地，没有一个钱，就不能生活下去。"

燕卿听他这样问，一时竟回答不出一句话来，垂下了粉颊，暗自想道：真的我到上海来完全一无目的，既不是找朋友，又不是投亲戚，这样冒险行事，真真有些悔不该立刻就离开北平了。耀堂见她并不回答，垂了头，仿佛在沉思的神气，一时对于这位柳小姐的来历不免引起了有些神秘，呆了一会儿，便低声地说道：

"柳小姐，你假使有什么为难的事情，不妨告诉我一些知道，假使我能力所及得到的话，一定可以帮你一些忙的。"

燕卿正在静静地沉思，听他又这样地说，一时便微抬起了粉颊，明眸脉脉地向他打量一下，只见他身穿花呢的啡色西服，一副白净的脸蛋儿，头发斜对地分着，倒是个容貌端整的少年。瞧着他的装束和模样，也不像是个低级社会的人物，或许他果然是个慷慨仗义的人，能够给我找个事情做做也说不定。大凡一个人若稍许有一线生机的希望，他无论如何不情愿轻易自杀的，除非到了无路可走、活不下去的时候，那么自然是只有一死完事了。现在燕卿正在山穷水尽之时，突然会遇到了这个钱耀堂代她付清房金，而且还能够尽力地帮她忙，那燕卿自然是存了复活的希望。不过她先要瞧清楚耀堂这个人究竟是否是个真的好人，抑是别具心肠的歹人，但是知人知面不知心，燕卿虽然是个聪敏到绝顶的姑娘，她的两只眼睛究竟不是爱克司光，当然是不会明白。但是人家既具有这份儿好意，也就不得不表示感谢之意，遂点头说道：

"多谢钱先生这样热肠，我自然不得不把苦衷相告，这次我到上海来，原想找些事情做的，不料盘费花光了，事情依然找不到。"

"那么柳小姐在上海难道没有一个亲戚和朋友吗？那你也太冒险了。"

耀堂见她一个单身的女子住在旅馆里有十二天了，显然在上海是没有一个亲友的。燕卿听他也埋怨自己冒险行事，觉得这个少年倒是真性情的好人，不然他又何必代我着急呢？不过一个单身孤零的女子，既被人发觉了底细，就容易给人欺侮，虽然他原是个好人，我总也不能够过分地显露痕迹，便慌忙又道：

"在上海朋友是原有几个，但都不甚知己。"

"可是……你现在一个人流落上海，以后的生活又将如何办呢？"

燕卿见他搓着两手，皱了双眉，竟替自己发愁起来，一时心中又感激又焦急，垂了粉脸，几乎也急得淌下泪来。耀堂见她盈盈欲泣的意态，两眼只管望着她自己的脚尖出神，显然她对于自己的以后生活也还是茫无头绪，眼珠一转，便走上一步，到她的面前，轻声地说道：

"柳小姐，假使你果然没有去处的话，我倒可以介绍一个事情你做做。"

"钱先生你这话可是真的吗？"燕卿骤然听他这样说，心中这一喜欢，顿时抬起头来，扬着眉毛，掀起了笑窝笑了。耀堂瞧她这一副倾人的意态，心里不住地荡漾，望着她芙蓉花朵那样的颊儿，忍不住也笑道：

"柳小姐，我从来不跟人家说谎话，那能够骗你吗？此刻时也不早了，我请柳小姐到外面馆子里去吃一些饭，我们就慢慢地细谈吧。"

耀堂说到这里，便昂起了头，向天空望了一眼，又回眸过来望着燕卿请求。燕卿既然是抱了万分热诚的希望，还能够拒绝人家吗？遂含笑频频地点了一下头，于是两人遂一同步出了旅社的大门。

两人到了一家广东馆子，侍役招待到楼上，泡上两壶龙井。耀堂把茶壶握着，在她杯子里满斟了一杯，燕卿说声"劳驾"，耀堂微微一笑，说声"不要客气"，一面把桌上菜单拿来，一面递到她的面前，说道：

"柳小姐，请点几只菜吧。"

"钱先生，你自己点好了，随便一些没有关系。"

燕卿一手掠着鬓角旁的云发，一面含了笑容对他说。耀堂于是也不和她客气，就点了四只冷盘，并一只一品全锅，还叫侍者拿上一斤花雕。不多一会儿，冷盘和酒先拿上来，耀堂给她筛了一杯，燕卿微笑道：

"对不起，我酒是不会喝的，钱先生自己多饮几杯吧。"

"不会喝就稍喝一些，那一杯酒总要陪陪我的，否则不是叫我太不好意思了吗？"

燕卿听他这样说，没有办法，只好答应了。两人喝了一会儿，耀堂且不先谈职业的事情，只管殷勤地叫她吃鸡吃肉。燕卿原是滴酒不喝的人，喝完了这一满杯的酒，两颊早已绯红，且头脑有些疼痛，但是在一个陌生朋友的面前，也不得不竭力镇静了态度，装作毫没醉意的样。耀堂见她眼如水、颊如花，那一种妩媚风流的意态真够人销魂，因此目不转睛地只管呆望着她出神。燕卿自然十二分地不好意思，抿着嘴，露齿嫣然一笑，开口问道：

"钱先生，你才不是说介绍我一个事情做吗？不晓得是关于哪一类的事情呢？"

"哦，这个嘛……柳小姐不知是哪儿毕业，从前可曾做过事情吗？"

"我是北平高级女子师范毕业，却是不曾做过事情。"

"哦，原来柳小姐还是一个女学士，您是北平人，对于北平的对白一定是十分流利的，那倒是一个天才。不晓得柳小姐对艺术上的表演可感到兴趣吗？我告诉你，我原是飞燕话剧团的主任，我们团体是常假座白宫戏院出演，在上海是素负盛名的。柳小姐假使愿加入我们团体的话，将来一鸣惊人，自可预卜。不知你的意思怎样？"

燕卿听了他的话，这才恍然大悟，原来他是话剧团的主任。一时心中暗想：我在北平学校里的时候，对于课外娱乐的戏剧研究倒也发生相当兴趣。况且飞燕话剧团的确是很有名的，现在我既到此绝境，何不就此加入，在艺术上发展一下，倒也未始不是一条出路。想到这里，便点头说道：

"多承你不弃，那我自然十分地感激。不过我对于话剧素未研究，恐怕未必专美于前，岂不是有负所望了吗？"

"柳小姐，你别太自谦了，以你的才貌之卓绝，怕不能够一举成名吗？你加入了后，我立刻给你报纸上宣传，同时先给你和各报记者会晤，请了他们吃一餐，将来对于柳小姐的技艺自然在报上要大捧而特捧的了。这样一来，还愁不立刻成个红角儿吗？"

耀堂听燕卿答应下来，心里这就乐得心花儿都乐开了，脸上的笑容便始终不曾消失过。燕卿听了，心里自然愈加活动了，遂决定加入话剧团，献身于艺术了。这一餐饭，两人都吃得很满意，燕卿连说"破费你了"，耀堂扬着眉，眼珠转了一转，很得意地笑道：

"柳小姐，我和你可说是患难之交，彼此也就不必闹客气了。"

燕卿听他这样说，雪白的牙齿微咬着殷红的嘴唇皮子，瞟他一眼，便嫣然地笑了。耀堂骤然得此美人，心里喜欢从未有过，因此他的笑容就始终不曾平复了。

两人从酒馆回到旅社，燕卿先回到自己的卧房，洗脸漱口，为了喝过一杯酒，同时又有了安身之所，心头感到一阵兴奋和快乐，便对着面汤台的镜子，望着自己玫瑰花朵那样红润的两颊，忍不住低低地哼起歌曲来。

"柳小姐，承蒙你允许了，我是非常地感激。现在我暂时致送月薪八十元，同时我们先来订三年合同。虽然我晓得你不会变卦，不过将来成了红角儿，就不免要被别家团体所眼痒了。所以，我希望你在飞燕剧团中永远合作到底。"

燕卿听了，心里真有无限的喜悦，这就笑盈盈地在合同单上签了字。因了这一签字，下面便又引出曲折离奇的故事来。

第四回

打破好事恶客来不速
蓄意设陷夜深车已无

弃疾在疑云馆里静静地听着燕卿告诉在这五年中的经过，当他听到燕卿签下字去的时候，便急得站起来，插嘴说道：

"耀堂这人一定不是个好东西，你为什么答应他，竟签下了字呀？"

"唉！在当初我哪里又料得到呢？况且在这样恶劣环境之内，不签字又怎样办呢？否则，我是存心只有一个死了。"

燕卿倚在梳妆台前，明眸脉脉地凝望着自己的脚尖，在地板上画着圈子。忽然见弃疾站起身子来这样说，一时万分悲酸，抬起头来，向弃疾望了一眼，她俏丽的两颊上早已沾上了无数的泪水，深深地叹了一口气，忍不住失声哭了。弃疾听她这样说，同时又瞧了她这份儿可怜的模样，想着燕卿当时的处境已到绝路的地步，一个举目无亲的孤苦弱女子，除了一个"死"字外，真的叫她又有什么法子可想？一阵同情的悲哀激起在他的心头，忍不住他满眶子里的热泪也淌了下来。

"燕卿，你别伤心，我错怪了你，我知道你当时心中的苦。唉！你的环境真是太恶劣了。"

弃疾情不自禁地走到她的身旁，拉了她的纤手，又同在一张长沙发上坐了下来。燕卿的眼泪没有停止过，她脉脉地凝望着弃疾英武的脸庞，她一颗芳心真有说不出的惨痛。

"燕卿，那么你加入了飞燕话剧团后又怎样了呢？这个钱耀堂果然是个存心不良的歹人吗？"

一阵一阵的伤心和沉痛，默默地渗入了她已破碎的心房。燕卿她觉得自己眼前是浮现着一片漆黑的时代，她忍不住又倒在弃疾的怀里呜咽了。哭了一会儿，她方才又坐起身子，无限哀怨而又无限辛酸地叙述出她过去的一切。

次日早晨，耀堂带了燕卿一同到飞燕话剧团，和团里的导演、编剧、演员等一班人一一见过礼，并在大西洋的西菜社里开了个宴会，表示欢迎。耀堂既然这样殷勤相待，显然燕卿的地位是高得许多，团员们都另眼相看，燕卿心中自然是十分喜欢。

耀堂因为要捧燕卿成名，一面叫编剧编一部紧张讽刺的剧本，燕卿担任剧中的要角，一面又请各报记者在雪园食品公司晚餐。那天晚上，燕卿打扮得花枝招展的，随着耀堂一同到雪园去接见各报记者。果然记者们嘴上涂了一层油腻后，第二天报纸上就大吹大擂，说得震天价响。同时又因燕卿的脸蛋儿天生成是个丽质，所以报上自从载出她的照片后，每一个年轻男子的心里就深深印上了"飞燕新人柳梨影"七个字，大家都眼巴巴地等待着，预备在舞台上和这位柳小姐作个相见礼。

燕卿自从担任《日落》剧本中要角后，便天天和演员们一块儿在导演的领导下排练。燕卿不但是天赋她的丽质，而且还具有演戏的天才，悲欢离合，喜怒哀乐，表情的逼真，对白的流利动听，真是无出其右。飞燕剧团中的基本台柱李美卿小姐也是甘拜下风。不过瞧着耀堂和燕卿携手同出同入的情景，心头总有些酸溜溜地不受用，原因是自己以前也是耀堂一个宠爱的人。

这是一个初夏的黄昏时候，燕卿在飞燕剧团里排练好了戏后，耀堂要她一块儿出去吃饭。燕卿在他的势力范围之下，当然是不能拒绝。两人并肩步出大门的时候，只见李美卿在后面追出来喊道：

"密司柳，你们到哪儿去呀？"

"密司李，你来得正好，密司脱钱要请我吃夜饭，咱们就一块儿走吧。"

燕卿回头见是美卿，心里十分欢喜，慌忙离开了耀堂，去握住美卿的纤手，乌圆的眸珠一转，笑盈盈地说着。

"这可不行吧，密司脱钱请的是你，那我算什么人？不是要叫你们讨厌吗？"

美卿虽然是满脸含笑地说，却把秋波恨恨地向耀堂白了一眼。燕卿听她这样说，红晕了双颊，打他一下，瞅着她嗔道：

"密司李，你这算什么话？你我都是演员啦，主任先生一视同仁，难道还有分什么高低的不成？"

"密司柳这句话就不错，我对于演员一律平等，并没有一些偏心。密司李，快大家一块儿走……走走……"

耀堂心中虽然是非常憎厌，但表面上不得不装出很欢喜的样子，连连催她们快走。燕卿对他盈盈一笑，便挽着美卿的手，两人缓步地跟他走了。这时，耀堂走在两人的面前，心里真有无限的可恼。本来好好的我可以挽着燕卿手儿同行，絮絮地和她说话，偏这个不识趣的女人会来打扰我们爱的进行，我知道燕卿是个避嫌疑的姑娘，她自然不敢和我表示亲热了。这真岂有此理！美卿这女人简直是有意地来和我作对了，她也不想想明白，她能够有今日的地位，还不是我一手给她捧红的吗？怎么她倒要来干涉我的自由来了？我喜欢爱谁就爱谁，你又不是我的妻子，就是我的妻子，她有权力过问我吗？耀堂愈想愈气，便回过头来向两人望了一眼，只见燕卿和美卿并着头，也絮絮地谈得起劲，遂只好含笑叫道：

"两位小姐别谈得这样起劲呀，回头坐着谈起来就舒服哩！"

"那么你到底请密司柳到什么馆子去吃饭呀？如果路远的话，我们就坐车子吧。"

"就在这儿相近红棉酒家，再穿过两条马路就到了。"

耀堂停住了步子，回眸见美卿俏眼儿含了无限哀怨的目光，向自己脉脉地瞟来。耀堂回答话时，两人已步到身旁，耀堂遂靠近了燕卿的一边，显出了十分亲热的神气。燕卿假作不理会，自管和美卿有一搭没一搭地说话。回眸瞟着耀堂和美卿的脸蛋儿，却都浮现了一层不悦的颜色，但是燕卿心中感到有趣和好笑，她玫瑰般两颊上的笑窝儿却是没有平复的了。

红棉酒家内一个单房间里，坐着一男两女，便是耀堂和燕卿、美卿三个人。耀堂握着茶壶先替两人筛了一杯，便望着燕卿的粉颊，微笑道：

"你们点菜吧，今天我们应该痛快地吃一餐。"

"密司李，你点几只。"

燕卿听了，遂把桌上菜单递到美卿手里去。美卿把菜单摊开，仍放到燕卿面前，转着眼珠，噘起了小嘴儿，笑了一声，说道：

"密司柳，你真也太会闹客气了。今天密司脱钱原请的是你，我只不过自己凑上来做个陪客罢了，怎么你却叫我点菜了呢？"

"密司李，你再说这些话，我可站起来就走了。"

燕卿听她这样说，虽然晓得她的心里是和耀堂不乐意，不过事情总是牵连着自己，那种酸溜溜的情景，瞧在自己的眼里，未免有些使人难堪。一时把两颊涨得绯红，笑盈盈地瞅了美卿一眼，又像动气又像玩笑似的真个要站起身子来走了。这一下子，把个耀堂急得先站起身子，按住了燕卿的肩胛，向美卿瞟了一眼，满脸堆笑地说道：

"这儿统共三个人，我请的当然是两位小姐，也没有什么陪客的分别，密司李偏喜欢开玩笑，倒叫密司柳认了真。"

"谁认真啦？我也和密司李闹着玩，我的好姐姐，可对不对？"

燕卿对于自己的举动，恐怕美卿心里真的以为自己对她生气，所以立刻把眉儿一扬，拍着美卿的身子，凑过脸儿去装出孩子似的娇媚地笑了。美卿见她忽又变换了这个意态，一时芳心里亦觉又恨又爱。想燕卿有这样好脾气的性子，圆滑柔媚的手段，那真非自己及得来万一的了，无怪耀堂这色鬼要视为珍宝了。心里虽然这样想，表面上亦满含了笑容，握着燕卿的手，显出十二分亲热的举动，望着她频频地点头，憨憨地笑起来了。

"咦，巧极，巧极，我们主任先生背了两根台柱却在这儿晚餐，那可不是要压煞了吗？"

正在这个当儿，忽然房门外一阵嘈乱的脚步声，同时探进一个胖子的脸来，他仿佛是在找空的房间，不料瞥眼瞧见了房中这三个人，便忍不住眯起了双眼，拉开了这张阔嘴，嘻嘻地笑起来了。耀堂等三个人听了这话声，慌忙回眸望去，哟！竟是团中滑稽演员尤大胖子，随后跟着进来的还有小猴子韦梅条、标准小生白枫、阴险坏蛋洪警钟四个人。大家听了尤大胖子的话，忍不住都嘻嘻哈哈笑个不停。燕卿瞧见来了这许多人，心里真快乐得了不得，站起来招待道：

"诸位来得正巧，今天主任先生做东，大家快请坐，快请坐。"

这时候，耀堂的心中真是有些哭笑不得的难受，暗想：哪有这样凑巧的事情？不要这些捣蛋鬼预定的计划吗？不过事先我又不曾向任何人告诉说是到红棉酒家来的，那么他们真变成是我肚里的蛔虫了。耀堂心里虽然是十二分的不快乐，但又不好意思显形于色，也只得笑着道：

"我们正在委决不下吃点菜，还是吃整桌的菜，现在加进了四位，那是可以吃一席鱼翅席了。"

"主任先生昨天标金一定赚了十万，所以今天要大请而特请了。嗯！这鱼翅的味儿不错，我倒是有半年不曾尝……不，不，我说错了，这种鱼翅我素来不爱吃，好像和我冤家一般的呢！"

小猴子韦梅条听耀堂这样说，便伸出了一个大拇指，向耀堂翘了一翘，头颈一伸咽了一口唾沫，装出这一副有趣的穷相来，引得燕卿和美卿两人抿着嘴儿笑得花枝乱抖。白枫英挺的脸颊上浮着了浅笑，瞅着韦梅条一眼，说道：

"别死挣面子了，鱼翅是你冤家，哪样不爱吃，什么菜才是你的亲家呢？"

"咸菜淡饭便是我日常的性命一样。"

众人听了，忍不住都又抿嘴地笑。这时，侍役把圆台面拢好，铺好台布，放齐杯筷，问：

"喝什么酒？"

耀堂听了，向燕卿望了一眼，口中却向大家说道：

"你们爱喝什么酒？黄酒、啤酒、葡萄酒，随便好了。"

"实惠些，我们还是喝黄酒，两位密司量不好，最妥当还是啤酒镶汽水。喂！密司柳，密司李，你们说我老洪出的主意可对吗？"

燕卿、美卿听警钟这样说，便含笑频频点了一下头，于是耀堂遂吩咐侍者拿去，一面请大家入席，团团地坐了一圆桌。大家都客气着，推燕卿、美卿两位上座，白枫、警钟、尤大胖子、韦梅条挨次坐下。耀堂见白枫和燕卿坐在一块儿，自己倒远远地隔开着，一时心中真有些难堪，但自己原是主人，做主人的是理应陪在下首，那还有什么方法好想的吗？不过今天我这个主人实在有些做得冤枉，但是自己心中这个苦楚，真是没有地方可以去申诉的呢，也只好自认晦气，懒懒地坐了下来。这时，侍者把冷盘早已端上，啤酒、汽水、黄酒也都拿上。因为耀堂和燕卿的座位是相差得太远，当然不容易招待得周到，白枫遂把啤酒瓶握来，在燕卿的玻璃杯子倒了大半杯，一面又掺和了汽水，同时又给美卿也掺和了一杯。燕卿秋波瞟他一眼，略欠了身子，道了一声"劳驾"。白枫笑道：

"别客气，今天承蒙主人相请，那真是非常荣幸，所以我们应该尽量地喝，尽力地吃，假使你们做客了，那使主人心中反而要感到不快乐的呢。"

"白枫这话就说到我的心坎里去，对极对极，那么大家别客气，眼瞧着好菜不吃是傻子。钱老板，我们在这里就谢谢了。"

尤大胖子和韦梅条两人听了白枫的话便站起身子，各人握了杯子，不约而同地齐声向耀堂笑嘻嘻地说。说完了这几句话，便把酒杯凑在嘴边，一饮而干，同时还把空杯子向耀堂照了一照，方才又坐了下来。耀堂瞧了这一对活宝的举动，心里真是又好气又好笑，便也只得对大家说道：

"《日落》这出剧本不日就要登台表演，在座诸君都是剧中要角，所以我为奖励起见，今晚特地请你们吃一餐，希望你们各位都要努力，能够打破往日卖座的纪录才好。"

美卿听他这样说，明明他说的是个现成话，这就把秋波瞅了他一眼，冷笑了一声。燕卿当然是理会她的意思，耀堂虽然知道，也只好装个不理会。其余众人是不晓得其中的秘密，当然齐声说理应特别卖力。尤胖子笑道：

"其实我们原是配角，这次的号召能力还要看密司柳的颜色了。我瞧密司柳那一口流利的北平话和那深刻的表情，一定是一鸣惊人。况且又有标准小生白枫搭档，那真所谓珠联璧合，妙到毫颠。单瞧这幕从戎分别那恩爱缠绵难舍难分的情景，也够抓住一班观众的心理了。"

"哥哥，哥哥，你走了，我怎舍得你呢？"

小猴子韦梅条听了尤胖子的话，便逼尖了喉咙，说出了这两句话，同时把眼睛向燕卿、白枫望了一眼，还扮了一面孔的鬼相。众人瞧了这副有趣的神情，忍不住都哄然大笑。白枫却瞟了燕卿一眼，燕卿红晕了双颊，羞得垂下了头。这时，耀堂和美卿虽然脸上都浮现着笑，但是这笑的样子非常勉强，其实心里却是非常难受。耀堂今天约燕卿到外面来吃饭，原含有深刻的作用，他的作用，也无非把燕卿这个纯洁的姑娘半骗半哄地占为了己有，不料偏偏被美卿瞧见了，这使自己已经有些不快乐了。谁知在酒家中又会遇到这一班宝货，花费些钱给他们吃一顿倒也罢了，偏让燕卿和白枫坐在一起，给他们一个亲热的机会，这叫我瞧了，不是要气破肚子吗？所以耀堂难受，真仿佛有些股垫针毡，坐立不安。美卿本来是飞燕话剧团中的一等红角儿，而且又是耀堂的宠人，差不多整个世界都是她的所有，在她的心中是何等快乐？现在突然来了一个柳燕卿，自己固然失宠于耀堂，那自不必说，连一等红角儿的地位都要被燕卿抢去了，你想，她的心中又是多么伤心和气愤啊！但是此刻她瞧了白枫和燕卿说话的样子，是十分地显出亲热，同时又瞧着耀堂满面不乐的模样，她的心里又觉得暗暗痛快，所以她不时地以秋波瞟着耀堂，脸上而且还浮现了淡淡的冷笑。耀堂虽然知道她这个笑未免含有些讽刺讥笑的意味，但也只好装作视若无睹的神气了。

菜一盘一盘地上来，酒也一杯一杯地落下各人的肚里去。大家的脸上是红的，尤其耀堂和美卿的两颊比较别人还要红一些，显然这脸红的原因还不完全是酒醉的成分，至少是掺和了一些酸素作用。

"密司柳，这啤酒是不会醉的，你别做客，再喝一杯吧。人家啤酒是当茶喝的呢，来来来！"

白枫站着身子，握着啤酒瓶，一定要给燕卿再倒一杯。燕卿把嫩藕似的臂膀拦住了他，微昂了娇靥，秋水盈盈的眼波脉脉地瞟了他一眼，笑道：

"你不见我的脸已经红得厉害了吗？密司脱白，你自己多喝两杯吧，假使喜欢喝酒的人，哪还会做客的吗？"

"那么给我再倒半杯，密司柳，至少总得给我一个面子的吧！"

"好啦好啦！密司柳真的不会喝酒，你多缠什么？"

燕卿听白枫这样说，一时倒也不好意思过分地拒绝人家了，正欲给他在杯上倒了半杯，不料耀堂绷住了脸，就向白枫这样说了。白枫回眸向他望了一眼，见他脸儿是红得发紫，眼睛里是发出了绿的光，这模样分明是和自己在喝着醋。一时乘着酒兴，也想向他冷嘲几句，但仔细一想，他到底是主任，我不犯着和他发生意见。这样一想，气就馁了一半，望着耀堂笑了笑，连半杯酒也不给燕卿倒了，就自管坐了下来。耀堂这才感到是胜利了，脸上浮现了笑容，醉眼模糊地凝望着燕卿娇红的粉颊，忽然笑着站起来，走到燕卿的身旁，拿了啤酒瓶，说道：

"密司柳，《日落》剧本中你是担任最重要的角色，几星期排练以来，导演对我说，你的成绩可说是到了上乘，所以这次登台公演，卖座之佳，定可预卜。今天我特地且先敬贺你一杯，祈祝密司柳未来的前程必定能够在话剧界中放发一道异彩！"

耀堂这个举动，突然瞧在众人的眼里，大家都不觉为之愕然。燕卿也是呆了一呆，暗想：白枫刚才劝我喝半杯，你就板起面孔阻拦了，我以为你是真心的意思，现在想来，谁知他是和白枫喝着醋哩！一时心里忍不住好笑，意欲拒绝他，又恐恼怒了他，但是接受了他，岂不又被白枫笑我？不过在他的势力范围之下，是没有办法的，只得把杯子拿起，满面含了娇笑，说道：

"谢谢密司脱钱的盛情，但是我不会喝，就给我倒半杯吧。"

燕卿话还没有说完，那杯子里早已倒得满满了，白白的泡沫从杯口外溢出来，淌了燕卿一手，只得低头喝一口。耀堂望了众人一眼，便很得意地归座去了。这时大家方才都明白，燕卿又成为主任先生眼中的目标了。虽然各人的心头是十分愤怒，但是也只敢怒而不敢言，低了头，各自把筷子夹了菜向嘴中送去。

"鱼翅来了，大家别坐着想什么心事，多吃菜少管事最要紧。诸位，快请，快请。"

小猴子韦梅条见大家呆呆坐着，尤其白枫和美卿的脸上都有些怒形于色，遂忙把银匙拿起，向众人扬了一扬，先来了一个"请"字。白枫觉得小猴子这其中两句话至少是含有些意思，这就暗想：我们投身话剧界中，一面固然是为了面包问题，一面也是发挥艺术上的进展。我又何必和这种人一样见识，难道喜欢和他喝这一杯醋吗？白枫这样想着，遂装作毫不介意的神气，向韦梅条笑道：

"小韦，你这话可不行啦，鱼翅是你的冤家呀，你怎么先动起羹来？不是要变成亲家了吗？"

"老白，你这个不懂了，我说的原有道理。咸菜是我的性命，鱼翅是我的冤家。冤家来了，难道还要性命了吗？当然是不要了，早已拔出拳头，把它捉住，乒乒乓乓地一阵乱打，放在嘴里立刻咬它一个半死呢！"

小韦说完了这几句话，便把银匙在鱼翅盘里就掏，放在口里便吞。众人听了他这几句滑稽的话，同时瞧他这样狼吞虎咽的样子，大家笑得前俯后仰，几乎直不起腰来。燕卿握着杯子，正在喝一口啤酒，忍不住扑的一声，啤酒都从嘴里喷出来。因为是冷不防之间，燕卿要想回头到后面去，可是已经来不及，竟喷了白枫的一身西服上都沾着酒渍，同时在他碟子上正用羹匙去掏来的鱼翅里也溅着了数点。燕卿涨红着脸，一面笑得连连咳嗽，一面取出一方绢帕，很抱歉地在白枫西服上揩着酒渍，笑着说道：

"密司脱白，对不起，对不起，可把你衣服弄脏了。"

"不要紧，不要紧，这都是小韦不好，真亏他竟想得出这些死话哩！"

白枫说着，也把自己的绢帕取出，在西服上随便擦了一会儿，一面望燕卿一眼，不料燕卿也在凝望自己，两人这就忍不住又都哧地笑了，齐巧又被耀堂瞧在眼里，心中把个白枫真恨得什么似的。这时，白枫把搁在碟子上的一银匙鱼翅放到嘴里去吃了。尤大胖子瞧了，眯了眼睛，对白枫望着，只管憨憨地傻笑。白枫奇怪道：

"大胖子，你拾到了什么好宝贝啦？怎么望着我笑得连嘴都合不拢来了？"

"那还用告诉你吗？他笑你吃了这一匙鱼翅，味儿一定是特别鲜美吧？"

洪警钟不待尤大胖子回答，先笑嘻嘻地说着。白枫、燕卿、耀堂都呆住了，忙问这是什么话。美卿到底比众人细心些，眸珠一转，这就理会了，忍不住扑哧地笑道：

"密司脱白这一匙鱼翅里，放了密司柳制造的酱油精，那当然他是要吃得津津有味了。"

众人听了这话，大家早又哄然大笑起来。白枫和燕卿都通红了两颊，觉得十分难为情，互相望了一眼，也都笑个不停。美卿故意把俏眼儿向耀堂脉脉地瞟，逗给了他一个尴尬的娇笑。耀堂的两颊是红得发烧，他觉得今天实在是太不值得了，花费了金钱，心里受到的还是一肚皮的怨气。他恨恨地瞪了白枫一眼，几乎要发作起来，不过耀堂虽然被酒有些迷糊了心，但理智还有些清楚，仿佛有人在告诉他道：

"小不忍则乱大谋。若为了一个女演员和团中演员吵闹起来，明天报上一登载，那真成个笑话大奇谈了。"

耀堂这样一想，方才把那满肚皮的怒气竭力又忍耐下来。这一餐夜饭，客人都吃得津津有味，十分快乐，只有主人一个人心头真有些不受用。尤大胖子、韦梅条、洪警钟三个人把手巾一揾嘴，说了一声叨扰谢谢，便先后都匆匆走了。燕卿望了美卿一眼，拉着她的纤手，微笑道：

"美卿姊，怎么样？我们也走了吧？"

"密司柳，你慢着走，今夜我的兴趣很好，请你一块儿到陶乐斯舞厅去玩一会儿，大概你不能拒绝我吧？"

耀堂一面付着账，一面回眸过来，向燕卿笑嘻嘻说。白枫红着脸，把美卿的衣服一拉，向她丢个眼色，笑道：

"密司李，那么我们也走了。钱老板，谢谢！再见，再见！"

美卿虽然心中不乐意，但自己若老碍在他们的中间，那是会增加耀堂的恶感，因此也只好快快地和白枫一块儿走了。燕卿见大家都走完了，一颗芳心似乎感到有些害怕，志忑地跳个不停，两颊是愈加地红晕，同时又因为今夜喝了较多的酒，所以血的流动是特别快速，全身是觉得怪热燥而紧张。

"密司柳，真对不起你，偏偏会碰到这一班宝货，你大概被他们有些缠绕得头疼了吧？这班人真讨厌，我们一块儿走了。"

"倒也不怎样惹人厌，我的肚子几乎也要给他们说得笑痛了呢！"

耀堂付好账，回身挽了燕卿的玉臂，满面含了笑容，一同慢步地踱出了红棉酒家。谁知耀堂这两句话并不得到燕卿的同情，心里当然有些不自在，遂回眸望了燕卿一眼，却见燕卿秋水盈盈的俏眼儿脉脉地也在斜乜着自己，而且还憨憨地娇笑，一时把满肚皮的不自在早已忘得一干二净，不禁频频点了一下头，笑道：

"不错，小猴子和大胖子真有趣，那种滑稽的表情，会叫人看了忍俊不置的。"

燕卿见他话锋转变得快，忍不住暗暗好笑，觉得他侍候女人的功夫真也可谓好到绝顶的了，这就望着他不禁为之露齿嫣然。

两人在陶乐斯舞厅里坐了一会儿，耀堂殷殷地是奉承得了不得，燕卿在他软硬兼备的势力下，真没了办法，只好伴他舞了几次。耀堂搂着她的纤腰，偎着她软绵绵的胸部，真乐得神魂飘荡，不知自身已置在什么地方去了。

"密司脱钱，对不起，我要回家去了。因为刚才酒喝得太多，所以此刻竟有些头痛了。"

舞毕了归座的时候，燕卿在绯红色的霓虹灯光下，绕过无限媚意的俏眼，向耀堂脉脉地瞟了一眼。耀堂望着她妩媚的脸庞，心里是不住地荡漾，微微地笑了一笑，忽然眼珠一转，点头说道：

"很好，那么我喊汽车送你回家去。"

燕卿待要谢绝，耀堂的身子早已匆匆地到电话间去了，心中这就暗暗地细想：耀堂天天和我厮混在一块儿，当初连握手都没有给他握过，不料现在竟给他实行了挽臂同行的目的，这样下去，他当然更会一步一步地进攻着。那么我用什么方法才可以摆脱这个危机呢？这也奇怪，我对于他的亲热行动，心中虽然十二分地可憎，但是为什么竟没有一些勇气拒绝他？唉！从前我常怪她们自甘堕落，谁知身历其境的我，也没有方法可想呢！可见无论电影界、话剧圈里的一等红角儿，不还都是含了满眶子的眼泪，受尽了种种的委屈，方才能够红起来的吗？不过我既知道其中的黑幕和痛苦，难道我情愿把清白的女儿身子去调换那红角的名气吗？这我不但对不住弃疾，而且也对不住自己的良心。燕卿想到这里，心中真有说不出的痛苦。就在这时候，耀堂早又笑嘻嘻地走来了，说汽车已停在门外了，于是付了茶资，便挽着燕卿的手臂，一同走出了陶乐斯的大门。

经过十几分钟的时间，汽车便在一条清静的马路上停下来。当燕卿步出车厢，眼睛接触外界景物的时候，倒把她怔怔地愕住了。

"密司脱钱，这是什么地方呀？"

"这里是我的家，因为和你家是顺路的，你大概还不曾到过我的家，所以请你进去坐一会儿。"

耀堂见她微蹙了眉尖，定住了乌圆的眸珠，这意态显然是十二分的怀疑，遂挽住了她的玉臂，无限温柔地笑着回答。燕卿听他这样说，两条细长的柳眉更加地紧锁在一起了，雪白的牙齿微咬着殷红的嘴唇皮，意欲回说时已不早改天拜访的话，但是耀堂的脚步已跨着向前走，自己若停着不动步，这样拉拉扯扯更不成样儿，倒不如大大方方地跟他进去坐一会儿，反正汽车候在门外，不是就可以回出来的吗？燕卿这样一想，遂回头又向后面汽车望了一眼。耀堂似乎理会她的意思，瞟她一眼，微笑道：

"密司柳，你别胆小，我可不是绑票，汽车等在门外，回头立刻就送你回家的。"

燕卿听他这样说，倒忍不住横眸对他嫣然一笑，抿着嘴儿说道：

"我有身价让绑票看中了，那倒好哩！"

"那倒也说不定，绑匪固然大半是为了钱，但像密司柳这样才貌卓绝的姑娘，恐怕也会惹起人的看中，所以你倒是要小心才好。密司柳，我很想给你做个保镖，不知道可有这个资格吗？"

"那我可不敢当。"

耀堂听燕卿的话，觉得这是一个求爱的绝好机会，遂把明眸脉脉地凝望着她脸蛋儿，似乎很希望燕卿给他一个圆满的答复。在耀堂所谓保镖者，原含有深刻的意思，但是燕卿如何懂得这些话，当然是很快地回答不敢当了。耀堂虽然是很失望，但瞧着燕卿掀起笑窝儿的红润两颊，显然她的内心是很喜悦而且很得意，那么她也许是怕着难为情，口里不好意思说，心中恐怕早已默许了吧？想到这里，内心是更增加了浓厚的热望，那脸上的笑容也就始终没平复的了。

耀堂按了电铃，仆妇前来开门。耀堂便拉了燕卿的纤手，引她步到楼上，开了室中灯光，只见里面是一间会客室模样，四壁油着粉漆的颜色，只悬着四张镜框，里面是法国画家的几张裸体美女画，在清辉的灯光下看来，富有肉感性的引诱，真仿佛盈盈欲活的神气。家具是颇为简单，一律西式，却摆设得十分美观，尤其是窗旁架子上点缀着西洋草本花卉的盆景，更觉得幽雅动人，好像已走进了一个艺术家的室中了。

"密司柳，你觉得我这间会客室布置得怎么样？"

耀堂见燕卿亭亭玉立地站在室中，明眸细细地向室中打量，似乎很羡慕而带有沉思的模样，遂走近她的身边，微笑着向她搭讪。燕卿回眸瞟了他一眼，点了点头，含笑说道：

"布置得很不错，倒是含有美术的意味。"

"那么请密司柳再参观我这里面的一间，摆设得如何？"

燕卿这样称赞一声，耀堂的心中真乐得不知所云，耸着两肩，很兴奋得意地走到那边门旁，掀起了紫酱红印白花的门帘，伸手在开关上扭亮了里面房中电灯，弯着腰向燕卿微微地笑，这情景当然是请她进内的意思。燕卿于是点头慢慢地步进室内去，当她一脚跨进的时候，鼻中就闻到一阵花香，这就见房中一只红木的架子上放着一盆白玉绣球似的花朵，正开得非常茂盛，再见上首，横着一张半铜床，上面被褥折得非常整齐。燕卿方才意识到这间是他的卧房，一个年轻的姑娘，怎么可以到一个异性朋友的卧室中来？这似乎有些不妥当，于是停住在一张席梦思的旁边，竟呆住了。

"密司柳，请坐，请坐，喝杯茶吧。"

耀堂走到西首五斗橱旁，在上面放着的那架白铜自来水的茶壶里开放了一杯微温的玫瑰茶，递到燕卿的面前。燕卿这就为难了，自己原想退出房中去，不料他反叫我坐下了，这我到底坐下好，还是不坐好？燕卿既然有了这一阵考虑，不免接着杯子，两眼望着那杯子里腾上来的热气，出了一会子神。耀堂伸过手去，把她肋下挟着的那只花纹黑漆的皮匣取来，放在席梦思旁的一张克罗米梗子的玻璃茶几上，微微地笑道：

"拿得怎么紧干什么？难道怕我给你抢了吗？你别担心，坐会儿不要紧。"

燕卿听他这样说，当然愈加不好意思立刻就走了，遂扬着粉脸，睃他一眼，忍不住笑着在席梦思上坐下了。耀堂见她坐了，便移步到房门旁边，把那门儿轻轻地掩上，望着燕卿的娇靥，却是憨憨地傻笑。燕卿突然瞧到他关上了房门，芳心顿时吃了一惊，把手中的茶杯放在茶几上，纤手慢慢地去摸那黑漆的皮匣，两条柳眉是锁得紧紧的，沉思了一会儿，忽然站起身子说道：

"时已夜深了，回家在马路上怕有许多不便，我想走了。"

燕卿说完了这两句话，并不等待他的回答，就急急地向门口走了。耀堂却不去拦阻她，自管在对面花架下一张小沙发上坐下。燕卿走到门旁，纤手握着门拳，她开门的姿势竟像有些逃出去的模样，但门已上了锁，燕卿却再也拉不开来。心中这一急，真是非同小可，胸口那颗芳心好像十五只吊水桶，七上八下地跳个不停，她立刻又回过身子，向耀堂跳了跳脚，红晕了双颊，急道：

"密司脱钱，你这算什么意思？我要回去哩！况且外面汽车还等着哩！"

耀堂见她急得这份儿模样，自己却装作毫不介意的神气，脸上含了笑容，慢步地走到窗前，伸手把落地玻璃窗的绿纱帷幔掀开了一些，笑道：

234

"你别害怕，我不会吞没了你。就是你要走，我也得打电话再喊汽车去，你不信，那汽车不是已开去了吗?"

　　燕卿听了这话，便慌忙也走到窗边来，回眸向玻璃窗子上望下去，只见洋台外面，冷清清地一无人影，那一盏微弱街灯的光芒笼罩下，果然汽车已没有停着了。一时心中更加慌张，但当她回头向室内望时，更使她大吃了一惊，就是室中灯光全已熄灭，竟是一片漆黑的了。

第五回

白刃相要死生一刻决
雁书传来秘密立时穿

　　"密司脱钱，你不能欺侮我们一个柔弱的女子吧！"

　　碧天好像洗过了那样清洁，一朵一朵的浮云已被风儿吹得无影无踪了。只有一轮光圆清辉的明月，它圆圆的脸庞，凝望着绿纱帷幔中的那一对男女，脸上似乎浮着了忧愁的容光。燕卿心里虽然是充满了恐怖和焦急，但是她为了要避免这一个危险的关头，不得不竭力地镇静了态度，在那一片清辉的月光下，绕过柔软而温和的目光，脉脉地凝望着耀堂的脸，显然她是带了可怜哀求的口吻。

　　"密司柳，你别害怕，我怎么敢欺侮你呀？唉！我的燕卿，自从我见到了你，我就觉得你这人的可爱，所以我竭力地非把你捧红了不可，同时我更希望你做我生命中的一个灵魂，我对你根本并无一些恶意，请你相信我是你终身的一个忠实的仆役。燕卿，恕我直呼你的名字，你……可怜我一片痴心，你总得答应我的爱你吧！"

　　燕卿想不到耀堂会并不施用一些野蛮的举动，而且他的说话竟比自己更要可怜一些，方才把那颗摇摆得正在剧烈的心稍会缓慢了一些，望着他柔情蜜意的脸色，沉思了一会儿，说道：

　　"那么你快把门开了，电灯亮了，大家再说吧。这个样子算什么意思？被你仆妇知道了，可有关你我两人的名誉呢！"

　　"我为你，就是牺牲了性命也甘心，牺牲名誉那怕什么？燕卿，你无论如何总得答应我。这里有两件东西，一样是钻戒，一样是手枪。你假使可怜我一片痴心的话，那么你就给我拿这一只钻戒，不然，你就拿起手枪来，在我额角旁开了两枪，总算我已把你将要捧红了，这就是我所得的代价和下场。"

耀堂听她这样说，便慢慢地在燕卿面前跪了下来，同时在袋内摸出一只光芒四射亮晶晶的钻戒和一柄漆黑的小型勃郎林，都摊放在手心里，微昂起了脸，要求燕卿拣一件。燕卿对于他这一步动作，是做梦也想不到的，一时倒不禁呆呆地愕住了。那胸口中的一颗芳心开始又忐忑地跳跃得厉害，暗自细想：从这一点看来，这人倒真是个痴得可怜，我假使不答应他，难道他真情愿自杀了吗？不过我若答应他，叫我又怎么能够对得住弃疾呢？虽然弃疾是并没有给我一封信，但我相信他一定有不得已的苦衷。我倘使一旦负情了他，那么以后叫我再拿什么脸去见他呢？燕卿心中既然这样想，她便背过身子去，脸向着窗外，明眸凝望着碧蓝天空中那一轮光圆的明月，轻轻地说道：

"密司脱钱，你这又何苦来呢？虽然你待我的好处我是应该有所报答于你，但女孩儿终身大事，总不是一时之间能够决定的。所以你且起来，待我好好地考虑几天，再给你答复可好？"

"燕，我和你的认识也不是一天两天了，凭良心说，我对待你的情分怎么样？所以你再也不必考虑了，你假使爱我的，那么你把钻戒取去，否则，我立刻拿起枪来自杀。"

耀堂说到"自杀"两字，声音是特别地放重一些，表示很肯定坚决的神气。燕卿心头这就猛可吃了一惊，意欲回过身子来望他，但理智立刻告诉她，耀堂是绝不会自杀，他无非是威胁我的一种手段罢了，于是冷冷地笑了一声，对着玻璃窗子说道：

"为了一个女人自杀，那你也太不值得了。况且密司李很爱你，我怎么敢夺好朋友的爱呢？"

"但是爱情这样东西是纯洁自由不可侵犯的，密司李虽然爱我，但我觉得她这个女子是没有我爱的价值。像密司柳那样才貌的姑娘，我实在情愿生生世世地给你做奴隶般地侍候着。"

"哼！密司脱钱既然知道爱情这样东西是纯洁自由不可侵犯的，那你就可以明白地想一想了，总不能够强迫地以死来要挟我吧！"

耀堂听她这样说，觉得女子的心肠真是硬辣极了，心里真有无限的愤怒，意欲站起来把她实行一下硬干，但总感到这是不可能的事情，只得竭力忍住了心头的怒火，准定再来了一下苦肉计。想定主意，不知道他在什么地方去弄出来几点眼泪，叹了一声，凄凉地说道：

"燕卿，你是一个慈悲的姑娘，想不到竟也有这样狠心呀！虽然你以为我这个人是没有资格能够爱上你，但你应该想一想山穷水尽绝路的时候吧，我是为你这一份儿地出力，虽然互助原是人类的应尽义务，但人究竟是个感情动物，难道你真的忍心眼瞧着我自杀吗？也好，我为你死了也不要紧，燕卿，我活着的时候得不到你的爱，但我死了你总得可怜我一片痴心，爱惜我一些吧？那我虽然死了，也瞑目的了。燕卿，燕卿，唉，我们再见！"

耀堂说到这里，故意把手枪掉落在地上，发出了一阵很响的声音，然后再在地上拾起，表示立刻就要开枪自杀的意思。燕卿面对着窗外，听耀堂的话声是有些颤抖，说到后面，竟是呜咽欲泣的模样。燕卿究竟是个富于情感的姑娘，她听耀堂这样说，芳心不免怦怦一动，暗自想道：不错，自己在小客栈中付不出房金，被那账房先生相逼侮辱，假使没有他来帮助我一下，我不是早已预备一死完事了吗？这样想来，他实在可说是我救命的恩人，那么我到底是一个人，受恩于人，理应有所报答他的。现在他既这样真心地爱着我，我若坚决地拒绝他，假使他真个地自杀了，那么恩人不是反变成了冤家了吗？这叫我心中又如何对得住他？想到这里，一颗芳心已经是软了下来。今又突然听到一阵手枪落地的声音，这形势是相当紧急，燕卿还以为他真的动手自杀了。心中这一焦急，便情不自禁地猛可回过身子来，伸手把他拿起的手枪很快夺下。但耀堂犹装出不肯放松的样子，双膝跪在她的面前，微昂着脸儿，凝望着她的粉颊，那眼泪便一点一点地淌着下来，伤心万分地叫道：

"燕卿，你不用拉着我，我的生死两条路，就在你的掌握之中，我为着你而死，我是甘心情愿的，但是只可怜我家乡一个白发的老娘罢了，只不过我也管不得许多了。燕卿，我想一个人总要死的，你既不爱我，那我活着也没有什么趣味，倒还不如早些死去了干净吗？燕卿，你别拉着，我们再见吧！"

耀堂一面说，一面哭，一面又欲把手枪夺回来般的神气。燕卿听他这样说，同时又瞧他这个情景，觉得他这个人真痴心得可怜，拿着手枪怎肯给他夺去？明眸中含了无限哀怨的目光，脉脉地向他凝望了良久，忍不住叹道：

"密司脱钱，难道你真的会自杀吗？那你把性命似乎也瞧得太轻一些了。"

"唉！谁不知道蝼蚁尚且惜生，那我到底是个人呢！不过情场失意，原是年轻人的末路，觉得人生实在是太痛苦了，不死又有什么法子想呢？唉！燕卿，你好像是个判决犯人的法官，'生死'两字，就在你口中'答应不答应'五个字里解决了……"

耀堂说到这里，那眼泪又像泉水一般地涌上来。燕卿红晕着双颊，凝眸含矍地沉思了一会儿，把他的手枪夺下，便放到窗旁的花架子上去，叹了一声道：

"我真想不到你这个人竟有如此痴心，为了一个女人，情愿自杀，这到底太没有意思，而且也表示太懦弱了。你且起来吧，我们总可以慢慢商量的。"

"燕卿，我不是三两岁的孩子，你又何苦用哄骗的手段来捉弄我呢？假使你可怜我一片痴心，那么你就救我一条性命，否则，你还是让我死了好，与其生而苦，还不如死而乐好吗？"

"就是死了，也未必会快乐呢。冤家，你就起来了，我就答应了你吧！"

燕卿听他这样真心相爱，一时心中深深感动，情不自禁地把手指在他额上一戳，恨恨地白了他一眼，却又回身到窗旁，抬了头望着漆黑天空中的一轮明月出神了。这两句话骤然听进在耀堂的耳里，心中这一喜欢，不禁破涕为笑，早已从地上跳了起来，笑嘻嘻地走到燕卿的背后，把她的纤手轻轻拉来，将那一只亮晶晶的钻戒便套到她的无名指上去，柔情蜜意地叫道：

"燕卿，我的灵魂，我的性命，你是救苦救难慈悲的爱神，我永远忘不了你，我到死也忘不了你。燕，亲爱的……"

耀堂说到这里，同时已慢慢地扳转她肩胛，在清辉的月光笼映之下，只见燕卿娇红得像出水芙蓉那样的两颊上，已沾上了几点晶莹莹的泪珠了。

"亲爱的燕，你为什么伤心呀？我绝不是见一个爱一个的人，请你相信我，此后我便是你唯一忠实的奴仆。"

燕卿忽然伤心地淌泪了，这当然是出乎耀堂的意料之外，一时倒不禁为之愕然。凝望着她的娇靥，慢慢地走上一步，伸开臂儿，环住了燕卿的脖子，竟大了胆子在她红润润的樱唇上甜甜地吻住了。

大凡一个人，无论是男是女，总是富于情感的人多。燕卿也可算是个理智健全的姑娘了，但也终被他内心的情感所打动了，竟轻易地答应了他的要求。虽然燕卿之所以允许，一半固然是为了环境所迫，一半却是为了耀堂求爱的手段太厉害一些。假使耀堂这次用强横或是另一种的方法，也许燕卿不会立刻就答应他，不过耀堂倘若真有这样痴心的话，燕卿的爱他，倒也未始不是一件美事。只可惜耀堂这种男子也无非是施用他专门玩弄女子的手段罢了。可怜一个未经世故人情的柳姑娘，终于是上了他的圈套。不过这也并非是本书的燕卿姑娘如此，试瞧现代社会上的一切情景，单只在下所知道的，类如燕卿姑娘那种同样的事件，也真不知有多多少少呢！所以，社会上是弥漫了虚伪诈骗的烟幕，永远是埋没在这黑暗势力下沉沦着，再也不会有一线光明的展现，除非是到了世界人类全都灭绝了为止。

东方的朝阳已慢慢地从地平线上升起来，它好像是理过晨妆后姑娘的脸庞，显出了无限娇艳的意态。在晓风轻轻荡漾中，射进了人家的玻璃窗子上，从那薄薄的绿纱帷幔里，透露着一片绿茵茵的光芒。这就见室中花架子上放着一盆喇叭花，雪白像玉球似的花朵在金漆的地板上已是纷纷地凋谢了几瓣。坐在沙发上的燕卿，两眼脉脉地凝望着那阳光笼映下自己手指上的钻戒，光芒是更闪烁得耀眼，但是她玫瑰花朵般的两颊上那晶莹莹的泪珠也像钻戒那样清辉得可爱了。

过了几天，在报纸上就登载着一个挺大的广告：白宫大戏院明日隆重表演《日落》话剧，剧情紧张讽刺，誉满全球。最近归国之柳梨影小姐领导全体演员一齐登台，剩券无多，欲购从速。自从这段广告登出后，一班久慕燕卿芳名的子弟无不喜欢雀跃，连十天以后的票子都购买一空。这样盛况，真是空前没有，胜过平剧《文素臣》的卖座又要多上一倍了。

果然在第二天开演的时候，白宫大戏院里整个已被青年男女、老少妇孺所占据了。有的因为坐的是后排，大都带了望远镜来，加近他们的视线，单等燕卿上了台，众人几千道目光仿佛被一种磁力所吸引，全副精神都注视到燕卿的脸蛋上去。全场是静悄悄的，大家昂住了脸，引长了脖子，仿佛在期待着什么似的。因了静寂的缘故，所以那燕卿的对白愈加清脆流利，令人动听。靠近台前的几排座位上，那几个身穿笔挺西服和那身穿一无皱痕长衫的青年男子，大家都抬了头，两眼凝望着燕卿乌圆灵活的眸珠、殷红的小嘴、浅浅的笑窝，忍不住都有些神往。有的甚至于嘴角旁边连自己也不晓得地会淌下涎水来。于此可见燕卿的魔力真够抓住一班观众了。

这几天来，报纸上的游艺界里，不管是记者，是观众，天天有文章发表，至于内容如何，那不必说，当然是批评得好到绝顶，几

241

乎一些缺憾都没有。后来，又登载着一篇柳梨影小姐访问记，那是更加令一班钦慕燕卿的观众所注意。对于年纪十九岁、北平高级师范毕业那两点，连一班大学生都忍不住有些想入非非，因此"柳梨影"三个字，轰动了整个的社会，连三四岁的孩子都没不知道了。

白宫戏院当局为了增加观众的兴奋起见，于一星期后，特地又发起随票赠送柳梨影小姐亲笔签名的照相，因此卖座之盛，风雨无阻。最有趣的是一个姓严名叫子美的少年，离台前第三排的正中那个座位，他自从《日落》表演那天就包了下来，差不多天天夜里来看，同时望着燕卿很多情地微笑。燕卿当时并不觉得，后来见他这个人竟每夜前来瞧的，心里真忍不住好笑，《日落》的剧情又不是天天在更变着，那一连地瞧下去，还有什么味儿呢？可见这个少年的醉翁之意是并不为酒的了。想不到世界上真有这样痴情的人，因此有时候也不免望着他微微一笑。子美被她这一笑，整个的魂灵儿都飘飞到燕卿的身上去了，有时竟会呆若木鸡那样般地出神。其实这情景也并不是子美一个人如此，多数的青年没有一个不想燕卿小姐作为自己的恋人。大家都暗暗地想，柳梨影小姐真美丽，年纪又这样轻，她一定是个纯洁的处女，假使她能爱上了我，不是理想中的一个妻子吗？可是大家都不知道红角儿心中的痛苦，以为红角儿的内心是甜蜜的，红角儿的生活是快乐的。因为从每一张照片上看来，红角儿的脸上不是老浮现着甜甜诱人的笑容吗？所以我说红角儿所以能红得发紫的代价是很可怜的。不过一班影迷、话剧迷的青年子弟，较之红角儿似乎更要傻得可怜一些。

《日落》这个话剧，从初夏演起，一直演到初秋天气，卖座还是非常优良。谁知那有趣的严子美，竟也瞧了一个季节，虽然燕卿在台上不时地也把俏眼儿向他脉脉含情地瞟，但是为了燕卿的身旁总是有着耀堂相伴着，所以子美终无法可以有和燕卿谈话的机会。

这是一个秋天的早晨，秋风吹在身上，令人感到有些寒意。燕卿起身的时候，见床上的耀堂还是沉沉地熟睡，待她吃好了早饭，耀堂方才醒来了，说身子有些不舒服。燕卿蹲在床边，伸手摸了一摸他的额角，果然有些烫手，便频蹙了柳眉，柔和地说道：

"那么你既然不舒服，就休息一天，别到团里去了。"

"我也这样地想，但是你一个人来去，我心中可有些不放心。"

"你这算什么话？难道没有你陪伴，我就会被人绑去了不成？"

燕卿听耀堂这样说，红晕了脸儿，秋波恨恨地白了他一眼，逗给他一个娇嗔。耀堂凝望着燕卿倾人的娇靥，伸手轻轻抚着她的纤手，微微地笑道：

"你现在可红得发紫了呀！我并不是不相信你，因为外界追求你的人儿真不少呢！"

"你别给我胡说吧！假使你不信用我，那我今天就伴着你，不去登台了可好？"

耀堂听燕卿这样说，脸上浮现了一丝欣慰的笑容，情不自禁伸臂勾住了她的颈项，凑过嘴儿去，在她粉嫩的香颊上吻了一下，笑道：

"我怎么会不信用你，但是我凭良心说，可也待你没错吧？"

"你待我没错，难道我有待你错吗？身子交给了你，还给你挣钱，我告诉你，我再演半年，你无论如何得和我结婚。"

燕卿慢慢地推开他脸，明眸中含了无限哀怨的目光，向他瞅了一眼，雪白的牙齿微咬着她鲜红的嘴唇皮子，这意态显然她的内心是并没有感到十分满意。

"结婚原可以，但是这消息一发表后，你就会一落千丈，红角儿变成黑角儿了。"

"那么依你说，难道叫我一辈子给你做牛马吗？这我可不愿意，再说往后万一腹部大起来，我的名誉可也要的呢！你不放心我，我几时也曾信用得过你吗？"

燕卿绯红了两颊，鼓起了小嘴儿，显然她是有些生气。耀堂听了，勉强从床上坐起，把她的娇躯纳入怀内，偎着她的粉脸，柔情蜜意地安慰她道：

"亲爱的燕，你急什么？其实你要明天结婚也可以，我因为你将来也许更会红，所以能够多挣一些钱，也是你日后的好处，我根本又不要你挣来的钱用，照理是只有我给你用些钱才对呀。燕，你放心，那么准定明年和你结婚，你总可以不必发愁了。"

燕卿在他这样柔媚的手腕之下，一时秋波斜了他一眼，不禁又嫣然微笑，偎在他的怀里，柔顺得像一头驯服的羔羊似的。两人默默地温存了一会儿，燕卿方才独个儿地坐车到飞燕话剧团里去。

"密司柳，你早。"

燕卿一脚跨进大门，就见李美卿和白枫携手笑盈盈地出来，遂也慌忙迎上去，和两人握了一阵手，含笑说道：

"密司脱白和李大姊到哪儿去？"

"我还不曾吃过早点，白枫请我到咖啡馆去吃点心，我的小妹子一块儿去吧。"

燕卿知道近来白枫和美卿热恋得非常要好，所以不愿意去碍在中间讨厌，便含笑说：

"吃过了，别客气，你们去吧。"

白枫本来是很爱燕卿，因为燕卿这四五个月来实在红得太快，同时耀堂完全把燕卿占为己有的模样，为了面包问题，所以也不情愿和耀堂角逐情场，把爱燕卿的一缕情丝渐渐爱到美卿身上去。美卿自从失恋于耀堂后，心里虽然是非常怨恨和愤怒，但是一个女孩儿家，对于这一种的受委屈，是羞人答答地没有地方可以去告诉的。为了要保全自己的名誉，不得不哑子吃黄连般地隐瞒着。今见白枫很热情地追求自己，一颗芳心也就把耀堂的影子完全灭绝，预备和白枫结为永远的伴侣。耀堂对于这一件事情却是非常地赞成和欢喜，因为白枫是自己深忌的一个情敌，现在他果然肯自动让步，那当然是一件使自己快乐的事。至于美卿呢，她已经是被自己玩厌的人了，我怕她要和自己法律起诉，如今肯不缠绕我，这是愈加一件痛快的事，所以耀堂近来对于白枫、美卿两人的待遇，反而特别地优良，因此大家倒也相安无事，十分地满意。燕卿虽然是个二十世纪崭新的人物，但她对于自身的贞节观念倒是很深刻的。虽然这次的答应耀堂完全是勉强地被迫而成，不过既失身于他，当然是抱着守一而终的意志了。所以外界追求的公子哥儿虽然是无数无数，接到外界的情书几乎可说是积纸盈尺，但她始终却是没动一份儿野心。从这一点看来，燕卿虽然是背了弃疾，到底还不失是个爱情专一的姑娘。

"吃过了就是去坐会儿也不要紧呀。你架子倒搭得十足，我可偏叫你一块儿去，看你强得过我？"

美卿见她不肯去，便拉了她的手就走，把她的俏眼儿还恨恨地瞅了燕卿一眼。白枫望着她笑了一笑，很神秘地道：

"密司柳现在可不比从前了，她是只有主任先生才请得动，我们有资格够得上请她吃点心吗？"

"呸！你别给我信着嘴儿胡说吧！我一向只当你是个老实人，原来也不是个好东西。李大姊，你快给我把他撕去这张贫嘴，不然我可不依你。"

燕卿听白枫这样说，那粉嫩的两颊上顿时添上了两圈的红晕，啐了他一口，拉了美卿的手，却向美卿缠着不依了。美卿见燕卿这样娇羞不胜的意态，薄怒含嗔，那是更增加她的妩媚，忍不住咯咯地笑着：

"这妮子可有趣，又不是我说了你，你怎么竟和我撒起娇来了？这么大了，我可不是你的情人，你向我缠绕着，不怕难为情吗？"

白枫听了，更笑得手舞足蹈地跳跃不止。燕卿恨恨地白了她一眼，伸手向她扬了扬，做个要打的姿势，同时赖着又不肯走。美卿只得握住了她的手，连连告饶，于是三人方才嘻嘻哈哈笑着到咖啡馆去了。

在十点钟的时候，众演员在导演的领导下，又排练了一会儿戏。午后十二点半左右，大家都预备到白宫戏院里去，正在这时，外面送进一封信来，燕卿接过一瞧，见信封上写着"钱耀堂先生启"六个字，具名是个"家寄"两字。燕卿眸珠一转，遂把那封信藏在怀里，暗自细想：耀堂他说家里只有一个老娘，这句话不知是否是真的，在这封信里，我一定可以得到一些线索，回头趁空的时候，我倒不妨瞧它一下。正在暗想的当儿，李美卿已来拉了她的手，大家一同到白宫戏院里去。

下午是《结婚与离婚》的三幕五场的大喜剧，剧情非常幽默，夜场仍是表演《日落》。日场二时半开始登台，所以燕卿在化妆室里化妆好后，见时尚早，遂走到暗角里，把那封信展开念道：

耀堂良人惠鉴：

客冬旅里，慈母笑逐颜开，贱妾喜上眉梢，诚儿呼爹相迎，共聚天伦之乐，其快亦何如耶？然为生计所迫，闺中相叙，未及两月，吾夫又离故乡远去矣。

荏苒光阴，至今倏又桂子香时，槐花黄候，每忆丰度，梦魂为劳。遥维吾夫在外，诸事如意，为无量颂。

今有告者，慈母自入秋以来，常患咳嗽之症，现在尚未愈可。闻上海中美药房出品一种咳嗽灵，其效神速，吾夫接到此信，即希寄下一瓶，是为至要。

秋风多厉，还祈添衣加餐，善自珍摄，则我俩虽远隔两地，妾心亦可慰耳。专此，即请大安！

妾莲云检衽
九月十六日

燕卿瞧完了这一封信，芳心猛吃一惊，脸儿由白变红、由红转白，一时也不晓得打哪儿来一股辛酸，只觉心头充满了无底悲哀，眼皮儿红了，粉颊上竟是沾了无数晶莹莹的眼泪。心中暗想：原来耀堂这人不但是已娶了妻子，而且连儿子都养得很大了。啊哟！那

246

我可全上了他的当，怪不得他不肯和我结婚，在他原不过是把我玩弄玩弄罢了。燕卿想到这里，一颗芳心又急又气，顿时头晕目眩，竟跌倒在地上了。燕卿跌倒地下去的时候，当然有一个响声，这就惊动了正在化妆的美卿，慌忙循声而往，只见燕卿晕倒在地，心中还以为她是得了暴病，倒是吓了一跳。蹲身去扶她的时候，方才发现她的身旁还有一张信笺，觉得这事情必有蹊跷，遂先把信笺拿起，瞧了一遍。一时好生奇怪，怎么是耀堂的家信？燕卿为什么要偷瞧他的家信？瞧了以后，为什么又要晕倒在地了？美卿原也是个绝顶聪敏的姑娘，她心中有了这两个疑问后，乌圆的眸珠一转，这就理会了。回头见四面无人，便把燕卿搂在怀中，轻轻地喊她，过了一会儿，燕卿方才悠悠醒来。一见自己身子在美卿的怀里，心中又惊又羞，红着脸颊，竭力忍住了眼泪，嗫嚅着道：

"李大姊，地上一封信呢？你不能给我拿走。"

"一封信我已给你套入信封里，我的小妹子，你这到底是怎么一回事呀？我正在化妆室里，突然听到砰的一声，真把我吓得一个半死哩！你快起来，幸而这时他们全都在外面，你快把这封信藏起来吧！"

燕卿听她这样说，竟好像已晓得了自己和耀堂的秘密一样，不禁羞得两颊通红，眼泪再也忍不住地滚滚掉了下来，低声儿说道：

"李大姊……你……你千万要给我保守秘密……"

美卿听她竟自己说了出来，暗想：果然不出我的所料，这耀堂贼子真可恶极了，可怜我们柔弱的女子在他黑暗势力的环境下，终至于都上了他的当。原来他家乡早有妻子的，那我倒也只有今天知道哩。这样说来，我根本用不到妒忌，而且幸亏我及早觉悟，和他脱离了为妙呢！想到这里，无限的愤怒激起她心头无限的痛恨。眼瞧着燕卿泪人儿般的两颊，想起了自己被侮辱的经过，心中更激起同情的悲哀，眼皮儿一红，把燕卿的手儿紧紧握了一阵，说道：

"柳妹子，你放心，我同情你，我可怜你，我绝不幸灾乐祸地再

247

会破坏你的名誉。唉！这贼子真太可恨了，家里有了妻子的人，在外面还要花言巧语地蹂躏我们女界的同胞，真是杀不可赦！"

燕卿见美卿咬牙切齿痛恨到一万分的情景，同时而且还显出盈盈欲泣的意态，从这一点猜想，显然美卿是也曾受过他的侮辱。一时心中又怨恨又伤心，忍不住呜咽着泣道：

"李大姊，你才是我的第一个知己，唉！我们的环境太恶劣了，在他哄、吓、欺骗、威胁、要挟种种的手段之下，我们终究是堕入他的圈套了。"

"柳妹子，他……到底怎样威胁和要挟啦？"

燕卿听美卿这样问，也就并不隐瞒，把那天夜里的经过约略地都告诉了美卿。说完了后，握住了她的手，又哭着道：

"李大姊，你想，这种卑鄙的手段之下，竟把我的理智被情感所蒙蔽了。唉！我恨我的意志太薄弱，我恨社会的不良，产生了这一种玩弄女性的败类。李大姊，我的命实在太苦了。"

"柳妹子……你我真是一个可怜的女子，但是在我们发觉败类诡秘的阴谋以后，我们得起来反抗，努力挣扎，求我们的自由，求我们光明的前途。你别伤心，你别哭，哭是懦弱的表示，我们有自觉的意志，我们良心能够饶恕我们过去一切的错误。燕卿，快不要难过了，好好儿化妆吧，不要哭得不成样子了。你得想明白些，人生本来没有什么意志，我曾听人家说贤妻良母，原是社会上每个女子所羡慕的生活，但是在有一本书上说，所谓贤妻良母，也等于是一个长期卖淫者。所以我们应该起来奋斗，谋个人在社会上独立生存，不依靠他人，实在非有一番最后竭力的挣扎不可。"

美卿听完了她的告诉，同时又听她这样说，显然在燕卿的意思，仿佛失去贞操后的女子是一切的幸福和光明都完了。那是十七世纪的思想，我们在二十世纪巨轮的推进之中，我们绝不能自视太低，我们的贞操虽然被败类花言巧语攫去了，但是只要是在恶势力环境的支配下面，那我们绝不是甘心堕落，这不是我们的过失，实在是社会的万恶。美卿心中既然有了这些愤激和不平，所以她鼓着脸腮，拍了拍燕卿的肩胛，滔滔不绝地说出了这一篇的话。燕卿听了以后，觉得自己的思想是太落伍了，虽然这原是旧道德的观念，但是不独立的女子，无论是好到绝顶的贤妻良母的典型人物，何尝不等于一个长期卖淫者一样，这句话的确不错，女子在世界上所占的地位，实在是太渺茫了。但是我们不能灰心，自甘到幻灭的道路，真如李大姊所说，非有一番努力的挣扎不可。燕卿既然把美卿的话是激起了无限的同情，她不再伤心自己处女的消失，她也不再淌那表示懦弱的眼泪，猛可把美卿的脖子抱住，连声喊我亲爱的姊姊了。

晚上演《日落》的时候，燕卿在台上望下去，只见第三排的那个少年仍旧也在瞧着。他不时地把眼儿向自己脸上扫射来，有时候往往成个四目相对，他便会很多情地微微一笑。燕卿因为恨着耀堂，连带恨起了世界上的男子，所以只装没瞧见般地给他一个不理睬。

时间是一分一刻地过去，不知不觉已是到了子夜十二时了。燕卿因为还有一幕戏，当然还不能卸妆，她站在美卿的旁边，瞧着她洗脸换衣服地忙碌着，心中暗暗地细想：可怜美卿她一定也是失身在耀堂手里的，但她现在有了一个白枫安慰她，自然她的前途是抱着十分光明的希望。但是我的可怜人呢？旧时的情人一去而不回，音信全无，目前又遭了魔鬼的蹂躏，唉！我真对不起弃疾，以后我若再和弃疾见面时，那我是多么惶恐啊！孤零零的一个人，谁是我的知己？流落在这茫茫的上海，此生中大概是完不了的漂泊吧。想到这里，无限辛酸陡上心头，眼皮儿一红，那泪水忍不住又夺眶而出了。

"柳妹子，我是预备早些回去了，可是辛苦了你，倒叫你天天夜里……咦！怎么啦？你又伤心了吗？"

美卿换舒齐了便服，笑盈盈地回过身子来向燕卿说。话还没有说完，突然瞧见了燕卿泪人儿似的脸颊，慌忙又收起了笑容，走到她的面前，握住了她的纤手，轻轻地问。燕卿忙把右手抬起，在脸儿上擦了一下，叹了一声，说道：

"我觉得身为女子的，到底是太受社会上一些委屈了。"

"不过我们可以力求更生，所以你不要心灰，我们放下新的精神，去开辟我们新的道路，总要达到了我们新生命的新阶段才好。"

燕卿听她这样说，把那颗已死的心不觉又重新燃烧起来，频频地点了一下头，忍不住也破涕嫣然为笑了。两人握着手，又互相安慰几句，美卿便匆匆地走了。待这次燕卿下台的时候，剧情已是终结。白枫匆匆地先换好便装，望了燕卿一眼，笑道：

"密司柳，今夜可没有人保护你回家了，要不我送你一程？"

"你别给我胡说瞎道地咀嚼，我可要不高兴的呢！"

燕卿听了这话，心里虽然是十分感伤，但表面上却不得不逗给他一个含笑的娇嗔。白枫舌儿一伸，便咯咯地笑着奔下去了。燕卿这就忍不住深深地叹了一口气，伸手拧着面盆里的手巾，放到脸颊上轻轻地揩擦。

"柳小姐，别人家都走完了，你怎么还不回去呀？外面的雨可落得不小哩！"

"什么？外面落着雨吗？"

大概是为了心中有心事的缘故，所以燕卿拿了面巾，一把一把地在脸上擦过去，仿佛已忘记了四周的一切。后台的茶役阿文拿了一柄扫帚走进了化妆室来打扫，一见燕卿，便笑嘻嘻地向她告诉。燕卿听了，这才意识到时候实在已经不早了，慌忙也回眸过来问着。阿文道：

"十点钟的时候雨就落得很大了，你们在后台是听不见的。今天钱老板怎么不见？没有出来吗？"

因为在平日的时候，燕卿总由耀堂伴来伴去，所以在众人的心里似乎都有一个印象。燕卿很随便地应了一声，便挟了黑漆的皮匣，匆匆地走下去了。走出了白宫大戏院的大门，站在那石阶级上，只见天空是黑漆漆的，街上也冷清清的，像死过去了那样沉寂。那密密层层的雨点儿仿佛倒下来一样地激泻，发出了洒洒的不平的呐喊，因为是秋天的季节，同时在失意人的心里，眼瞧着此景此情，当然是感到了无限的凄凉。

　　燕卿望着那洒洒的雨点儿，呆呆地出了一会子神，暗想：这可糟了，雨下得那么大，街车又没有一辆，那可怎么办？正在这个时候，忽听呜呜的一阵喇叭声冲破了这静夜的空气。燕卿急忙回眸向西面望去，只见在雨缝中射过来两道光芒，同时有一辆天蓝色簇新的汽车已经开到白宫戏院的门口停下。只见车厢开处，跳下一个西服的少年，向燕卿含笑招了招手，意思是喊燕卿快跳上他的车厢里去。

第六回

夜雨如注痴心同车意
南洋应聘露尾又藏颈

　　燕卿默默地凝望着那洒洒的雨点儿，一颗芳心正在暗暗地焦急，不料这时忽然开来一辆簇新的汽车，汽车里跳下一个西服少年，竟向自己含笑招手。一时好生奇怪，倒不禁为之愕然，慌忙仔细望去，在微弱的街灯光芒之下，依稀地尚认得出这个少年的脸，就是离台第三排每夜来瞧《日落》话剧的痴少年。这就忍不住芳心忐忑地一跳，微红了双颊呆住了。严子美见她并不走下阶级来，而且也没有表示，遂不管外面雨下得这么大，竟淋着自走到阶级上来，向燕卿深深地鞠了一个躬，明眸脉脉含情地凝望着她娇靥，微微地笑道：

　　"柳小姐，想不到今夜雨会下得这么大，家里没派人来接吗？假使你心中还以为我这人够得上和你交朋友的话，那么请你别客气，让我送你回家可好？"

　　大概那雨实在是落得很大，燕卿抬头见那少年的头上、脸上都已沾满晶莹莹的雨水，他一面含笑说着话，一面拿了一方雪白丝帕儿，不住地在脸颊上揩拭着，一颗芳心忍不住又好气又好笑。凝眸含颦地沉思了一会儿，意欲回绝了他，但这样大雨，而且时已深夜，难道我在这门口站一夜不成？不过我若答应了他，那么将来又要缠死了人，男子的心理没有一个好的，他们把我们女子完全当作一件玩物一样，要你的时候，奴隶、仆役、跪、哭，什么话儿、什么丑态都说得出做得出，不要你的时候，就视为粪土都不如了。燕卿心中既然是痛恨着耀堂，所以对于子美这一份儿多情的举动，心中是并不曾怎样感激他，而且还感到有些可憎，因此微昂了粉脸，只管望着密密的雨点儿出神。但是她的脑海里有一根神经立刻向她告诉道：别人家是在和你说话啦，不管他是好意抑是歹意，不过人家这份儿情意究竟是好心。自己虽然不愿和他接近，但总也得给人家一个回答。若这样视若无睹、闻若不听地给人家一个不理睬，那我既不是瞎眼，又不是聋子，不但叫人下不了面子，而且也是太不近人情了。

"谢谢你的美意，我家里也许有人会雇车来接我的。"

燕卿想到这里，便回眸瞟了他一眼，含笑弯了弯腰，表示她感谢的意思。子美见她呆了这么许多时候方才说出这两句话来，从"也许有人"这四个字眼上猜想，显然她是说着谎，但她为什么不愿我送她回家呢？那不用说，当然是怕着难为情了。假使是怕难为情的话，那事情就好办了。只要她没有讨厌我的心理，总有给我胜利的日子。子美这样地细想，自不免也愣住了一会子。燕卿见他听了自己的话也不回答，也不自回到汽车里去，却只管抬着头儿出神，对于他这一个举动，心里真感到十二分的有趣和好笑。这人真奇怪，我站着是等雨停，难道他就老是这样陪着我不成？不过白宫大戏院的石阶上原不是我专有的地方，他要站着，我当然是没有权力可以干涉他的。想到这里，情不自禁地扑哧一声笑了。但既笑了出来，忍不住又感到万分的不好意思，红晕了两颊，慌忙又垂下了头。当她低头下望的时候，这就发觉自己的脚上还是一双麂皮底的软绸鞋子，一颗芳心不免愈加焦急，暗想：糟了，今天偏不曾穿高跟皮鞋，就是雨不落了，难道地上也立刻就会干起来吗？那么没有街车怎么办？除非是在这儿真的站一夜了。想到这里，燕卿的心中是急得像热锅上的蚂蚁一样，走过去了三步，又踱回来两步，显然这意态是表示这一份儿的局促不安。

子美对于燕卿扑哧的一笑，自然是听得很清楚，心中这就暗想：柳小姐她一定笑我这个人痴心得有趣，所以笑出来了。她会笑，可见对我的印象也并不十分坏，心里未免荡漾了一下，回眸向她望了一眼，谁知她又不停地来回踱着步。见了她踱步，自己遂也来回打起旋转来了。

"咦！这位先生你为什么不回去？难道是等着朋友吗？"

子美这样焦急的情形瞧在燕卿的眼里，芳心真觉得十分奇怪。我着急的是既没穿皮鞋，而且又叫不到街车，那你人行道旁停着一辆自备汽车，还不开回家去干什么？却也在石阶级上跟着自己踱起步来，难道是代着我忧愁吗？想到这里，觉得天下真会有这一种痴子，几乎又要笑了，遂老远地停止了步，秋波向他脉脉地瞟了一眼，再也忍不住地向他开口问了。

"这样夜深了，我还等什么朋友？因为四周是这样冷清清的，若让柳小姐一个人等在这儿，万一有个什么歹人前来欺侮柳小姐，抢劫财物倒还是个小事，单怕起了恶意，那么柳小姐叫天不应，叫地不理，可不是要大受委屈了吗？所以我一定要眼瞧着柳小姐家里有人来把你接了去，我才放心可以回家呢！"

燕卿会开口去问他，这是子美做梦也想不到的。今居然见她秋波脉脉送情的意态，不免是受宠若惊，慢步地走到燕卿面前，满面显出柔情蜜意的样子，微含笑意而带着诚恳的神情，轻轻地说着。燕卿骤然听他这样说，猛可也理会到这一层的危险，觉得这个少年倒不但是个多情人，而且还是个精细的人。他并不因我拒绝他的送我回家，而使他感到不快乐，同时也不勉强地一定要说再送我回家的话，他竟相信我家里真会有人雇车来接我。但他虽然没有达到送我回家的愿望，不过他一定要瞧我跳上车子后方才可以安心回家，这样多情的人，真可说是真心爱我的一个知己了。燕卿想到这里，明眸望着他白净的脸蛋儿，芳心倒是怦怦地一动，但是一个女孩儿家这样呆望着人家，那算什么意思？遂立刻又微含了笑容，点头说道：

"哦！原来是为了我吗？这可真难为你了……"

燕卿说到这里，觉得"真难为你"四个字可以从正反面来解释的。正面的固然是感谢的表示，但反面地说，实在带有些讽刺的意味。虽然我原是很感激他的意思，不过他不要误会了，那使他的心中就要感到很难堪的了。意欲再换一句话说，但是已经说了出来，就很不容易再改口，因此只好对他很妩媚地露齿一笑，表示自己没有半分恶意的作用。子美被她这样倾人的一笑，只见她乌圆眸珠转了转，颊上的笑窝儿掀了起来，红润润的小嘴里还露着一排整齐雪白的牙齿，真令人有些想入非非，不免望着她出了一会子神，搭讪着问道：

"柳小姐，我们认识的日子差不多有四五个月了吧？但是开口说话却还是今天第一遭，你瞧我这四五个月来，天天瞧你主演的《日落》话剧，你觉得我这个人可有些痴得有趣和可怜吗？"

燕卿听他自己也晓得痴得有趣和可怜，一时心里真觉得十分好笑，抿着嘴儿，秋波斜乜了他一眼，竟是低着头哧哧地笑起来了。

"柳小姐，你干吗怎样好笑，可不是也感到我这个人有趣吗？不但你要好笑，就是我自己也觉得好笑。但是这真也是个奇怪的事，我若一天没瞧见你的脸，我的心头就会感到好像有一件事没干般的。柳小姐，你想怪不怪？不知究竟是为了什么缘故，柳小姐可以给我一个解答吗？"

"你这话真笑话，你自己也不知道什么缘故，那么外界的人当然是更不晓得了。"

燕卿见他向自己这样问，便收起了笑容，冷冷地回答，显然这意态是有些生气。子美急得有些发窘，红着脸颊，忙笑着说道：

"柳小姐，你这话说得不错，自己都不晓得，怎么倒去问别人？唉！我真是个浑蛋的糊涂人！"

子美这两句自责的话听进在燕卿的耳中，忍不住把那绷住了的粉颊又掀起一丝笑容来。但觉得在一个异性的陌生人面前，就是这样喜怒无定，到底是太不好意思了，于是抿着嘴儿，便别转身子去。子美虽然没有听到她的笑声，但单瞧了她两肩一耸一耸的模样，可见她是笑得很有劲的了。

"柳小姐，这雨一时怕不会就停，时候差不多已近两点了，我想你家里也许不会有人来接的了，你难道就这样站一夜不成？所以还是我送你回去吧。"

天空是黑漆漆得可怕，雨不但没有停，而且洒洒的雨点儿似乎落得更响一点儿。从夜风中吹飘过来的雨水沾到脸颊上时，也感到一阵秋寒。燕卿的身上是还只穿着一件薄绸的单衫，虽然外面是罩着一件花呢的夹大衣，但夜风从旗袍叉子里飕飕地吹进到大腿上，身子不免也会颤抖一下。燕卿的心里真有些焦急，雨这样不停地落过去，那究竟不是个道理。子美见她昂起了粉脸，望着天空呆呆出神的样子，于是伸臂在白金方表上望了一眼，又走近了几步，向燕卿轻轻地请求。

"真讨厌，雨竟不肯停的。家里的人真也糊涂，到这时候还没来接……那么我不客气，可是要劳你的驾……"

燕卿听他这样说，觉得若再不让他送我回家，那我也真的没有法子可想的了。不过自己刚才曾很认真地说了一句谎，假使此刻不再提一提，那他是个细心人，也许他会知道我是说着谎，为了要避免他的猜疑，所以燕卿鼓着小腮，望着天空的雨丝，又讨厌天，又怨怪家里的人。说到这里，方又回眸过来，含了满面的娇笑，向他深深地弯了弯腰，表示非常感激的意思。子美对于她要避免说谎这一层，是并不去加以注意，只要她已经答应下来，心中便乐得什么似的了，扬着眉毛，把手一摆，柔声儿地笑道：

"柳小姐，你太客气，那么请你走快些，因为这些路的雨点儿是没法可以避免的了。"

子美说着话，身子已是向石阶级下面走，但他仿佛还恐怕燕卿不实行的神气，回过头来向她招了招手。不料燕卿在最下的一层阶级上，果然又停步不走了，颦蹙了眉尖，好像十分为难的样子。子美忙又回过身来，抬头望着她的粉脸说道：

"柳小姐，你怎么啦？难道……"

"没有什么，你不见人行道上的雨水已积成得像一条小河了吗？"

燕卿不待他说完，遂摇了摇头，两眼望着人行道的地上，把纤指点了一点。子美听了，遂低头去瞧她的鞋子，这才恍然大悟，心中暗想：这可糟了，今天她怎么却会不穿高跟皮鞋呀？想着，把两手搓了一搓，抬起头来笑道：

"柳小姐，要不我负了你过去吗？"

燕卿听他这样说，两颊笼罩了一圈桃红，啐他一口，却是抿嘴嫣然笑了。子美见她逗给了自己一个娇嗔，那是更增加她的妖媚，忍不住又笑道：

"那么你且站着，让我先开好了车厢，你就快些奔上来吧！"

子美说着，便在雨缝中很快地走到汽车旁边，把车门拉开，回头向燕卿望着，连连地招手。燕卿见他光身地就淋在雨丝中，心中暗想：这人真呆笨，为什么自己不先钻进车厢里去？难道他是不怕衣服湿的吗？这就情不自禁地说道：

"你自己为什么不先跳进车厢里去，难道尽让身子干淋着吗？"

燕卿说着话时，身子已是奔了过来。子美且不回答，立刻把她身子先扶进车厢里，自己方才也跨上车厢，随手关了车门，低头望着燕卿的鞋子，笑问道：

"柳小姐，水可有渗进鞋子里去吗？"

"还好，只有五六步路，倒没有渗进去。你这人真有趣，头上、脸上可沾满水渍哩！"

燕卿绕过无限媚意的俏眼向他脉脉地瞟了一眼，好像有些嗔怪他的意思。不过子美他明白这嗔怪，是她多情的表示，心里不免荡漾了一下，一面把手帕拭着脸，一面又拨动汽车的机件，回眸向燕

257

卿笑道：

"只要柳小姐衣服没淋湿，我原没有什么关系。"

"你不见后面头发上都是水渍，受了凉，明天生起病来就问你有关系没关系哩。"

"淋这一些雨水，就会生病了吗？那我可不是像你那样弱不禁风的身子。"

子美回眸望着她倾人的脸，只是憨憨地笑。燕卿噘了嘴，向他呸了一声，却逗给他一个白眼。子美笑了，燕卿也笑起来，一面又把自己的帕儿取出，放到子美的头上去按了按。子美瞧她这样爱惜的举动，心头只觉得甜蜜无比。两人静静地坐了一会儿，四道目光是都凝望在前面的玻璃片上，整个玻璃片上是沾满了一点一点珍珠般的雨水，只有在子美的面前，那玻璃片上有条铁梗子不停地划着，半圆形的便显出明朗的一圈来。这时，马路上是寂静得死过去了一样，只有那雨点儿的声音打在玻璃片上，发出了嗒嗒的音调。

"柳小姐，你瞧我这人可糊涂，却没问你府上在哪里呢。"

子美忽然又回眸过去向她含笑问，燕卿觉得他的说自己"糊涂"两字，一定是含有些意思的，遂横眸向他笑了笑，说道：

"在霞飞路拉都路口三百四十五号。你说糊涂，可是我较你更糊涂哩，连你贵姓我也不曾请教呢。"

"我姓严名叫子美，是广西桂林人，但一向住在上海的，今年才二十二岁，还在学校里读书。爸爸是开化学厂的，所以我的环境还算不错。妈妈只有我一个儿子，平日是很疼爱我的。"

燕卿见他竟像背书那样全都念了出来，这就抿着嘴儿，扑哧一声笑了出来。子美似乎也晓得燕卿所以失笑的原因，忍不住微红了脸，望她一眼，故意问道：

"柳小姐，你笑什么？"

"我笑你好像是个投考的人，我好像是个商店里的经理，对于你的履历，似乎还应该报告得详细一些，不然我就不录取……"

燕卿说到这里，忍不住已是笑弯了腰。子美被她这样取笑着，自然万分地不好意思，但他索性厚了脸皮，望着燕卿的粉颊笑道：

"经理先生，我还有一件最要紧的事情没告诉你哩！"

"什么事情？你倒说出来给我听听。"

"就是我还不曾结过婚，而且连一个爱人都还没有。"

"啐！本商店对于这个事儿是没有知道的必要，所以你不说也得。"

"那么你这位经理先生，对于我到底录取吗？"

子美见她恨恨地白了自己一眼，噘着嘴儿显着薄怒含嗔的意态，更令人感到了可爱，遂不肯放松，依然笑嘻嘻地问下去。燕卿听他这样问，觉得这句话倒是含有相当的作用，子美这人可见是十分聪敏的了，一时把她绷住了的脸儿忍不住又低头笑了。子美见她笑，这就不用一定要她回答，便凝望着她的粉颊，很得意地也只管味味地笑。

燕卿这时一颗芳心只是暗暗地细想：子美还只二十二岁，大了我三年，他向我报告还不曾结过婚那句话，显然他是要我给他做妻子的意思。他爸是个巨商，本身又是个大学生，这和耀堂相较，那当然有天壤之差别了。再说耀堂是个有妻子的人，而且吃这一种饭，品格究竟是低一级。像子美这样痴心的人倒也难得，四五个月来一天都不曾间断瞧我主演的《日落》话剧，那我是亲眼目睹的事，这人的耐心实在也好到极顶的了。就是从今天他对待我的情形看来，他的举动确实要比耀堂高尚文雅得多。耀堂他处处以势力来压制人，可怜我在他黑暗势力下到底是受了委屈。像子美就是在取笑追求的话儿，也还带有孩子的成分，好像很天真的样子。这不知是心理作用呢，抑是燕卿真的体会出来，一时芳心中对于子美这个少年却引起了特别的好感。假使子美肯真心相爱的话，那我也情愿嫁给他了。

子美见她呆呆地出神，心里亦暗暗地想着：柳小姐她对待我的情景，显然有些柔情蜜意，好像也很爱我的神气，这难道我两人是心有灵犀一点通了吗？那么我这四五个月来的苦功，总算也没有白用的了。想到这里，满心欢喜。不过柳小姐的身旁常有一个二十七八岁的男子陪伴着，这个人不知到底是谁，我暗暗地倒要向她探问一下哩。于是便又向她低声地叫道：

"柳小姐，承蒙你瞧得起我，今天果然能够有给我这样舒畅的谈话机会，那真叫我心中又感激又兴奋。在前两月里，我在报上瞧到柳梨影小姐访问记中，知道你是北平人，十九岁，高级师范毕业，显然你是一个才学很好的女子，但是为什么却愿意献身在话剧界中谋出路？虽然各人原有爱好的志愿，不过我觉得在舞台上做个角儿，无论是红得怎样，总不免被人视为……我的意思这样，但是我不敢说明，也许你心中不以为然，倒怪我是侮辱女性了。其实能够有一条比较广阔些大路可以走的话，我以为还是脱离了舞台生活，格外有希望一些。"

燕卿忽然听他说出这一篇真挚恳切的话来，芳心不觉大为感动，情不自禁地猛可攀住了子美的臂儿，说道：

"严先生，你这话虽然说得是，但是为了生活鞭策的驱使，说穿了，不干又有什么办法呢？"

"柳小姐，我是实心眼儿人，说一句是一句，绝不会有半句虚伪诈骗的话来诱惑你的。假使你真是高级师范毕业的话，考大学不是一件难事，我一定可以帮助你继续求学，这样比较在话剧团里厮混，总要好得多了。"

子美听燕卿这样说，同时又瞧她这个情景，便回过头来，又向她很正经地说着。燕卿心中这一感动，几乎要淌下泪来，明眸脉脉地凝望着他的脸，惊喜交集的意态，急急地问道：

"严先生，你这个话可当真？"

"咦！我不是已声明在先了吗？柳小姐，那你可以放心，我并不是油腔滑调的少年，在上海原有相当的根蒂。我觉得柳小姐的才干还绝不是在一个小小的话剧团所能够发展得舒齐，所以我希望你更力求上进。假使你愿意这样，我总可以全力帮助你。"

"严先生，你能帮助我的话，我就决定脱离这个话剧圈子里，其实这种生活岂是我甘心愿意过的吗？"

"那很好，我们从今日开始，算认为一个知己，不过我要问你一问，柳小姐家里还有什么人？"

"不瞒严先生说，我在上海原只有孤零零的一个人……"

"你这话也真的吗？那么你身旁常伴着的这个男子是谁呀？柳小姐，你能不能把你的身世向我详细地告诉一遍呀？"

燕卿听他这样问，心头真感到了无限的伤心，眼皮一红，几乎要淌下泪来，忍不住深深地叹了一口气，只得又竭力镇静了态度，凄凉地说道：

"唉！严先生，说起我的身世，实在是很可怜的。今承你热心相问，我当然不得不赤裸裸地告诉了你，那你才知道我之所以投身话剧界，实在有不得已的苦衷哩！"

燕卿说着，遂把父病并遭火灾，因此父母俱亡，以致流浪上海，原想找事情做的，谁知到处碰壁，床头金尽，账房相迫，经飞燕剧团主任钱耀堂相助，因此投身话剧界的话向子美告诉了一遍。单把弃疾是自己恋人及受耀堂委屈的事儿隐瞒着。子美听了，方才明白"誉满全球，最近归国"八个字的真相，从这一点看来，可见社会上其他的一切了。便望着她的娇靥，也表示非常地扼腕，轻声地问道：

"原来这一个男子就是飞燕剧团的主任钱耀堂，此人外界名誉并不甚好，柳小姐，并非我说他丑话，你要防着他一些。好在你现在既愿意脱离这舞台生活，和这一班人自然可以隔开得远一些了。"

子美这几句话听进在燕卿的耳里，心中自然是万分悲酸，想起被耀堂侮辱的情形，那眼泪忍不住又要落下来。但这一种可耻的事情怎么能够给他知道？遂竭力熬住眼泪，点头说道：

"你这一份儿好意，我还能疑心你吗？不过我曾和团内订三年合同，所以目前要立刻地和他们脱离，恐怕他要不答应呢！"

燕卿说完了这话，汽车已经开到拉都路口的三百四十五号了。子美一面停止了车，一面凝眸沉思了一会儿，向燕卿方才说道：

　　"这事情让我给你考虑一下，柳小姐，明天是星期，我倒有空，假使你抽得出身子的话，那么请你明天上午九时到大东茶室，我们再来细细商量可好？今夜实在太晚了，你已辛苦了一整日，想来是乏透的了，所以我也不敢多打扰你，你今夜还是早些去休息吧。"

　　"好的，严先生，那么我明天早晨九点钟准定在大东等着你。你这份儿的情感，我也不敢说什么感激的话，总之，我心里记着你是了。"

　　燕卿听他这样体贴自己，可见他是完全真心相爱，一时感激得无可形容，明眸中含了无限柔和的目光，向他脉脉地凝望，同时把纤手自动地去和他握了握。子美听燕卿这样说，心里十分安慰，含了满面的笑容，把她柔若无骨的纤手也握得紧紧地摇撼了一阵。一面开了车门，一面扶她下车，探首向外望了望，雨倒已经停止了，但夜风却是十分大，子美恐她着寒，连连催她快进去。这时，燕卿的心中不知怎的，和子美竟会有些依依不舍，放脱了他手，只好说声再见。站在街灯的下面，望着子美关了车门，把汽车掉了一个头，他又在车窗里伸出一只手来，含笑向燕卿摇了一摇，只听一阵呼呼的声音，那四轮在泥水地上便像风驰一般地早已远去了。燕卿直瞧不见了那汽车的影子，忍不住深深叹了一口气，方才回身匆匆地敲门走进屋子里去了。

　　燕卿到了楼上卧房，只见室中的灯光亮着，耀堂倚在床栏旁，昂着头，好像在想什么心事般的。听了细碎的脚步声，便回眸向门口望去，一见了燕卿，脸上便会显出欣慰的笑容来，柔声地叫道：

　　"燕卿，今夜偏落好大的雨，真叫我为你担着心，不知可被雨淋着没有？"

　　燕卿却并不回答他，自管把花呢大衣脱了下来，也不走到床边，就在沙发上坐下，回眸睃着耀堂的脸，冷笑了一声，说道：

"多谢你记挂，我可没有福气叫你担心哩！"

"咦！燕卿，你这是什么话啦？我是有病的人，难道有什么地方得罪你了吗……还是你在团里受了谁的委屈了吗？你快过来告诉我呀！"

耀堂骤然见燕卿这个模样儿，心中大吃了一惊，暗想：我只不过一天没跟在她的身旁，难道立刻就有颜色变出来了吗？不过自己总不好意思问她你是爱上别人了吗，所以只好赔着笑脸，依然装作柔情蜜意的样子，向她连连招了招手。燕卿板住了面孔，不理睬他。耀堂想不到她有这样狠心，心里实在是非常愤怒，但是自己的头痛一直还没有好过，此刻又受了气，全身便会发抖，指着燕卿的脸，涨红着两颊，气吁地说道：

"燕卿，你……好……你爱上了……别人……倒也罢了，但你不该趁我生病的时候……来气苦我……唉！女人的心是太狠毒了……你要明白，你所以有今天的地位，是全靠着谁呀？"

"哼！你是个好人，我就应该谢谢你哩！老实对你说，我有今天的地位，可怜是我一生中仅有的珍贵处女去换来的呀！我狠心吗？究竟不知是谁狠心呢！花言巧语，哄骗我一个可怜的弱女子，终于上你的圈套。你家里只有一个老娘吗？妻子没有吗？儿子没有吗？哼！哼！我还想有等待和你有结婚的希望，恐怕今生是再也没有的了。我知道你的存心，给你团中发展了营业，再把身子供给你玩弄，将来抛弃完事。唉！这是你的狠心，还是我的狠心呀？"

燕卿听他这样说，不觉倒竖了柳眉，圆睁了杏眼，鼓着小腮子，怒气冲冲地也说出这一篇话来。说到后来，想起自己的贞操竟丧失在一个无赖的手中，一时心头又觉万分悲酸，那眼泪忍不住又滚滚掉了下来。耀堂听了她这些话，方才明白她今夜所以这样愤怒的样子，是因为知道了我的秘密，那我以为她是爱上了别人，这倒错怪她了，便把脸又转和了一些，柔声地说道：

"燕卿，你且别生气，我家里有妻子有儿子的话，这是谁告诉你的呀?"

"谁告诉我?就是你的爱妻告诉我的。你拿去瞧吧!"

燕卿猛可站起身子来,把那封信从皮匣中取出,向耀堂的床上掷了过去。但是那信是极轻的纸张,怎能够掷得到床上,早在房中地上落下了。耀堂见她这个情景,显然她是多么地恨着我,不觉叹了一声,说道:

"燕卿,你难道永远不接近我了吗?唉,连封信都不情愿递给我了。"

燕卿只得把信封又在地上拾起,勉强走到床边,把信封交到他的手里。但是耀堂不立刻伸手拿信封,却把燕卿的手儿紧紧握住,明眸脉脉地凝望着她脸,显出十分可怜的样子,说道:

"燕卿,你可怜我吧,就别太冷待我,就是有病的人总不会欺侮你的。请你在我床边坐着,让我瞧完了这封信。"

耀堂说完了这几句话,便连连地又咳嗽起来,把他脸呛得血红。燕卿见他两眼有些凹进,手是发烧得厉害,显然他的热度是只有增加,一时心头不免又软了下来,坐在床沿边,垂了头不回答。耀堂这才把信纸抽出,展开了瞧一遍,这才恍然大悟,又把信纸折好,抬起燕卿的粉脸,淌下泪来,叹道:

"燕卿,鸟之将死,其鸣也哀,人之将死,其言也善。虽然我还不曾到死的时候,但我病得非常难受,我的良心虽感到极度的痛苦,不过我不敢欺骗你,我所以向你隐瞒着,实在因为是我太爱你的缘故了呀!唉!在当初我连性命都不管了,那我还管得了其他的一切了吗?燕卿,你可怜我吧!我情愿和家里的妻子去离婚,请你不要变心,我是到死都爱着你的。燕卿,你答应我吧!"

燕卿见他抚着自己的手,眼泪便像雨点儿一般地滚下来,一颗芳心倒也不觉一动,但仔细想来,耀堂这个男子,真是世界上不情的人。他在外面为了一个姑娘,连母亲的病都不问了,而且还情愿和一个已给他养了儿子的爱妻离婚,这他是多么地狠心呀!这些话在我的立场上想，他当然是一个多情的人；在他妻子的立场上说，可怜她又多么地不幸。我如何肯为了自己而拆散了人家一份美满的家庭？况且以耀堂的人格而说，他既然能以我的恋爱便会和结发的妻子离婚，将来假使他遇见了比我更好的女子，他不是照样地也会和我离婚吗？想到这里，对于耀堂愈加存了鄙视的心理，但表面上不得不装出柔顺的样子，向他瞟了一眼，低声儿说道：

"承蒙你这样相爱，我自然非常感激，但人原是一个感情动物，我当然不得不为你夫人着想，你假使和她提出'离婚'两字来，她的内心是多么悲伤。况且她已替你养了儿子，不但你不忍心，就是我也不情愿拆散人家一份美满的家庭。虽然我的贞操是被你破了，这一半固然是你的罪恶，一半也是我的意志薄弱。你既声明是因为太爱我的缘故，所以我也不过分地来追究你，从此以后，我们就分开了手。好在我和你到现在为止，原本是个友谊关系，我希望把你爱我的精神爱到你夫人的身上去，因为你不见信中的词句，你夫人是多么地爱你呀！"

燕卿这篇话虽然是和耀堂表示断绝关系的意思，但她犹说得多么地委婉动听，所以耀堂愈加感到她的多情，心里也愈加舍不得她。听她这样说，急得眼泪像雨一般滚下来，握住她的纤手，凄凉地哽咽着道：

"燕卿，你这话错了，爱情的力量是能够超过一切的。所以我觉得和妻子离婚虽说是件痛苦的事，但假使和你分开了，那我就会失却灵魂一样地没知觉，也许我立刻就会到幻灭道路的。所以你得可怜我爱你的一片真心，答应我永远做你的伴侣，那么我一定可以和妻子去离婚，同时也可以和你立刻结婚的。燕卿，你想想我们几个月来的恩爱吧，你总得可怜我答应了我吧！"

耀堂的话声是颤抖着，眼泪是只管淌下来，滴在燕卿的手上一大堆。燕卿听了这一篇话，骤然想起白天里表演《结婚与离婚》的剧情，不料舞台上的表演真会象征到自己身上来，心里实在是非常地悲酸。耀堂此刻无论如何说得怎样好，自己再也不会表同情的了，不过他既然病着，我也不必和他硬反对了，遂点头说道：

"你既然病得这样厉害，这些事儿也就暂时别谈了。待你病好了我们再说吧。"

燕卿说着话，又把他扶下床来躺着。耀堂忽然见她又这样柔情蜜意的温柔模样了，一时把她真爱到了骨髓，还以为她又给自己感化了，心里倒是欣慰了不少。不过他原是有病的人，经过这一番吃惊和气急，当然是受到了极度的疲乏。燕卿见他吁着气，心中虽然是痛恨着，但几个月来的同居生活，亲热的举动，习惯上已成了自然，不免又轻声地说道：

"明天我关照陈妈给你请个大夫来瞧瞧吧。口渴不渴？要不要给你倒杯开水喝？"

耀堂见她这时情景，宛然是个贤妻的口吻，和刚才进来那副怒气冲冲的样子竟是大不相同，一时心中愈加感动，可见燕卿所以这样愤怒的原因，实在为了我欺骗她还没有妻子。在她一颗芳心里，其实也未始不爱着我，这样多情可爱的姑娘，真是不可多得，我一定和妻子离婚去。虽然妻子也未始不待我好，而且儿子也已有五岁了，不过这是神秘的事，我的良心也就不得不暂时抹杀一下了。想到这里，燕卿把一杯温开水已亲自递到他的口边。耀堂略昂起了头，就在燕卿手中喝了两口，凝望着燕卿的粉颊，显出可怜的模样，说道：

"燕卿，我的爱妻，我到死都爱你，请你接受我这个称呼吧！"

"你别胡思乱想地多忖了，你的额角是发烫得厉害，快早些睡了。"

燕卿把茶杯放在桌上，秋波脉脉含情地瞟了他一眼，自己方才脱去旗袍，睡到耀堂脚后一头去了。这夜燕卿睡在床上，想着耀堂的话，觉得耀堂果然也有些痴得可怜。在当初也许是存着玩弄的心思，此刻恐怕是真心地爱上了我吧？想起几个月来耀堂体贴温存的柔情蜜意，因此心里倒又有些委决不下。不过这也原是一时之间的感情作用，第二天早晨起来，一见时已九点，猛可想着子美大东茶室的约会，于是她和陈妈吩咐一声，说请个大夫给耀堂瞧瞧，自己便急急驱车到大东茶室里去了。

燕卿到了大东茶室，见手腕上的白金手表已指在九点二十分了。燕卿恐怕子美等得不耐烦，不要先走了，所以心中很焦急，急急地向四围座桌上瞧了一遍，只见子美从那面早已含笑迎了上来，伸手握住了燕卿，表示非常亲热的样子。燕卿见他今天换了一套花青条子呢的西服，大红缀白花的领带，显出那脸蛋儿愈加俊美温文，不觉扬着眉，乌圆眸珠在长睫毛里转了转，掀起了酒窝儿，露齿笑道：

"严先生，对不起得很，叫你等候好多时候了吧？昨夜实在太晚些，今天早晨贪了睡，起来已经九点多了，急急地赶来，可是已失了约会的时间了。"

"柳小姐，我也只有刚才到一会儿，不要紧，不要紧，我们不是乘火车赶轮船，就是迟了一分两分也不要紧的。昨夜真的太晚了，我回家上床的时候，差不多已经三点了呢，这就无怪你要贪睡了。请坐，请坐，大衣脱了吧。"

两人说着话，已是步到那边的座桌上。子美把沙发椅拉开了一些，一面又给她拉了大衣的袖子，让她脱下来，放在空椅的背上。燕卿含笑说声劳驾，便在椅上坐下来。见桌上已泡好两壶龙井，并有两碟子空盘，显然子美一个人已吃过点心了。子美把茶壶握着，给她筛了一杯，微笑道：

"柳小姐，你喝茶，瞧我这个人可猴急，不及你到来，先吃了两客鸡球大包哩！"

燕卿听他这样说，横眸斜乜了他一眼，忍不住抿嘴扑哧地笑了。子美见她笑得很有劲，而且是很妖媚，心中真有说不出的得意，望着她芙蓉花朵儿般的两颊，不禁也憨憨笑了。这时，有个茶花手捧一盘点心过来，子美见盘中有春卷、有烧卖、有芙蓉奶油糖包、有虾仁水饺、有烧肉包，便叫她统统放在桌上。燕卿笑道：

"要这么许多干什么？早晨我是吃不了多少的。"

"你瞧这每客只有两个，而且是这样小，能吃得饱吗？你的食量就真少，我一个人吃十客，也就差不多了。"

"呸！你别给我吹牛，今天就给我吃十客鸡球大包，吃不了怎么样？"

燕卿小嘴儿一�’，却给他一个白眼看。子美见她叫自己吃鸡球大包，可见这人是刁得厉害了。因为其余质量比较小，只有鸡球大包最结实，不要说吃十客，就是吃四客，也已经了不得的了，忍不住微微一笑，也瞅她一眼，说道：

"吃别的我就行，这个可不行，柳小姐，你的手段就太厉害了。"

"别嘴犟了，吹牛终是吹牛的。"

"就是我吹牛吧，柳小姐，随意吃些别客气，你甜的可喜欢？"

子美说到这里，把筷子夹了一个奶油芙蓉糖包到燕卿的碟子上来。燕卿频频地点了一下头，抿着小嘴只是笑。子美见她这样喜悦的神情，心中也乐得什么似的，便凑过脸，望着她殷红嘴儿正在咀嚼那奶油糖包，低声地说道：

"柳小姐，昨天说的事情我给你考虑了一夜，觉得这个合同单原没什么重要的。假使你愿意离开舞台生活的话，你可以写封信给耀堂，说因有要事，即日赴平回乡，那不是什么事情都没有了吗？"

燕卿听他这样说，把手中筷子又放了下来，凝眸沉思了一会儿，转着乌圆眸珠，向子美凝望了良久，轻轻地说道：

"严先生，你的主意虽然很好，那么我往后将怎样呢？"

"柳小姐，你别说孩子话了，这个难道我不给你设想好吗？你若明天就实行，那么你就明天住到我家里去。我妈是个慈祥的人，你给我妈做个伴儿，空时温习一下功课，且待明春便可以去考大学了。柳小姐，我完全是真话，绝没有半句骗你，不过我赤裸裸告诉你，我心中实在因为爱你，希望你我成个永久的伴侣。但我绝不是没有人格的少年，我要大家先来努力一下学业，假使将来有留学的机会，那当然更好，待我们学业成就，再来个隆重的结婚典礼，那时候是多么快乐呢！柳小姐，我完全是实心眼儿话，不知你相信我吗？"

子美听她这样说，显然还带有孩子的口吻，便忍不住笑着说，说到后来，索性把自己满腹心事都告诉了她。燕卿听了这话，一颗芳心真是又喜又羞，忍不住红晕了两颊，俏眼脉脉含情地瞟他一下，却又垂下了头。好一会儿，这才轻声地又问道：

"严先生这样相爱，我当然很感激，但你爸妈对于我住到你府上去，是否能够答应呢？"

"这个我当然有相当的把握，你可以不用担心，只要我和妈妈这样一说，她老人家是没有不答应的了。"

子美见她倒也考虑得很周到，遂很肯定地说，一面凑过嘴去，附了她的耳朵，又低低地说了一阵。燕卿听他这样多情，心里这一快乐，那颊上的笑窝儿忍不住又深深地印了出来。但是子美已经说明将来你我要结成一对夫妻，到底又觉得十分难为情，因此把她的蛮首垂在胸间，却好一会儿没作声。

"柳小姐，你别害羞，只要我们真有光明正大的爱，那是没有可耻的。今天你团里还去不去呢？"

"我想今天继续去一次，明天早晨给他辞职信是了。"

燕卿听他这样说，一颗芳心真感到了又敬爱又惭愧，红晕了两颊，慢慢抬起头来，脉脉含情地望了他一眼。子美听了，频频点了一下头，说道：

"这样也好，梨影，那么你明天早晨九点钟仍到这里来候着我，我们就一同回家去见妈妈可好？"

"好的，我的真名是叫燕卿，不过往后入校读书，我还想改一个名字，因为'燕卿'两字，团中人也都知道的。"

子美点头说好，一面叫她吃点心，一面在她的杯子上又倒了一杯茶。燕卿觉得自己又从黑暗势力的恶环境中跳到光明的大道上去了，芳心中自然是感到了极度的兴奋和快乐，因此她颊上的笑窝儿便始终不曾平复的了。

吃毕了这餐点心，两人便握手分别，燕卿遂依旧到团里去，和平日一样，有说有笑，绝不露一点儿痕迹。到了夜间，《日落》话剧开始表演，燕卿上台的时候，以为子美今天夜里一定是不会来的，谁知回眸向第三排座位上瞧去，子美昂着头还是坐在那边，心中这就感到了有趣，忍不住对他盈盈一笑。下面观众见柳梨影小姐今天居然会对台下发笑，显然下面一定有她的情人在着，所以大家都注意起来。子美也是个聪敏的人，他为了外界注意起见，所以装出毫不介意的神气，也左顾右盼地表示找梨影小姐对象似的。燕卿见子美这个好笑的情景，因此忍俊不置。观众见柳小姐老是抿嘴笑，大家便哄堂喝彩起来了。这些彩声，也许是柳小姐临别的永久纪念吧。

夜里燕卿出戏院的时候，只见子美老远地等在对面人行道上。偏偏身旁的美卿要燕卿一同吃点心去，燕卿没法，只得向子美丢个眼色，子美会意，也只好先回家去了。这里燕卿和美卿在雪园消了夜，其间燕卿曾向美卿暗暗吐露几句欲回北平的意思，美卿只道她受了耀堂的亏，心里气不过，所以反安慰她几句，两人方才分手了。

燕卿到了家里，先在外面一间坐下，沉思了一会儿，点了点头，这才回到房中，见耀堂的病已好了许多。他一见燕卿，便握住她手，连声道谢，说道：

"多谢你叫陈妈请大夫给我诊治，我喝下药后，果然好了许多。明天可以起床，又能够伴你一块儿到团里去了。"

"才好些，明天能去吗？至少再休养两天才对哩。"

燕卿听他这样说，心中倒吃一惊，只得显出柔媚的神情，瞟了他一眼。耀堂见她这样多情爱怜自己，真乐得什么似的，情不自禁地偎过她脸，去闻了一个香。燕卿慌忙躲开身子，啐了他一口，表面上虽含了娇嗔，但心中暗暗地却骂了一声"浪子，早好死了"。耀堂憨憨地一笑，两人方才熄灯就寝。

次早，耀堂一觉醒来，见燕卿已不在床上，因为今天觉得精神很好，遂披衣起床，漱洗完毕，正欲喊陈妈，只见陈妈拿了一封信进来，说道：

"少爷，这是少奶留给你的，她说她乘早车回北平去了。"

这骤然来的一个消息，仿佛是个晴天中霹雳，耀堂大吃了一惊，也不及说话，立刻伸手把信封接来，当他抽出信笺的时候，先在里面掉下一只钻戒来。定睛一瞧，正是自己那夜送她的，遂忙在自己指上套进，一面展开信笺，一面心慌意乱地瞧着。只见上面写着寥寥几行道：

耀堂先生：

你真是一个多情的人，居然为了爱我，要和你的发妻去离婚，我对于你这份儿情意，未始不深深地表示感激。不过我绝不情愿为了自己而拆散别人家的一对美满姻缘。同时，你那欺骗威胁的人格，并那滥用其情的爱我，的确也使我没有资格可以够得上接受你。耀堂，过去的一切我并不完全怪你的无赖，我只怨恨自己的意志薄弱，而且我也痛愤社会的不良，产生那一班专门玩弄女性的败类。现在我觉悟了，我决定脱离这恶势力的环境中，打回我的老家去。这里一只钻戒，原璧奉赵。最后我希望你能够改过自新，因为我假使换了别一个人，也许不会这样轻易地放过了你。记着吧！

祝你省悟！

梨影临别留字
即日

耀堂瞧完了这封信，哼哼地冷笑两声，把拳头在桌上狠狠地一击，恨声不绝地自语道：

"好个毒辣的姑娘，竟忍心丢了我走……"

说到这里，心中虽然是万分痛恨，但仔细想来，原是自己的错处。她被我占了四五个月的身子，结果还把钻戒留下走了，那我不还是便宜货吗？唉！这个姑娘真了不得，来去光明，真可说是痛快得很，只不过今天的话剧表演不成功了，白宫戏院一定要向我大办交涉了。这样一想，顿时急得跳脚，连忙坐车到团里，和导演沈明达告知，叫他快想办法。明达也搓手没有法想，白宫戏院今天广告上还是柳梨影小姐主演，在白宫当局是并没关系，只怕观众闹起退票来，当然要发生问题了。不过这儿候补人才总要预备好了才是，那么除了燕卿外，当然要算美卿为第一，于是美卿便担任了燕卿的角色，美卿本身一角，由别个演员担任。一切舒齐，耀堂是怀着鬼胎，等到日场开演，耀堂临时声称燕卿有病请假。白宫经理急得跳脚，说观众若退票了，所以损失本院概不负责。耀堂一听，急得几乎要上吊了，慌忙说道：

"梨影小姐临时有病，那我又没有法子可想的事，岂可以完全推到我的身上来吗？但愿观众不吵闹，那就好了。"

白宫经理听了，也觉得没有办法的事，只好长叹了一声，且看观众们的举动如何了。日场的观念都很老实，没有喧闹，等到夜场时候，观众们大家便闹退票了。这时，耀堂和白宫经理急得了不得，只好亲自上台道歉，并称美卿小姐也是一等红角儿，绝不有负所望。吵了许多时候，耀堂出了身大汗，方才把看客安静了下来，因此一出汗，耀堂的风邪完全排泄，病竟好了起来。但是明天广告上不得不改换了，说柳梨影小姐应南洋之聘，又复出国，不日卷土重来，再与诸君相见等语。那张广告瞧到燕卿和子美的眼里，两人偎在一起，忍不住会心地都扑哧的一声笑出来了。

第七回

情逾骨肉蜜爱等手足
变生肘腋人海起风云

一堵矮矮的围墙，沿着一个很大的花园，里面矗立着三楼五底的洋房。两扇乌漆的大铁门，正中一盏白瓷的灯泡，上书两个"严寓"大黑字，气象是十分巍峨，显然是一个资产阶级的公馆。

这是一条清静的马路，两旁人行道上植得绿绿的树木，这里并没有霓虹灯光的字样，也没有商店里无线电音乐队的播音，原因这儿本是富有诗情并带有画意的一个住宅区。

深秋的天气，是含有些肃杀的意味。尤其在这一条清静的马路上，那四周是更显得静悄悄的，十分沉寂。只有秋风中飘舞着的那一片一片落叶，在天空中奏出很细碎的瑟瑟音调。这声音并没像爵士音乐那样热狂，它是有些象征着广东音乐中的小桃红曲子一样风味，在寂静的黄昏空气中流动，是会令人感到了一阵莫名的凄凉。

斜阳从远处照映过来，一片金黄的色彩使那街树翠黄的叶儿上添了一层红粉的颜色，忽然间，一阵呜呜的喇叭声音，冲破静悄悄的黄昏。这就见东面驶来一辆簇新天蓝色的摩托卡，车身在那严公馆的大门口停了下来。又连连接了两声喇叭，接着大铁门开了，汽车便向里面甬道上直开进去了。

甬道的两旁是植着无数的花木，都修栽得整整齐齐，显然花园里是有园丁管理着的。汽车慢慢地在甬道上直达大厅的面前，在石阶级旁停下，车门开处，跳下一男一女，男的是严子美，女的也就是柳燕卿。燕卿自那天早晨出走，到大东来会晤子美，因为今天是星期一，子美生恐在妈的面前措辞诸多不便，所以先在大东旅社开了一个房间，给燕卿暂时住了几天。在一个黄昏的时候，子美从学校里出来，顺便和燕卿一同回家。

"少爷回来了。"

大厅后面匆匆地奔出一个十四五岁的雏鬟来，见了子美，便笑盈盈地喊着。同时她的小眼睛却只管移到燕卿身上去打量。子美点了点头，含笑说道：

"阿兰，这位是柳小姐，你快过来见个礼。"

阿兰听少爷这样说，便是盈盈地走上前来，向燕卿行了一个四十五度的鞠躬礼，含笑喊声"柳小姐"。燕卿见她长得很活泼，便掀起酒窝儿也和她点点头，阿兰眸珠一转，一面向两人招了招手，一面身子已是向里走，笑着道：

"我报告老太太去，那么少爷就伴柳小姐一块儿到上房里来坐吧。"

阿兰究竟还是一个小孩子，她见少爷陪着这样美丽的一个女朋友到家里来，不知为什么，心中好像感到了特别的有趣，所以便一跳一跳地跑得特别快。当她奔进了小院子里的时候，那月亮圆似的门里齐巧走出上房里的赵妈，竟撞了一个满怀。阿兰也不打招呼，也不瞧撞的是谁，自管地向上房里跑。赵妈心里生气，骂声："小蹄子，你可发疯了。"阿兰听了，回过脸来，向她扮了一个鬼脸，便回身又咯咯地笑进里面去了。

"阿兰，你这小妮子，又和哪个在淘气了？看你好像拾到了什么似的高兴呢！"

阿兰一脚跨进了上房，只见严老太坐在沙发上喝参汤，扬着脸，向她恨恨地白了一眼。阿兰走近她的身旁，满脸堆笑地悄悄告诉道：

"太太，我告诉你，少爷今天带了一位姓柳的女朋友来，生得真漂亮呢！将来若做我们的少奶，那可真要喜欢煞人哩！"

　　严老太自己膝下因为没有一个女儿，所以对于天真的阿兰是并不当丫鬟一样地看待。习惯成自然，阿兰在严老太的面前也会像小女儿那样地撒痴撒娇了。严老太当时听说少爷带来一位姓柳的女朋友，心中暗想：前两天子美曾和我说起，他中学里有个女同学名叫柳燕卿，不但生得模样好，而且性情更好，和子美是十分地要好，只可惜她近来爸爸死了，妈妈原早过世的，现在住在叔父家里，但处处地方总受束缚，还辍学在家里，实在很是可惜。

　　"妈不是常感到冷静没人做伴吗？所以过几天我伴来给你谈谈，假使妈喜欢她，不妨就收她做了一个女儿陪在身旁，不是可以热闹一些了吗？"

　　严老太把前天子美对自己说的话又在脑海里浮现了一遍，在她也未始不知道儿子的话是完全爱上了这位柳小姐，所谓叫我收她做个女儿，无非是个推托之词。今听阿兰的报告，心里十分喜欢，回头我得好好儿地瞧她一瞧，假使柳小姐果然生得姿容秀娟，有大家闺秀风度的话，那我准可以成全他们两小口子的愿望，免得我子美这孩子又要赌气出走了。上次为了求学问题，他尚且要使性子出走，这次若为婚姻问题，那不是更重大了吗？严老太这样一阵子呆想，早听院子外有阵脚步声响进来。阿兰一听，便笑嘻嘻地又奔到房门口，掀起紫呢的暖幔，严老太回眸望去，果见子美在前，后面跟着一个身披花青呢大衣的姑娘来。

　　"这就是我的妈。妈，这位便是我前天和你说起中学里的同学柳燕卿小姐。"

　　燕卿一听，早已笑盈盈地走到严老太的面前，深深地鞠了一个躬，叫声"伯母"。严老太慌忙站起身子，把手一摆，笑着连喊请坐。这时，子美已把大衣脱去，一面向燕卿点头含笑，燕卿会意，遂也脱了大衣。阿兰早已倒上三杯热气腾腾的玫瑰茶，向燕卿笑嘻嘻叫道：

"柳小姐，你请坐吧，喝杯茶。"

燕卿因为严老太兀是站着，自己当然不好意思就坐，所以虽然和阿兰点头道了一声谢，她那俏眼儿犹向严老太脉脉地瞟。不料严老太满脸堆笑，眯了眼睛，也正在向自己细细地打量，这就感到了十分地难为情。回眸去望壁上那张绅士模样照相，暗想：这一定是他的爸爸了。严老太见她含羞的意态，更增加她妩媚的可爱，就愈加向她细细地端详，觉得真是一个挺好的模样儿。她身穿一件啡色哔叽的衬布旗袍，啡色的丝袜，啡色的半高跟皮鞋，态度是相当大方，就是这样服装，也的确是个学生子的派头。心里十分欢喜，便含笑叫道：

"柳小姐，你和我子美中学里的同学吗？同学们是应该常走动玩玩的，快来我们一块儿坐吧。"

严老太说着话，已是在长沙发里坐下了，一面把手拍拍旁边的坐垫，意思是叫燕卿和她坐到一张椅上去。严老太有这样亲热的举动，不但燕卿想不到，就是子美也出乎意料之外，两人心中这一快乐，心花儿几乎也要乐得朵朵开了。燕卿早已笑盈盈走到严老太身旁坐下，转着乌圆的眸珠，掀起了倾人的酒窝，频频地点头笑道：

"我本来是早想拜望伯母的，因为很觉冒昧，所以总没有实行。前天在路上和子美遇见了，他问我现在什么地方求学，我告诉他近来的境遇很不好，爸死了，且又辍学在家里，心里真闷得很。子美说还是到我家去玩着散散心，所以我才来了。伯母，我觉得很孟浪，请你原谅吧！"

"柳小姐，你这话不是太客气了吗？我欢迎还来不及哩！"

子美在大东旅社的时候，对于这一套谎话是预先早已和燕卿说好了的，所以在严老太的耳里听来，当然觉得很切合，亲热十分地抚着燕卿手，又细细地端详了一会儿，真是白胖胖的，宛然没有骨地一般柔软。愈瞧愈爱，遂问长问短地问了一会儿，燕卿当然是小心回答。子美站在旁边，瞧两人絮絮地谈着，这样亲热的情景，心

276

里真是喜欢得了不得，凝望着燕卿的脸，只是抿嘴憨憨地笑。

"少爷，你今天在外面可是拾到了什么好东西，为什么拉开了嘴竟是合不拢来了？倒好像一尊弥勒佛呢！"

"呸！这小妮子怎么和少爷开起玩笑来了？回头不捶你！"

阿兰倚在梳妆台旁，瞧着子美的神情，便插着嘴说。子美听了暗想：这小妮子倒可恶。忍不住微红了脸，回头啐她一口，似乎走过去要打她。阿兰一骨碌翻身向房外，便咯咯地笑出去了。子美回眸向燕卿望时，齐巧成个四目相对，两人这就忍不住又扑的一声笑了。严老太也笑着说道：

"阿兰这妮子就真淘气，柳小姐，我因为膝下没有一个女儿，未免把阿兰对待得亲热一些，因此就嬉皮笑脸地没有怕惧了，你别见笑。"

"伯母，这是哪儿话，因为伯母是个慈祥人，所以做婢子的心里也很快乐。有了妈妈，真是世界上的一个幸福人，我和子美相较，那真是一个天一个地了。唉！"

燕卿听她这样说，便也真的勾引起了无母的痛，说到这里，眼皮儿一红，忍不住深深地叹了一口气。子美听两人谈到这个问题上去，这是给自己插嘴的一个绝好机会，便笑着道：

"妈妈既然老愁苦着没有一个女儿，燕卿又苦着没有一个妈妈，那么燕卿，你何不就给我妈做了一个义女儿呢？"

"假使伯母喜欢有我这样一个女儿的话，那我干吗还不答么？单怕我没有这个福气吧！"

"柳小姐，你这个话不是太以客气了吗？我要如有你那样美丽的一个女儿，这真是叫我喜欢得要合不拢嘴了。"

燕卿听严老太这样说，真是喜之不胜，笑盈盈站起，竟向严老太真个拜将下去，柔声儿地喊道：

"既那么说，孩儿冒昧，就拜见妈妈了。"

严老太凭空里忽然得到了一个这样艳丽的女儿，一时真乐得不知所云，一面笑得真的合不拢嘴，一面急急把燕卿扶起，连声说道：

"孩子，罢了，罢了！"

正在这个时候，阿兰和赵妈端着莲子汤进来，见了这个情景，两人凑趣，一面把莲子碗放在桌上，一面向老太太贺喜，一面又给二小姐请安。燕卿亦向子美弯腰行礼，笑盈盈地叫声"哥哥"。子美一面还礼，一面忙也亲亲热热叫声"二妹"。这时，阿兰乐得手舞足蹈，又把外面众仆人喊进来，说："快拜见二小姐去。"众仆妇不知底细，弄得莫名其妙，直到了上房，方知老太太收了一个义女，于是遂一一行了礼，一时房中充满了一片喊二小姐的声音。直把燕卿喜欢得颊上笑窝儿始终不曾平复，一颗小小的心灵中，是只觉得甜蜜无比。慌忙把黑漆的皮匣打开，燕卿四五个月来本已积得许多的钱，因为自己没有开销，所以钱都不曾用去，遂在皮匣内取出簇新一元的钞票六十张，叫阿兰分作十五包，齐巧赏给十五个仆人。这时，仆人们都欢天喜地，又连声道谢。子美的爸爸明刚正从房外一脚跨进，一见室中拥满了人，心中倒吃了一惊，以为发生了什么祸事。子美一眼瞧见，遂连忙含笑走进来，把这事情向他告诉。阿兰也早喊道：

"老爷回来了，二小姐，你快来拜见吧！"

"爸爸，您回来啦！"

燕卿听阿兰这样关照，慌忙回眸望去，果然见房中已多了一个身穿中服的男子，年约五十多岁，脸和那照相一模一样，知道这就是子美的爸，遂笑盈盈地走上前来，亲亲热热叫了一声，竟是跪了下来。

明刚听了子美的告诉，心中还只有明白一半，不过未免有些不自在，怎么糊里糊涂、随随便便就可以收人家姑娘做义女？谁知就在这时候，忽有一个如花如玉的女孩儿向自己拜了下来，而且还娇声滴滴地喊了一声"爸爸"。虽然自己是活了五十多岁，但是从生以来也没有给这样美丽一个姑娘喊过爸爸，心中这一欢喜，把那些不自在早已抛到东海大洋去了，立刻也含笑把她扶起，两人的脸这就瞧个正着。明刚瞧了燕卿的脸，觉得美固然是美到极点，但仿佛曾在哪儿眼见过似的，可是再也想不起，不过天下容貌相像的人也很多，一时也不必去加以考虑，把手一拢，微笑道：

"子美的妈常常抱着缺憾，就是少一个女儿，现在有柳小姐那么一个女儿和她做伴，那真是一件使人喜欢的事了。"

明刚说着，一面又吩咐子美去打电话，到金陵酒家去喊一席酒筵，请二小姐吃饭。子美一听，自然很快乐地到电话间去了。晚上明刚夫妇坐在上首，子美、燕卿相对坐，下首喊阿兰坐着筛酒，大家的脸上是都掀起了笑容。明刚夹了一筷白鸡放到燕卿面前，望着她脸，笑道：

"二小姐，你别做客，现在这儿就是你的家一样了。假使你住在叔父家里有些不如意，你明天还是住到这儿来，因为你妈是正需要一个人做伴哩。"

大概爱美是人之天性，明刚虽然已到五十多岁的年纪了，他的初意原很不自在，谁知自从见了燕卿后，心里就十分兴奋，觉得自己有这样一个美丽的女儿，那真是一件难得的事，所以对待燕卿是特别亲热。燕卿略欠了身子，叫声"爸爸你吃"，一面在阿兰的手里拿过酒壶，亲自给明刚夫妇满筛一杯，一面又笑盈盈地说道：

"爸爸说得是，那么我明天就搬到这儿来住，好在叔父自己的孩子也很多，走出我一个人，他们也不会寂寞的。"

燕卿说到这里，把酒壶的嘴儿又凑到子美面前的杯上去，秋水盈盈的俏眼儿脉脉含情地向他瞟了一眼，又逗给了他一个倾人的娇笑。

"谢谢二妹，那我可怎么敢当？"

"哥哥，你这是什么话？那我可不依你。"

子美连忙拿着杯子站起来，望着她妩媚的笑窝儿，轻轻地说。燕卿听了，噘着小嘴儿，却恨恨地白了他一眼，但立刻抿着嘴，又很妩媚地笑了。明刚夫妇见了两人这样有趣可爱的意态，也都咻咻地得意地笑起来。

这一餐饭大家都吃得十分快乐。饭毕，阿兰伴燕卿去洗脸梳妆，然后又坐在严老太身旁，有说没说地聊天了一会儿。直到钟鸣十下，燕卿便站起告别。严老太拉拉她的手，十分亲爱的神气说道：

"那么燕儿明天准定搬来，我给你卧房今夜已吩咐她们布置好了。反正你也不必拿什么，只要随身几件穿的衣服就是了。"

"妈妈为我这样操心，真叫女儿心中感激呢！"

燕卿频频地点了一下头，抚着严老太的手，也是紧紧地不放，表示非常亲热。两人依恋不舍地凝望了一会儿，子美见了，笑道：

"反正二妹明天就来的，妈妈怎么拉着不放了？"

严老太听了，忍不住笑起来，这才放了燕卿的手，并叫子美送她回去。子美听了，那真是求之不得的事，便笑着答应，于是燕卿向明刚夫妇道了晚安，就走出了上房。子美追上来，携了她的手，柔情蜜意地笑道：

"啊！我真想不到你果然给我做妹子了。二妹，二妹，那我是多么欢喜。你瞧天空中那轮光圆的明月也在向我俩微微地发笑哩！"

子美说着话，两人已走到了大厅的外面。只见碧天如洗，万里无云，一轮皓月清华无比。子美指着月儿，他的话是含有些意思。

"哥哥，此生中假使我果然能够达到光明的大道，这实在完全是哥哥的恩赐。我也不敢说虚伪的感激话，总之，心里记惦着你是了。"

燕卿听他这样说，两颊上是盖了一层艳丽的红晕，在月光之下，绕过无限媚意的俏眼儿，含了无限柔和的深情，脉脉地凝望着子美，表示万分的感激。

"二妹，其实我俩之间是用不到'感激'两字的，你就是我，我就是你，难道还有什么分别的吗？"

子美说着话，一手拉开了车厢的门，一手拉了燕卿，一同坐进了汽车里。只听呼呼的一声，那汽车的后影在苍茫的月光笼映下向那结叶树丛中消失了。

第二天是星期六，子美下午是在家里，燕卿拿了一只皮箱，三点钟光景到了子美的家。先到上房里请了安，方才由子美陪伴到一个卧房，说这是给燕卿住的。燕卿见室里的家私都是簇新的一律西式，布置得十分美观，芳心真喜欢得了不得，回身把两手扳住子美的肩头，跳了跳脚儿，笑叫道：

"哥哥，哥哥，这可全是你给我设计的吗？"

子美倒想不到她有这样惊喜若狂的举动，一时面对着她娇嫩的脸颊，也就情不自禁地把她的脖子紧紧地抱住了。

案桌上的日历随着那如驶的流光一页一页地不停地翻去，一年光阴早已匆匆完了。燕卿已考进了大学，和子美一块儿前去读书，同出同归，哥哥妹妹真是喊得十分亲热。明刚夫妇俩瞧了这一对玉人，心里真有说不出的得意。在他们两老的心中，虽然把燕卿是完全当作了女儿一样地疼爱，但也存心给他们这一对义兄义妹将来成功了一对恩爱的夫妻。

燕卿由大学一年级读到两年级的下学期，光阴像飞的一般过去，竟已度了两年的学校生活了。在这两年中，燕卿觉得这是生命中最得意快乐的日子了，和子美的感情也是好到不能再好。不过除了拥抱中接了个甜吻外，却是始终保持着兄妹间的纯洁。燕卿为了子美平日的举动高尚，的确是个有作为的好青年，再说悠久两年来的相聚，所以对他也有了深刻的认识，彼此的心差不多已并在一块儿了。

这是一个星期日的下午，燕卿、子美都坐在上房里和严老太做伴谈天。严老太望着两人并坐在长沙发上面，真仿佛是一对两小口子，一时心中不免勾起了心事，向两人笑着说道：

"子美这学期是可以毕业了，但燕卿还要两年。那么子美毕业后还是找事情做，抑是预备出国留学去呢？"

子美听妈这样说，一时倒也踌躇起来，回眸向燕卿望了一眼，搓了搓手，忽然笑起来道：

"妈，我想毕业后，且先去任两年职，待燕妹毕业，我们再一块儿留学去，不是有了个伴吗？"

燕卿听他想出这个法子来，一时又喜悦又感激，纤手搭到子美的肩胛上，微侧了粉颊，望着他掀起了酒窝憨憨地笑。子美瞟了她一眼，握着她那面的一只左手，两人的脸又都回过去望着妈，看妈表示什么意思。严老太见他们兄妹俩这样亲爱的模样，忍不住微微地笑着，但却是呆呆地出了一会子神。燕卿见她呆了一会儿后，又把右手去扳那左手的指，口里暗暗地念着数字，便忍不住含笑问道：

"妈妈，你算什么啦？"

"我算你哥哥的年纪，他今年已是二十四岁了，等你毕了业，他已二十六岁，若再一块儿去留学，那回来的时候，不是要三十多岁了吗？这样你爸和妈要等个孙子官儿抱抱，可等到什么时候去呢？"

两人听妈说出这个话儿，各人的一颗心灵不觉都怦怦地一动，脸儿一阵红晕，全身顿时感到怪热燥起来。燕卿可再也不好意思把手搭在子美的肩上了，她站起到严老太身边，偎着她娇媚地笑道：

"妈，那么待这学期毕了业，不是先给哥哥讨个嫂子好吗？"

燕卿说着，又回眸过来向子美瞟了一眼，子美听了，忍不住扑哧一声笑出来，严老太也笑个不停。燕卿忽见两人如此好笑，猛可理会了，觉得自己这话未免有些失言，这就无怪两人都要笑了，也许他们母子俩是早已商量过的吗？一时愈想愈难为情，愈难为情那脸儿也愈通红起来了。

"老太太，张公馆里的老太太来电话，说请太太过去打牌玩，因为她们是三等一哩！"

燕卿正在万分羞涩的当儿，忽见阿兰匆匆地进来说，这才解去燕卿的窘态，大家停止了笑。严老太是最爱抹骨牌的一个健将，当然答应就去。一面叫燕卿和子美也可以去瞧一场电影，别闷在家里。子美道：

"很好，那么我们就开车把妈送到张公馆去吧。"

这时，赵妈拿了洗清的痰盂进来，赵妈是老太太信用的一个，便吩咐她说道：

"我带了阿兰到张公馆抹骨牌玩去，少爷、小姐去瞧电影，家里没了人，你可留心些。"

赵妈连声地答应，于是这里四个人一同步出了上房，经过了几重院子，方才到大厅前的大院子里。那边停着一辆汽车，完全是子美自己管理的。阿兰拉开车厢，让严老太和二小姐跨上，自己也跟着坐进，方才关上车门。子美是坐在开车处，拨动机件，车身便慢慢开到大门口来。门役一见，早把两扇黑漆大门拉开，汽车便呼的一声开到马路上去驶行了。

汽车到了张公馆，里面早有仆妇迎出来。严老太携着阿兰，回头关照子美别太晚回家，就跟着张家仆妇进里面去了。

"二妹，你坐到前面来吧。"

"不，就是这样得了，被张家门役瞧见了像什么？"

子美微微一笑，把手一转，那车身便又开出张公馆去了。燕卿虽然是坐在后面，但她把两臂伏在子美的椅背上，粉颊凑到子美的脸旁，笑道：

"哥哥，我们到哪家戏院去瞧好？"

"离这儿近一些，就到大上海戏院去瞧可好？今天的片子是叫《骷髅洞》，可是你瞧了别害怕，晚上做恐怖的梦我不管。"

"唪！你不用瞎说，即使是张鬼怪片，我也不怕，你打量我这样胆小吗？"

燕卿把小嘴儿撮起，唪他一口。子美鼻中闻到的只觉一阵一阵的幽雅细香，甜入心脾，情不自禁地略偏了脸，因为他预知燕卿的樱唇就在旁边，所以就在这一回头中，就向燕卿薄薄的唇上接个吻去。燕卿"嗯"了一声，忙把脸儿避开，可是哪里来得及，子美早已咯咯地笑起来了。

车到大上海戏院停下，子美关上了保险门，便挽了燕卿的臂膀，一同走到卖票处，购了两张花楼票子，由招待对号入座。因时尚早，子美买了两盒白雪公主，和燕卿各人吃着。子美忽然想起了刚才的事情，便瞟她一眼，笑道：

　　"燕妹，你刚才不是叫妈快先给我讨一个嫂子吗？但是做我的妻子可不容易，你得给我挑选一个人才儿来。"

　　"我是因为妈妈等着要抱孙子官儿，我才这样说的。你心里的理想妻子，我又不知道怎样的一个，那叫我如何地给你挑选呢？像我同级的那个密司朱才貌可好吗？"

　　燕卿忽然又听他向自己提问出这个话来，那两颊早又绯红起来了，俏眼儿瞟了他一眼，故意笑盈盈地拉出来一个密司朱问他。子美摇了摇头，慢慢去拉过她白胖胖的纤手，抚着了一会儿，笑道：

　　"密司朱那是差得远了，我理想中的妻子要像二妹那样的容貌，二妹那样的才学，二妹那样的性情，二妹那样的身段，二妹那样……"

　　"得了得了，你快别给我再说下去吧……"

　　燕卿的眉尖是显露着喜色，颊上的笑窝儿是没有平复过，她扪着嘴，但是却故作娇嗔的意态，恨恨地白了他一眼。不过她无限的羞涩，总抵不住内心无限的喜悦，怎忍得住她小嘴里不哧哧地笑出来？

　　"所以我除非不讨妻子，否则总要像二妹那样才行。"

　　"天下的人儿哪有一模一样的吗？假使一辈子找不出，难道你就终身不要娶亲了吗？"

　　"嗯！那么就二妹嫁给了我好吗？"

　　"哧！妹子哪有嫁给哥哥吗？亏你说得出，真个不怕羞的了。"

　　燕卿的两颊愈加红晕了，鼓着小腮子，哧了一声，又把纤指划到子美的颊上去。子美听她这样说，倒是怔了怔，呆了半响，好像有些深悔不该和燕卿结为兄妹的样子，凝眸沉思了一会儿，忽然又笑起来，悄声儿说道：

"那么从今天起，我和你兄妹感情破裂，从此登报声明脱离兄妹关系，你依然做我的好朋友，我也仍叫你柳小姐，那你总可以嫁给我的了。"

子美这几句滑稽有趣的话儿骤然听进在燕卿的耳里，这就忍不住哧哧地狂笑起来，因为笑得太厉害的缘故，竟连连地咳嗽不停。子美见她呛得两颊通红，便忙把手儿在她背部轻轻地拍着，笑道：

"怎么笑得这个模样儿？那真何苦来呢？"

"还说哩！全是你说得好，累我咳嗽得怪不舒服的。"

燕卿那副鹅蛋脸在白瓷的灯罩下反映着，愈显出不胜娇媚的神情，俏眼儿白了他一眼，伸手在他膝踝上恨恨地又打了一记。子美并不说话，望着她笑了。燕卿这就也忍不住笑起来了。

从大上海大戏院里出来，时候还只有五点一刻，子美道：

"回家太早，我们还是到雪园食品公司吃点心去。"

燕卿因为午饭吃得不多，所以此刻也觉有些肚饿，遂点头答应，于是两人坐车到雪园，拣了座位。子美知道燕卿爱吃甜的，遂给她喊了一客枣泥锅饼、一客猪油汤团，自己叫了一客虾仁猫耳朵和一客萝卜丝饼。不多一会儿，都已拿上。两人正在低头吃的当儿，燕卿忽然瞥见小猴子韦梅条从里面走出门外去，在小猴子前面大概还有几个人，不过已经瞧不见了，心中倒是吃了一惊，慌忙垂下了粉颊避着他们。

"燕妹，咦！你做什么啦？"

子美似乎瞧破她的局促不安，凝眸望着她问。燕卿不便隐瞒，遂凑过了小嘴儿，附着他耳朵低低地告诉了他。子美冷笑了一声，安慰她道：

"哼！那怕什么？燕妹，这你也太胆小了。姓钱的小子他敢动你一根汗毛，我不要他的命，我也绝不姓严的了。"

"但是我们还在求学的人就犯不着和这一种人闹事，你说对

285

不对？"

"你这话虽然不错，但是为了这张合同，难道你是只好藏在家里不出来了吗？只要你不去加入别个话剧团，就是订十年合同，我不干了，他又有什么办法呢？"

子美听燕卿这样说，觉得她这话也很对，以我们的身价，和这种人闹事，也太不值得，所以频频点了一下头。不过忽然又可恨起来，他要欺侮一个弱女子，心头总感到十分地可恼，忍不住又愤愤地说出了这两句话。其实燕卿倒并不是怕为了合同的事，因为自己是受过耀堂的侮辱，万一这种无赖不管名誉，有意和我捣蛋起来，那我必定要被子美看轻，也许因此而和我绝交了，这是多么危险的事呢！不过这又不能向子美表明的，今听子美这样说，也只好点了点头。

"哥哥，你为什么不爱吃甜的？那芝麻猪油汤团味儿可真不错，不信你可试一试。只不过你别性急，当心烫痛了嘴。"

两人静悄悄地吃了一会儿，燕卿忽然把羹匙掏起两个汤团，递到子美的口边去。子美伸过头来，开口来受的时候，不料燕卿又把匙儿缩了回来。子美还道燕卿故意和他开玩笑，便瞅了她一眼，但是燕卿却把小嘴儿撮起，在汤团上吹了一吹，方才又递过来给子美吃。子美这才恍然，原来她不是和我开玩笑，竟是这一份儿的多情，心里一快乐，那笑容便在脸颊上又浮现出来。

一钩眉毛似的月亮已从紫黑的天空中掩映而出。夜风吹在脸上并不感到十分的寒意，而且还觉得遍体轻松和凉快。子美挽着燕卿的手，从雪园食品公司里出来，早有人把汽车门拉开，子美一面扶上燕卿，一面在袋内摸出几张角票，也不瞧有多少就塞到小孩的手里，砰的一声，车门关了，那车身也向前驶行了。

"燕妹，我们再到百乐门舞厅里去坐一会儿好吗？"

"时候不早，妈不是关照我们早些回去吗？舞厅改天也好去的。"

"现在八点还不到哩。我猜妈在张公馆里打牌，十二圈不够瘾，晚上起码再连下去八圈，所以我们十二点半以前回家，总不会较妈迟到的。”

燕卿在他家里已住有了两年，对于严老太的脾气当然也很熟悉，今听子美这样说，觉得一些不错，真不愧是个母子天性，忍不住抿着嘴儿咪地笑了。子美见燕卿笑，便也笑起来道：

“可不是？燕妹，你说我猜得对吗？”

“嗯，猜得不错。哥哥，我要问你一句话，你以前不是常叫我二妹吗？怎么今天老喊我燕妹呢？”

“这个你不懂吗？当初我也原没有理会，今天被你说了‘妹子哪有嫁给哥哥’的一句话，我才想着了。喊二妹、三妹，这大概表示同胞手足的意思，同胞兄妹当然不能成为夫妻，倘然含糊的话，就会给人骂畜类。妹妹的上面加了名字，这大多数是适合于表兄妹间的，同时友谊深厚一些，也能够称呼的。所以我喊燕妹，比较最切贴。亲爱的燕，我实在不希望做你的亲哥哥，最好你给我做表妹妹，那你可懂得我这一层意思吗？”

燕卿听他解释出这一层理由，一颗芳心真感到了无限的甜蜜和欣喜，秋波脉脉含情地凝望着子美，情不自禁地把粉颊靠到他的肩胛上去了。子美瞧她娇靥是红晕得可爱，回头啧的一声，早又在她红润润的嘴唇皮上亲了一个吻去。燕卿并不嗔恨他，却把俏眼儿斜乜了他一下，低头咪地笑了。

兴奋热狂的爵士音乐中，是奏出了荡人心魂的歌曲。扑朔迷离的霓虹灯光下，是映出了神魂飘飞的风光。贴胸搂腰，勾肩搭背，笑声莺莺，情话喁喁，甜蜜充满了每个青年男女的心头。脸贴着脸，神秘，肉与肉的摩擦，神秘，一切一切是无不显出了旖旎缠绵的神秘。不过彼此同样享受着神秘的肉感，在彼此心理上却有两个不同的目的。在一方面是只求一时的肉感与安慰，似乎希望对这软绵绵的肉体，永远让自己这样依偎着。但是另一方面呢，她是为了生活鞭策的驱使，唯一的希望是多收入了几张舞票，不过内心的不同，在表面上是绝对瞧不出来的。

"已经十一点钟了，我们回去了吧，不要妈先在家了，可不是要挨骂了吗？"

"你别急，妈有燕妹在一块儿，她舍得骂吗？但是你要回去，我们就走吧。"

两人在百乐门舞厅里跳了几次，九点半的时候，又吃了两客大餐，在这醉人的场中，时间是过得特别快，只觉一会儿，竟已有十一点了。燕卿在绯红的霓虹灯光下，绕过媚眼儿，向子美瞟了一眼，这话声显然是带了央求的口吻。子美频频地点了一下头，付去账单，携着燕卿的手，一同步出了百乐门的大门。

这一条静安寺路是冷清清的，街灯是十分暗弱，在夜风的荡动中一闪一烁的，更显得像将死人那样惨淡。子美、燕卿将走到停汽车的地方，突然四面围拢来四个歪戴帽子的大汉，各出手枪，向两人威胁。子美以为抢劫钱财，倒处之泰然，意欲向他们说要钱只管说，不必吓人。谁知其中一个大汉把手向西一招，就有一辆汽车开来在这儿停下，车门开处，有人便把燕卿的身子拖上车厢，子美要想拉住，四个大汉凶狠狠地把枪一扬，表示喊了声即开的意思。子美目定口呆，眼瞧着那辆汽车呼的一声向东开去，要想去认汽车的号码，但已经来不及，汽车四轮过后，只剩了暗淡灯光中飞扬起一阵纷纷的灰沙。四个大汉见目的已达，遂也跳上另一辆汽车，却朝西而开。子美这才飞步到停车处，跳上汽车，那当然是追赶燕卿要紧，所以放过朝西开去的盗匪汽车，拨动机件，开足马力，好像风驰电掣一般地向东追踪直开了。（未完）

附　　录

从鸳鸯蝴蝶派谈到冯玉奇小说

裴效维

《民国通俗小说典藏文库·冯玉奇卷》将收录冯玉奇的百余种小说作品，此举极其不易。现在，我愿以这篇文章给出版者呐喊助威。尽管我人微言轻，但我毕竟是一个中国文学的研究者，为鸳鸯蝴蝶派说些公道话是我的责任。

冯玉奇是一位鸳鸯蝴蝶派作家，因此我们要想了解冯玉奇，必须首先厘清有关鸳鸯蝴蝶派的一些问题。

一、何谓鸳鸯蝴蝶派

鸳鸯蝴蝶派作家平襟亚在《关于鸳鸯蝴蝶派》（署名宁远）一文中对鸳鸯蝴蝶派的来历说得很清楚：

> 鸳鸯蝴蝶派的名称是由群众起出来的，因为那些作品中常写爱情故事，离不开"卅六鸳鸯同命鸟，一双蝴蝶可怜虫"的范围，因而公赠了这个佳名。

——载香港《大公报》1960 年 7 月 20 日

可见鸳鸯蝴蝶派并不是一个有组织有宗旨的小说流派，而是因为当时流行的言情小说多写一对对恋人或夫妻如同鸳鸯蝴蝶般相亲相爱，形影不离，因而民间用鸳鸯蝴蝶小说来比喻这种言情小说，那么这种言情小说的作家群当然也就是鸳鸯蝴蝶派了。这种说法应该是可信的，因为民间常用鸳鸯和蝴蝶来比喻恋人或夫妻，很多民间文学作品中不乏其例。这一比喻非常形象生动，但并无褒贬之意，因此不胫而走。

传到新文学家那里，便加以利用，并赋予贬义，作为贬低对手的武器。但新文学家对鸳鸯蝴蝶派的界定并不一致，大致有两种看法。

一种看法认同民间的比喻说法，即将鸳鸯蝴蝶派小说局限为通俗小说中的言情小说，将鸳鸯蝴蝶派局限为言情小说作家群。鲁迅是这种看法的代表，他在1922年所写的《所谓"国学"》一文中说："洋场上的文豪又作了几篇鸳鸯蝴蝶派体小说出版"，其内容无非是"'卿卿我我''蝴蝶鸳鸯'"（载《晨报副刊》1922年10月4日）。又于1931年8月12日在社会科学研究会做了《上海文艺之一瞥》的长篇演讲，其中对鸳鸯蝴蝶派小说更做了形象而精辟的概括：

> 这时新的才子 + 佳人小说便又流行起来，但佳人已是良家女子了，和才子相悦相恋，分拆不开，柳阴花下，像一对蝴蝶、一双鸳鸯一样。

——连载于《文艺新闻》第 20、21 期

此外，周作人、钱玄同也持这种看法。周作人于1918年4月19日在北京大学文科研究所小说研究会做《日本近三十年小说之发达》的演讲中，就说现代中国小说"还有《玉梨魂》派的鸳鸯蝴蝶体"（载《新青年》第5卷第1号）。次年2月，周作人又发表《中国小说里的男女问题》（署名仲密）一文，认为"近时流行的《玉梨

魂》，虽文章很是肉麻，（却）为鸳鸯蝴蝶派小说的鼻祖"（载《每周评论》第 5 卷第 7 号）。与周作人差不多同时，钱玄同在 1919 年 1 月 9 日所写的《"黑幕"书》一文中也说："人人皆知'黑幕'书为一种不正当之书籍，其实与'黑幕'同类之书籍正复不少，如《艳情尺牍》《香闺韵语》及'鸳鸯蝴蝶派小说'等等皆是。"（载《新青年》第 6 卷第 1 号）这种看法后来被人称之为"狭义的鸳鸯蝴蝶派"看法。

另一种看法却将鸳鸯蝴蝶派无限扩大，认为民国年间新文学派之外的所有通俗小说作家都是鸳鸯蝴蝶派，他们的所有通俗小说都是鸳鸯蝴蝶派小说。这种看法的代表人物是瞿秋白和茅盾。瞿秋白从小说的内容方面来扩大鸳鸯蝴蝶派小说的范围，他在《财神还是反财神》一文中说，"什么武侠，什么神怪，什么侦探，什么言情，什么历史，什么家庭"小说，都是鸳鸯蝴蝶派小说（见人民文学出版社 1953 年 10 月版《瞿秋白文集》）。茅盾则从小说的形式方面来扩大鸳鸯蝴蝶派小说的范围，他在《自然主义与中国现代小说》一文中认定鸳鸯蝴蝶派小说包括"旧式章回体的长篇小说""不分章回的旧式小说""中西合璧的旧式小说""文言白话都有"的短篇小说（载 1922 年 7 月《小说月报》第 13 卷第 7 号）。这种看法后来被人称之为"广义的鸳鸯蝴蝶派"看法，而且逐渐成为主流看法，以致后来的文学研究者都接受了这种看法。

新文学家不仅在鸳鸯蝴蝶派的界定问题上分成了两派，而且在鸳鸯蝴蝶派的名称上也花样百出。如罗家伦因为徐枕亚等人好用四六句的文言写小说，便称其为"滥调四六派"（见署名志希的《今日中国之小说界》，载 1919 年《新潮》第 1 卷第 1 号），但无人响应。郑振铎因为《礼拜六》杂志为鸳鸯蝴蝶派的主要刊物之一，便称其为"礼拜六派"（见署名西谛的《新文学观的建设》一文，载 1922 年 5 月 21 日《文学旬刊》第 38 号）。这一说法得到了周作人、茅盾、瞿秋白、朱自清、阿英、冯至、楼适夷等人的响应，纷纷采用，以致使用频率越来越高，知名度越来越大，终于成为鸳鸯蝴蝶派的别称了。于是"鸳鸯蝴蝶派"和"礼拜六派"两个名称便被新文学家所滥用。如郑振铎在《新文学观的建设》一文中称"礼拜六派"，而在《〈文学论争集〉导言》一文中却称"鸳鸯蝴蝶派"（见上海良友图书公司1935年10月出版的《新文学大系·文学论争集》卷首）。还有人在同一篇文章里既称鸳鸯蝴蝶派，又称礼拜六派。如阿英在1932年所写的《上海事变与鸳鸯蝴蝶派文艺》一文中说：张恨水的所谓"国难小说"，与"礼拜六派的作品一样，是鸳鸯蝴蝶派的一体"，"充分地说明了鸳鸯蝴蝶派的作家的本色而已"（见上海合众书店1933年6月出版的《现代中国文学论》）。

茅盾在20世纪70年代觉得统称鸳鸯蝴蝶派或礼拜六派都不合适，于是提出了一个折中的看法，他在《紧张而复杂的生活、学习与斗争（上）——回忆录（四）》中说：

> 我以为在"五四"以前，"鸳鸯蝴蝶派"这名称对这一派人是适用的。……但在"五四"以后，这一派中有不少人也来"赶潮流"了，他们不再老是某生某女，而居然写家庭冲突，甚至写劳动人民的悲惨生活了，因此，如果用他们那一派最老的刊物《礼拜六》来称呼他们，较为合式。

——载1979年8月《新文学史料》第4辑

事实是该派在"五四"前后没有根本变化，都是既写言情小说，又写其他小说，将其人为地腰斩为两段，既显得武断，又无法掩盖当时的混乱看法。

这些混乱的看法导致后来的文学研究者无所适从：或沿用"鸳鸯蝴蝶派"的说法（如北大本《中国文学史》和《中国小说史稿》、

复旦本《中国文学史》和《中国近代文学史稿》等）；或沿用"礼拜六派"的说法（如山东师院本《中国现代文学史》等）；或干脆别出心裁地称之为"鸳鸯蝴蝶—礼拜六派"（见汤哲声《鸳鸯蝴蝶—礼拜六小说观念的价值取向及其评价》，载《苏州大学学报》1992年第2期）。这可真算是中国小说史上的一出有趣的滑稽戏了。

二、如何评价鸳鸯蝴蝶派

鸳鸯蝴蝶派的开山作品是1900年陈蝶仙的言情小说《泪珠缘》，因此鸳鸯蝴蝶派应该是指言情小说派，这也就是后来的所谓"狭义的鸳鸯蝴蝶派"，但被新文学家扩大为"广义的鸳鸯蝴蝶派"，实际上也就是民国通俗小说派。

鸳鸯蝴蝶派与同时期的"南社"不同，既没有组织，也没有纲领，而是一个在思想倾向和艺术风格上大体相同或相近的小说流派，连"鸳鸯蝴蝶派"这一招牌也是别人强加给它的。然而客观地说，鸳鸯蝴蝶派确实是一个产生过巨大影响的小说流派。在"五四"以前的近二十年间，它几乎独占了中国文坛；在"五四"以后的三十年间，虽然产生了新文学，但新文学只是表面上风光，而鸳鸯蝴蝶派却一派兴旺发达景象。我对"广义的鸳鸯蝴蝶派"做过不完全的统计：该派作家达数百人，较著名者有一百余人，所办刊物、小报和大报副刊仅在上海就有三百四十种，所著中长篇小说两千多种，至于短篇小说、笔记等更难以计数。在此前的中国文学史上，还没有哪个文学流派有过如此宏大的规模，产生过如此巨大的影响。

鸳鸯蝴蝶派由于规模宏大，又处在历史的一个巨变时期，其成员的确鱼龙混杂，其作品也良莠不齐，但总体来说，它形象地记录了中国二十世纪前五十年的历史，为中国读者提供了丰富的精神食粮，对中国小说的传承起过积极作用，因此应该给予充分的肯定。

鸳鸯蝴蝶派小说已经不是中国传统通俗小说的复制，而是一种改良的通俗小说。在形式方面，它既采用章回体，也采用非章回体，甚至采用了西洋小说的日记体、书信体等，至于侦探小说则更是完全模仿自西洋小说。在艺术手法方面，受西洋小说的影响非常明显，如增加了人物形象和景物描写，结构与叙事方式也趋于多样化，单线和复线结构并用，第三人称和第一人称叙述法兼施，还采用了倒叙法和补叙法。在内容方面，鸳鸯蝴蝶派小说已经扩大了描写范围，反映了当时社会生活的各个方面，甚至已经紧跟时事，及时反映当前的社会现实，被称为"时事小说"。如李涵秋的《广陵潮》描写辛亥革命，而他的《战地莺花录》则描写五四运动，这种及时反映当时发生的重大政治事件的小说，与多写历史故事的古代小说完全不同，显然是一大进步。鸳鸯蝴蝶派的言情小说，也不同于古代的才子佳人小说，而是一种新才子佳人小说。古代的才子佳人小说因面对森严的封建礼教，只能写才子与佳人偶尔一见钟情，以眉目传情或诗书传情的方式进行交流，最后皆是有情人终成眷属的大团圆结局。而这种大团圆结局完全是人为的：或出于巧合，或由于才子金榜题名，皇帝御赐完婚，这就完全回避了封建包办婚姻的问题。而民国年间的封建礼教已经在一定程度上松绑，尤其像上海、北京等大城市得风气之先，恋爱自由和婚姻自主思想已经渐入人心。因此有些鸳鸯蝴蝶派的言情小说也突破了古代才子佳人小说的窠臼，才子佳人已经敢于"相悦相恋，分拆不开，柳阴花下，像一对蝴蝶、一双鸳鸯一样"。其结局也不再全是有情人终成眷属的大团圆，而是"有时因为严亲，或者因为薄命，也竟至于偶见悲剧的结局……这实在不能不说是一个大进步"（鲁迅《上海文艺之一瞥》，连载于1931年7月27日、8月3日《文艺新闻》第20、21期）。言情小说由大团圆结局到悲剧结局的确是一个大进步，因为前者是回避封建包办婚姻礼制，而后者是控诉封建包办婚姻礼制。而这一进步的开创者是曹雪芹和高鹗，他们在《红楼梦》里所写的婚姻差不多都是悲剧。因此胡适称赞《红楼梦》不仅把一个个人物"都写作悲剧的下场"，而且最后"作一个大悲剧的结束，打破了中国小说的团圆迷信"（《〈红楼梦〉考证》，见1923年亚东图书馆版《胡适文存》）。可见鸳鸯蝴蝶派的言情小说在一定程度上继承了《红楼梦》开创的爱情婚姻悲剧模式，因而具有相当的反封建意义。我们可以徐枕亚的《玉梨魂》为例加以说明，因为该小说被新文学家指为鸳鸯蝴蝶派的代表性作品。

《玉梨魂》的故事很简单——清末宣统年间，小学教员何梦霞与年轻寡妇白梨影相爱，但两人均认为他们的这种行为是不道德的。为了得到感情的解脱，白梨影想出个"移花接木"的办法，即撮合何梦霞与自己的小姑崔筠倩订了婚。然而何梦霞既不能移情于崔筠倩，白梨影也无法忘情于何梦霞，结果造成了一连串的悲剧——白梨影在爱情与道德的激烈冲突下郁郁而死；崔筠倩因得不到何梦霞之爱而离开了人世；白梨影的公公因感伤女儿、儿媳之死而一病身亡；白梨影的十岁儿子鹏郎成了孤儿。何梦霞为排遣苦闷，先赴日本留学，继又回国参加了辛亥武昌起义（即辛亥革命），壮烈牺牲。

《玉梨魂》不仅描写了一个爱情婚姻悲剧，而且不同于一般的爱情婚姻悲剧。一般的爱情婚姻悲剧都是由封建势力造成的，即由包办婚姻造成的；而《玉梨魂》所写的爱情婚姻悲剧，其原因却是何梦霞和白梨影自身的封建道德。他们既渴望获得恋爱自由和婚姻自主的权利，又不能摆脱封建道德和封建礼教的束缚，两者激烈冲突，造成三死一孤的惨剧。从而揭露了封建道德和封建礼教的影响力是多么巨大，它已深入人们的骨髓，使其不能自拔。因此，它的反封建意义比一般的爱情婚姻悲剧更为深刻。

其实，新文学阵营也不是铁板一块，虽然大多数新文学家对鸳鸯蝴蝶派全盘否定，但也有少数新文学家态度比较客观，他们对鸳鸯蝴蝶派也给予一定的肯定。鲁迅是其中最突出的一位，他不仅认为某些鸳鸯蝴蝶派的悲剧言情小说是"一大进步"，而且不同意某些新文学家对鸳鸯蝴蝶派消极影响的夸大其词。他说：

至于说他流毒中国的青年，那似乎是过虑。倘有人能为这类小说所害，则即使没有这类东西也还是废物，无从挽救的。与社会，尤其不相干，气类相同的鼓词和唱本，国内非常多，品格也相像，所以这些作品也再不能"火上添油"，使中国人堕落得更厉害了。

　　　　　　——《关于〈小说世界〉》，载《晨报副刊》

　　　　　　　　　　　　1923 年 1 月 15 日

　　这种客观的观点与前述周作人无限夸大鸳鸯蝴蝶派作品能使国民生活陷入"完全动物的状态"乃至"非动物的状态"的观点形成了鲜明对比。当抗日战争爆发后，鲁迅更提倡文学界的抗日统一战线，主张团结鸳鸯蝴蝶派一起抗日。他说：

　　我以为文艺家在抗日问题上的联合是无条件的，只要他不是汉奸，愿意或赞成抗日，则不论叫哥哥妹妹，之乎者也，或鸳鸯蝴蝶都无妨。但在文学问题上我们仍可以互相批判。

　　　　　　——《答徐懋庸并关于抗日统一战线问题》，

　　　　　　　　　　　　载《作家》月刊第 1 卷第 5 期

　　鲁迅不仅提倡团结鸳鸯蝴蝶派一起抗日，而且主张新文学派与鸳鸯蝴蝶派在文学问题上"互相批判"，这种平等对待鸳鸯蝴蝶派的度量，也与那些视鸳鸯蝴蝶派如寇仇，必欲置诸死地而后快的新文学家形成了鲜明对比。

　　对鸳鸯蝴蝶派给予肯定的不只鲁迅，还有朱自清和茅盾。朱自清认为供人娱乐是中国传统小说的特点，因此不赞成将"消遣"作为罪状来批判鸳鸯蝴蝶派小说。他说：

> 在中国文学的传统里，小说……更是小道中的小道，就因为是消遣的，不严肃。不严肃也就是不正经，小说通常称为"闲书"，不是正经书。……鸳鸯蝴蝶派的小说意在供人们茶余酒后的消遣，倒是中国小说的正宗。

——《论严肃》，载《中国作家》创刊号

茅盾也承认鸳鸯蝴蝶派小说也"写家庭冲突，甚至写劳动人民的悲惨生活"。他还从艺术性方面对鸳鸯蝴蝶派小说给予一定肯定。他认为鸳鸯蝴蝶派的有些长篇小说"采用西洋小说的布局法"，如倒叙法、补叙法，以及人物出场免去套语、故事叙述"戛然收住"等等，这一切是对"旧章回体小说布局法的革命"。还认为鸳鸯蝴蝶派的有些短篇小说学习了西洋短篇小说"截取一段人生来描写，而人生的全体因之以见"的方法："叙述一段人事，可以无头无尾；出场一个人物，可以不细叙家世；书中人物可以只有一人；书中情节可以简至只是一段回忆。……能够学到这一层的，比起一头死钻在旧章回体小说的圈子里的人，自然要高出几倍。"（《自然主义与中国现代小说》，载 1922 年 7 月 10 日《小说月报》第 13 卷第 7 号）

鲁迅、朱自清、茅盾毕竟属于新文学派，因此他们对鸳鸯蝴蝶派的肯定是有限的。我们应该摆脱成见与束缚，从中国文学史的角度，对鸳鸯蝴蝶派做出客观公正的评价。

三、如何看待冯玉奇的小说

我们澄清了以上有关鸳鸯蝴蝶派的三个问题，等于为介绍冯玉奇的小说提供了一个坐标，也等于为读者提供了一把参照标尺。读者用这把标尺，就可自行评判冯玉奇的小说了。

冯玉奇于 1918 年左右生于浙江慈溪，笔名左明生、海上先觉楼、先觉楼，曾署名慈水冯玉奇、四明冯玉奇、海上冯玉奇。据说他毕业于浙江大学（一说复旦大学）。1937 年九一八事变后寄居上海，感山河破碎，国事蜩螗，开始写作小说以抒怀。其处女作为《解语花》，由上海春明书店出版。出版后旋即由东方书场改编为同名话剧，演出后轰动一时。那时他才十九岁。由此一发而不可收，至 1949 年 7 月《花落谁家》出版，在短短十来年时间里，他创作的小说竟达一百九十多种，平均每年近二十种，总篇幅应该不少于三千万字，只能用"神速"来形容。这时他只有三十一岁。近现代文学史料专家魏绍昌先生（已去世）所编《鸳鸯蝴蝶派研究资料（史料部分）》（上海文艺出版社 1962 年 10 月出版）开列的《冯玉奇作品》目录只有一百七十二种，也有遗珠之憾。不过我们从这一目录中仍可确定冯玉奇是一位以写言情小说为主的通俗小说作家，因为在一百七十二种小说中，言情小说占有一百二十二种，其他小说只有五十种：社会小说三十四种、武侠小说十四种、侦探小说两种。

冯玉奇不仅是一位写作神速且极为多产的通俗小说作家，还是一位热心的剧作家和剧务工作者。早在他二十六岁（1944 年）时，就担任了越剧名伶袁雪芬的雪声剧团的剧务，并为之创作了《雁南归》《红粉金戈》《太平天国》《有情人》《孝女复仇》五大剧本，演出效果全都甚佳。在他二十七到二十八岁（1945～1946）时，又与他人合作，前后为全香剧团和天红剧团编导了《小妹妹》《遗产恨》《飘零泪》《义薄云天》《流亡曲》等二十多个剧本，演出效果同样甚佳。可见冯玉奇至少写过十几个剧本。

冯玉奇一生所写的小说和剧本总计不下两百五十种，总篇幅可能达到四千万字以上，是名副其实的"著作等身"，是当之无愧的中国最多产的作家，号称多产的同派小说家张恨水也难望其项背。当时的文学作品已是一种特殊商品，冯玉奇的小说如此畅销，其剧本演出又如此轰动，这足可以证明其受人欢迎，这就是读者和观众对冯玉奇的评价，它比专家的评价更为准确，也更为重要。遗憾的是，我们无法看到他的剧作和三十岁以后的作品，也不知其晚景如何，卒于何年。

从冯玉奇的生活年代和创作时段来看，他显然是鸳鸯蝴蝶派的后起之秀，所以尽管他作品如此之多，影响如此之大，而同派的老前辈却很少提到他，这也是"文人相轻"的表现之一。

按说要介绍冯玉奇的小说，应该将其全部小说阅读一遍，但我没有这么多时间，也没有这么大精力，因而只向中国文史出版社借阅了《舞宫春艳》《小红楼》《百合花开》三种，全都是言情小说。因此我只能以这三种言情小说为例加以介绍，这可能会犯以偏概全的错误，因此只能供读者参考。

《舞宫春艳》写了两个纠缠在一起的爱情婚姻悲剧故事：苏州富家子秦可玉自幼与邻居豆腐坊之女李慧娟相恋，由于门第悬殊，秦可玉被其父禁锢，二人难圆成婚之梦。不幸李慧娟生下了一个私生女鹃儿，只好遗弃，自己则郁郁而死。鹃儿被无赖李三子收养，长大后卖到上海做伴舞女郎，改名卷耳。中学生唐小棣先是爱上了姑夫秦可玉家的婢女叶小红，不料叶小红失踪，于是移情于卷耳，但无钱为卷耳赎身，两人感到婚姻无望，于是双双吞鸦片自尽。

《小红楼》的故事紧接《舞宫春艳》：曾经被唐小棣爱过的叶小红的失踪，原来也是被无赖李三子拐卖为伴舞女郎，小棣、卷耳自杀后，小红才被救了回来，并被秦可玉认为义女。经苏雨田介绍，与辛石秋相识相恋而订婚。同时石秋的姨表妹巢爱吾也爱石秋，但石秋既与小红订婚在先，便毅然与小红结婚。爱吾为了摆脱难堪的地位，离家出走，下落不明。石秋奉父命赴北平探望二哥雁秋，在火车站被人诬陷私带军火，被军人押到司令部。可巧爱吾此时已成为张司令的干女儿兼秘书，便设法救了石秋一命。但张司令强迫石秋与爱吾结婚，二人既不敢违命，又固守道德，便以假夫妻应付。后来石秋回到家里，终于与小红团聚。

《百合花开》写了两个紧密相关的爱情婚姻故事：二十岁的寡妇花如兰同时被四十二岁的教育家盖季常和十八岁的革命青年盖雨龙叔侄俩所爱，而盖季常的十六岁侄女盖云仙又同时被三十六岁的银行家杨如仁和十九岁的革命青年杨梦花父子俩所爱。经过许多曲折后，终于两位长辈让步，盖雨龙与花如兰、杨梦花与盖云仙同场结婚。

由以上简单介绍可知，冯玉奇的这三种小说共写了五个爱情婚姻故事，其中两个是悲剧结局，三个是有情人终成眷属。这正如鲁迅所说："有时因为严亲，或者因为薄命，也竟至于偶见悲剧的结局……这实在不能不说是一个大进步。"其次，这三种小说的五个爱情婚姻故事，倒有四个是三角爱情婚姻故事，但它们的情况并不雷同。唐小棣、叶小红、卷耳的三角恋是一男爱二女，辛石秋、叶小红、巢爱吾的三角恋是两女爱一男，而盖季常、盖雨龙、花如兰和杨如仁、杨梦花、盖云仙的三角恋更为异想天开，竟然都是两辈嫡亲男人（叔侄、父子）同爱一个女子。可见冯玉奇极有编故事的才能，从而使作品更具吸引力和娱乐性。又次，这三种言情小说的描写极为干净，没有任何色情描写。除了秦可玉与李慧娟有私生女外，其他人都非礼勿言，非礼勿行。如辛石秋与叶小红因婚礼当天石秋之母去世，为了守孝，新婚夫妻在百日之内没有圆房。而辛石秋与姨表妹巢爱吾为了对得起叶小红，虽被张司令强迫成亲，却只做了几天假夫妻。

从表现形式和艺术手法来看，我觉得冯玉奇的小说与当时新文学的新小说都受了西洋小说的影响，基本相同。譬如：两者都突破了传统小说书名的套路，不拘一格，尤其采用了一字书名和二字书名，如冯玉奇有《罪》《孽》《恨》《血》和《歧途》《逃婚》《情奔》等；而巴金有《家》《春》《秋》，茅盾有《幻灭》《动摇》《追求》。两者的对话方式也突破了传统小说的套路，灵活自如：对话既可置于说话者之后，也可置于说话者之前，还可将说话者夹在两句或两段话之间。至于小说的结构法、叙述法与描写法，更是差不多的。譬如人物描写不再是"沉鱼落雁""闭月羞花""倾国倾城"之类的千人一面，景物描写也不再是"落红满地""绿柳成荫""玉兔东升"之类的千篇一律，而加以具体描绘。这里随便举一个例子：

> 小红坐在窗旁，手托香腮，望着窗外院子里放有一缸残荷，风吹枯叶，瑟瑟作响。墙角旁几株梧桐，巍然而立。下面花坞上满种着秋海棠，正在发花，绿叶红筋，临风生姿，可惜艳而无香，但点缀秋色，也颇令人爱而忘倦。

这是《小红楼》对莲花庵一角的景物描绘，虽然算不上十分精彩，但作者通过小红的眼睛描绘了院中的三样东西——风吹作响的"枯荷"、巍然挺立的"梧桐"、正在开花的"海棠"，从而衬托出莲花庵幽静的环境，曲折地表明了时在秋季。频繁使用巧合手法是冯玉奇小说的显著特点，可以说把所谓"无巧不成书"用到了极致。巧合手法有助于编织故事，缩短篇幅，增加作品的吸引力等，但使用过多则时有破绽，有损于作品的真实性。冯玉奇的某些小说也采用了章回体，但只是标题用"第×回"和对偶句，"却说""且听下回分解"之类的套语已不再经常出现，因此并非章回体的完全照搬。况且章回体并非劣等小说的标志，它在我国小说史上发挥过巨大作用，产生过杰出的四大古典小说。因此用章回体来贬低冯玉奇的小说，也是毫无道理的。

冯玉奇的小说也有明显的缺点。它们与其他鸳鸯蝴蝶派小说一样，主要注重小说的娱乐性，而忽视小说的社会性和艺术性，因此没有产生杰出的作品。他是南方人而小说采用北方话，加之写作速度太快，无暇深思熟虑，导致语言不够流畅，用词不够准确，还有许多错别字和语病。还有使用"巧合"法太多，有时破绽明显，这里不再举例。

总而言之，冯玉奇既不是"黄色"和"反动"小说家，也不是杰出小说家，而是一位勤奋多产、有益无害的通俗小说家，他应在中国小说史尤其是中国现代小说中占有一席之地。

2017 年 6 月 4 日于北京蜗居

图书在版编目（CIP）数据

草长莺飞·故剑泪／冯玉奇著. —— 北京：中国文
史出版社,2018.3

（民国通俗小说典藏文库·冯玉奇卷）

ISBN 978 - 7 - 5205 - 0008 - 1

Ⅰ.①草… Ⅱ.①冯… Ⅲ.①长篇小说 - 中国 - 现代

Ⅳ.①I246.5

中国版本图书馆 CIP 数据核字（2018）第 010530 号

点　　校：清寒树　旷　野

责任编辑：牟国煜

出版发行：**中国文史出版社**

网　　址：http://www. chinawenshi. net

社　　址：北京市西城区太平桥大街 23 号　邮编：100811

电　　话：010 - 66173572　66168268　66192736（发行部）

传　　真：010 - 66192703

印　　装：廊坊市海涛印刷有限公司

经　　销：全国新华书店

开　　本：720 × 1020　1/16

印　　张：19.5　　字数：250 千字

版　　次：2018 年 3 月第 1 版

印　　次：2018 年 3 月第 1 次印刷

定　　价：58.00 元